未来：因你而在（下）

鲜橙◎著

YSP 北京燕山出版社
BEIJING YANSHAN PRESS

图书在版编目（CIP）数据

未来：因你而在. 下 / 鲜橙著. — 北京：北京燕山出版社，2018.5

ISBN 978-7-5402-5133-8

Ⅰ. ①未… Ⅱ. ①鲜… Ⅲ. ①科学幻想小说–中国–当代 Ⅳ. ①I247.5

中国版本图书馆CIP数据核字（2018）第095256号

未来：因你而在. 下

著　　者：鲜　橙
责任编辑：李瑞芳　刘朝霞
封面设计：蜀　黍
出版发行：北京燕山出版社有限公司
社　　址：北京市丰台区东铁匠营苇子坑路138号
邮　　编：100079
电话传真：86-10-65240430（总编室）
印　　刷：三河市冀华印务有限公司
开　　本：880 × 1230　1/32
字　　数：239千字
印　　张：10
版　　别：2019 年3月北京第1 版
印　　次：2019 年3月北京第1 次印刷
I S B N：978-7-5402-5133-8
定　　价：42.00 元

如发现图书质量问题，可联系调换。质量投诉电话：010-82069336

目录

contents

目录

contents

第一章

迷雾茫茫

猎户座旋臂，格里泽581d号小行星。

战舰降落时，正赶上这个小行星的傍晚时分，硕大的落日悬挂在西方地平线上，霞光不仅映透了厚厚的、堆积如山的云朵，还从那缝隙处溢出来，把小行星上的一切映成了红彤彤的颜色。

莫莉刚下战舰没走多远就看到米亚，她一头亚麻色短发被风吹得乱糟糟的，看到贝寒一行人走近，“啪”的一声磕了下脚跟，身体挺拔得像一株白杨树，抬手向着贝寒行了一个利落的军礼，朗声说道：“将军，您好！”

贝寒略略点了下头，停也未停，径直从她面前走过去。

莫莉在这里见到米亚又惊又喜，想要过去和她打招呼，却又怕被旁人察觉异样，甚至连看都不敢多看她一眼，只匆匆追着贝寒而去。

由于只是临时休假驻地，各项设施难免简陋局促，指挥部的办公区和住宿区紧挨在一起，中间只隔了一个小小的花园。贝寒要去作战室开会，走到岔路口时停住了脚步，回身看莫莉一眼，吩咐尤利安道：“先送她回宿舍，明天再办理入职手续。”

尤利安应下，送莫莉去住宿区。

那是一栋用石头砌成的老式建筑，总共才三层楼高，连电梯都没有，沿着楼梯爬到顶楼，长长的走廊两侧规则地分布着十数个房门，竟然还都是木制的，可算是十分罕见了。

尤利安打开左手边的第二个房门，微笑着向莫莉介绍："硬件条件没法和基地比，不过环境还算不错，这个季节气候也正好，上面可能是怕我们久居太空心理变态，所以才特意找了这么个原始的地方给我们亲近自然。"

房间内陈设简单，干净舒适，阔大明亮的落地窗外是一个小小的露台，此刻好似还留着夕阳的余温。论科技虽然不能和基地相比，可却更令人感到舒适，莫莉只看了一眼，就忍不住赞道："挺好的。"

尤利安又道："用餐时间和在基地时一样，餐厅就在东侧那座白色小楼内。这里没有人工智能系统，记得随身携带通讯器以便联系。你先休息，明天一早我再过来找你。"

莫莉轻轻点头表示明了："谢谢！"

尤利安告辞离开，没过一会儿，门外又响起了敲门声，莫莉还以为他去而复返，走过去打开房门，还没等看清眼前人影，人就被撞回了屋内。米亚从外扑进来，给了她一个紧紧的拥抱，压低着声音，兴奋地叫道："莫莉！还能活着见到你真是太好了！"

莫莉先是差点儿被她撞晕，现在又被她勒得肋骨生疼，连气都快喘不上来了，可她心里实在是高兴，想也不想地抬手回抱住米亚，艰难地回应她道："米亚，我也是。"

米亚闻声似是愣了一愣，立刻松开了手，抬起头来打量了她一会儿，突然皱起了眉头，满脸嫌恶把她的脸推到一边，低声叫道："哦，莫莉，我真讨厌你的声音和现在这个模样，有想揍你一顿的冲动啊！"

莫莉哭笑不得："我也不喜欢，不过没办法。"

她把门仔细关好，拉着米亚往房间内走，边走边问道："快和我说一说，你们当时怎么逃脱改造人追击的？”

米亚正憋着一肚子的话要和莫莉说，现在听她问，立刻竹筒倒豆子般说了起来。原来那日她和肖泽恩驾驶着改造人的战斗舰逃离基地之后，肖泽恩果断地选择飞向环境恶劣的M20星团，并利用那里甩掉了身后的追兵。

米亚惊叹：“莫莉，你不知道泽恩有多棒！他竟然能够估算出贝寒将军他们的航线，并在我们的战舰能源用完前找到了战队主力！我当时都以为自己是必死无疑了，甚至连遗书都要准备了。”

他们在茫茫星际中航行了两天多，最终因找到了战队主力而得救，接下来就是单独问讯与隔离。说到这里，米亚忍不住抱怨：“哦，莫莉，我讨厌军情处的那只风骚狐狸，看着笑眯眯的好脾气，可问的问题却个个刁钻，把我当犯人一样审！”

莫莉试探着问道：“莱恩？”

“是的，就是他！那个家伙可真讨厌！”米亚面露愤恨，可很快就又变了脸，有些兴奋地说道，“不过还好，他只隔离了我两天就把我送回战队了，而且还叫我跟在贝寒将军身边，负责将军的安全警卫工作！和我相比，泽恩那个倒霉蛋就太可怜了，他一直被单独隔离，直到前几天才被放回来！”

莫莉有些意外：“他被隔离了这么久？”

“嗯，比你早回不了两天，刚刚调入总指挥部担任作战参谋。他比我惨太多了，就像被狠揍过一顿，又或者是七天七夜没有睡觉，整个人都无精打采的，哈哈！我问他这些日子都做了什么，他都不肯说。”

米亚忍不住有些幸灾乐祸，嘿嘿笑了两声，之后可能是觉得这样看好友笑话不太好，于是又补充道：“不过，他还是很厉害，竟然一早就猜到你会回来，而且是以莉莉丝的身份，还警告我不许乱说话，不许问你任何问题。”

莫莉听着听着，脑子里像是突然有火花闪了一下，瞬间照亮了许多东西。

肖泽恩神秘地离开又回归，他预先知道她会假冒莉莉丝归来，他对单独隔离的经历只字不提……而与之相对应的，希瑞尔身为一名联盟特工，却对天狼战队极为熟悉，他关注着联盟与改造人帝国的战争进展，熟悉银河系里的每一处军事要塞，他知道米亚和肖泽恩是什么时候找到战队的，他甚至知道她曾经“打败”过贝塞！

最重要的，希瑞尔对她那样好，远远超过了对陌生人的限度，而她对他也常常产生似曾相识的感觉。

所有的疑点都在莫莉大脑中汇集，又如火花般爆裂，将她的大脑炸得轰鸣一片。一个大胆而又叫人不敢置信的猜测在她心中冒出：希瑞尔，难道就是肖泽恩吗？

莫莉紧握住米亚的手，听见自己的声音隐隐发颤：“肖泽恩现在在哪里？”

“他在指挥部开会啊，他现在都是作战参谋了！”米亚回答，随即惊讶问道，“哎？莫莉，你去哪里？”

莫莉已经打开房门跑了出去，急促的脚步声沿着楼梯一路往下，很快就消失不见了。

办公区和住宿区离得很近，穿过那座小小的花园，就是战队总指挥部所在。莫莉一路疾奔过去，冲进大厅，跑过走廊，直到会议室外这才猛地停了下来，抱着走廊内的石头立柱急促喘息。

冷静，她必须要先冷静下来！

可即使这样命令自己，她还是忍不住紧张激动，哪怕眼前的只是一个小小的希望。她唇角止不住地上翘，眼睛亮得惊人，死死地盯着会议室门口。

两扇金属房门突然被人推开，一行人从内阔步而出，走在最前的那名军官面容冷峻，身姿挺拔，正是战队指挥官贝寒。他出门一眼就看到了莫莉，神情微微怔了下，似有异样光芒落入他的眼中，一闪而没。

莫莉热得发烫的头脑在看到他的那一刻猛然冷静下来，众目睽睽之下，她强行遏制住从他身后寻找肖泽恩的念头，赶紧立正站好，向他敬礼道："将军！"

贝寒轻轻扬眉："有事？"

"我，我……"莫莉被他问住，慌乱中瞥到了他身后的尤利安，急中生智，答道，"我来办理入职手续！"

这个理由实在蹩脚，现在已过下班时间，又不是在战时，哪里用得到这样着急？再者说，刚才明明都说好了明天再来办理入职手续，怎么就突然又跑了来。贝寒唇角上勾起一个微不可见的弧度，侧头交代身后的尤利安道："带她去行政室报到。"

尤利安应下，从后面走上前来，客气地和莫莉说道："莉莉丝小姐，我们去行政室吧。"

莫莉弄巧成拙，又不好再改口，心不甘情不愿地跟着尤利安往行政室那边去。走了两步，她又忍不住回头，贝寒等人已继续前行，肖泽恩的身影混在一众军官当中，远不如贝寒那般醒目，她找了半天才分辨出来。

他并没有回头看她，一次也没有。

莫莉有些失望，经尤利安提醒了一句，这才紧走几步追上他。指挥部很多部门都已下班，幸好行政室里还有工作人员在值班，见是尤利安亲自领过来的人，十分重视，立刻开始给莫莉办理入职手续。

信息从机器内调出，值班人员随意扫了一眼"莉莉丝"的资料，看到她的新职位时忍不住抬起眼帘，偷偷打量莫莉。

莫莉满脑子都还在想肖泽恩到底是不是希瑞尔，不免有点心不在焉，也就没有注意到值班人员的异样，直到对方按照惯例嘱咐她遵守机要人员保密条例时才醒过神来：“秘书？什么秘书？”

“贝寒将军的行政秘书。”尤利安解释，又道，“之前这个职位一直空缺，现在好了，你来了，我的工作也就可以轻松一些。”

贝寒的行政秘书？莱恩说会把她从新训部调进基地指挥部担任文职人员，尽量减少和以前同事密切接触的机会，以避免被人察觉出异样，可他也没说要她去给贝寒做行政秘书啊！这是生怕她再出状况，所以要放在指挥官眼皮底下看着吗？

莫莉无语，一时颇有些难以接受。

工作人员又给她看秘书职责内容，由于把她当作了莉莉丝对待，没有考虑到智商这一硬件指标的差异，屏幕滚动得极快，数页的内容几乎是一晃而过。她看得很吃力，只勉强记了个大概，简单来说她这个秘书并不重要，只是帮助贝寒处理一些日常工作信函、文件等，以及做一些无足轻重的办公室杂务。

从指挥部里出来，她还有些提不起精神，新职位给她带来的冲击实在太过巨大，甚至都压过了之前得知肖泽恩有可能是希瑞尔的激动与喜悦。

尤利安走在她身边，热情地向她发出邀请：“以后就同在将军身边工作了，不如先一起去吃个饭，熟悉一下，可好？”

莫莉生怕被尤利安看出破绽，强自打起精神，扯出一个“莉莉丝”式的妩媚微笑，点头应道：“好啊。”

餐厅就在不远处，门口已经陆续有人进出。由于只需提供指挥部内工作人员的饭食，餐厅的规模不大，里面布置得很别致，数张长桌错落有致地分布在大厅内，每台桌面上竟还养着水灵灵的绿色植物。

莫莉一进去就看到了米亚和肖泽恩，她下意识地想坐过去，刚要迈步却想到身边还有尤利安，赶紧硬生生地收住了脚，转过头来询问他的意见：“那边有两个人好像也是从新训部调来的，我们到那边和他们一起坐，好吗？”

尤利安坐在哪里都无所谓，应道：“好啊。”

他稍稍侧身，示意莫莉先行，莫莉向他礼貌地笑了笑，这才摇曳生姿地向米亚他们那桌走了过去。

面向着门口的肖泽恩很快就发现了她，他伸手越过桌面，轻轻地推了推对面米亚的手臂以做提醒。米亚热烈的目光仍黏在对面不远处的某个挺拔身姿上，口中不满地低声嘟囔：“干吗？别推我，放心，我自制力很强，不会随便冲动的！”

肖泽恩锲而不舍，米亚这才不耐烦地移回视线，见他眼睛往她身后瞥，也好奇地回过头去，正好看到莫莉和尤利安。她下意识地想要抬手招呼莫莉过来，幸好肖泽恩反应更快，伸手一把扣住了她的手，低声提醒道：“那是莉莉丝！”

米亚在新训营时一向与莉莉丝不对头，这是大家都知道的事情，这样无缘故地突然亲热起来，实在是会叫人生疑的。她自己也很快就想明白了这一点，赶紧绷住了脸，想了想，又压低声音一本正经地问肖泽恩道：“你说我找个由头揍她一顿，跟她来个不打不相识，相识成知己，怎么样？”

肖泽恩面无表情地看她：“不怎么样！你每次都能蠢出新的高度，也够不容易的了。”

米亚恼羞成怒，把拳头攥得啪啪响，狠声威胁他：“嘿！肖泽恩，你是又想挨揍了吗？”

肖泽恩无动于衷地瞥她一眼，没有搭理她。

米亚早已对他这态度习以为常，自动地把这当作他向自己服软，于是也不再和他计较，重又瞧了一眼摇摆着腰肢走路的莫莉，回过头来和肖泽恩低声感叹道：“她也是不容易，这种扭法，真的不会把她那小腰扭断了吗？”

肖泽恩说道：“莉莉丝一向是这样的，她也只能这样做。”

米亚认同地点点头，突然觉得有点同情莫莉。

他们两个的互动远远落入莫莉眼中，令她的心倏地一沉。她突然意识到肖泽恩没理由是希瑞尔，他是默默守候在米亚身边的那个人，从学校到第三舰队，又从第三舰队到天狼战队，他一直在追随着米亚的脚步，又怎么会去拯救她？

也许，只是因为她不甘心“希瑞尔”就这样永远地从她的生活里消失了，所以才会昏了头，只因为一点点的巧合，竟猜到肖泽恩身上去！

莫莉胡思乱想间，人已经走到了米亚他们近前，正要强打精神与他们打招呼，落后她半步的尤利安却突然加快脚步，毫不犹豫地绕过米亚他们那桌，径直走向不远处的那张长桌。

莫莉十分惊讶，视线一路追过去，这才看到长桌旁贝寒那散发冷冽气息的挺拔身影。

尤利安也极为意外，身为战队最高指挥官，贝寒配有专属的厨师和餐厅，他又性格孤僻，极少与众人一同用餐，今天突然出现在公共餐厅，怎么想都觉得不同寻常。尤利安先小心地看了看长官的脸色，瞧着好像和往日也没什么两样，这才问道：“将军，请问有什么需要我为您效劳的吗？”

贝寒轻轻往旁侧偏了下头，淡淡说道：“现在是休整期，不用这样，都随便坐吧。”

哪怕身为贝寒最信任的副官，尤利安也很少见到将军如此平易近人的一面，他简直受宠若惊，虽然不小心忽略了贝寒的那个“都”字，可还是笑着回头叫莫莉道：“莉莉丝小姐，我们坐在这里吧。”

莫莉傻了足有好几秒，这才能重新露出“莉莉丝”的招牌微笑，在众人的注目中，扭着僵硬的腰肢走了过去。尤利安已绅士地替她拉开了贝寒右侧的那把椅子。她心里想骂娘，嘴上却说着谢谢，面带微笑地坐了下去。

尤利安绕到另一侧，与莫莉坐了对面，并叫了机器人侍者过来。军队的伙食一向极具特色，可供选择的菜品就那么几种，都做成了套餐的样式，各类营养物质的含量均有标注，搭配合理，营养均衡。

贝寒已经点过餐，无须再点。尤利安礼貌地询问过莫莉的意见，给他们两人点了不同的套餐。

侍者拿着餐单离开，桌面上一下子就安静下来。

贝寒微垂着眼帘，沉默地吃着盘中的食物。尤利安试图找个话题来聊，可努力了几次都没找到一个能够和贝寒将军在餐桌上说起的话题。长着一张欢快少年脸的尤利安忍不住“泪流满面”，和以“冷漠”闻名于联盟的贝寒将军同桌吃饭实在太受煎熬了，难怪没人肯和他坐一桌!

莫莉也觉得有些不自在，桌子太小，她与贝寒坐得很近，若不是她人矮腿短，两人的腿在桌下怕是就要碰触到，这种感觉叫她感到紧张，全身僵硬，动也不敢动一下。可她现在的身份是“莉莉丝”，能和贝寒将军同桌吃饭，“莉莉丝”绝不会这样一直沉默着的。

她深吸了口气，正想着开口说些什么来打破这个难挨的静默时，突然被人用力地拍了一掌，米亚带着惊喜的声音从后面响起：“嘿!是莉莉丝吗?哦，虽然我一点儿也不喜欢你，不过能看到你还活着真是太好了!”

莫莉这回反应倒是快，立刻回过身，配合地说道：“好了，米亚，不要再装了，我知道你为什么会过来和我打招呼。放心，看在我们都曾死里逃生的面子上，我不会揭穿你的，过来一起坐吧，我想贝寒将军应该不会介意的，是不是，将军?”

贝寒抬眼打量了她一下，点了点头，漠然说道：“坐吧。”

米亚大喜过望，毫不犹豫地抛弃了肖泽恩，端着自己的餐盘美颠颠地坐到了莫莉身旁。尤利安回头看到那桌上只剩下了肖泽恩一人，笑了一笑，扬手招呼他道：“泽恩，一起过来坐吧，人多还热闹。”

肖泽恩依旧是面无表情，不过却也端着餐盘走过来，坐到了尤利安身边的位子上。小小一张长桌，顿时显得热闹起来。

自从肖泽恩坐过来，莫莉就忍不住想偷偷打量他，虽然她几乎已经否定了自己之前的猜想，可在没有确认之前，她不想放过一丝一毫的线索。她很紧张，不自觉地舔了下唇，笑着建议道：“大家为什么不喝点酒呢？”

话音一落，贝寒与尤利安两人目光如电，齐齐向她看过来。可惜莫莉的全部注意力都在肖泽恩身上，她紧紧地盯着他，不敢错过他面上丝毫的变化，瞧他并无反应，暗自咬了咬牙，又道：“泽恩，你说呢？”

肖泽恩不解莫莉为什么会点到他头上，奇怪地看她一眼：“我不喝酒。”

第二章

彼此试探

“一点儿也不喝吗？”莫莉追问。

肖泽恩不觉皱眉，答道：“不喝，酒精会麻痹我的大脑。”

尤利安闻言心中一松，可还来不及松口气，却突然觉察到森森的寒意，他转过头去，就见贝寒不知何时放下了手中的刀叉，身体向后轻轻靠在椅背上，微微眯起眼睛打量着莫莉。尤利安突然觉得事情好像有点不对，可是一时又说不出来到底是哪里不对。

“拿一瓶酒来，”贝寒突然发声，他神色淡漠，看一眼莫莉，又道，“既然莉莉丝这么想喝酒，就给她拿一瓶来吧。”

指挥官的命令绝对会立刻得到执行。一瓶品质精纯的好酒很快就从藏室拿到了餐桌上，瓶塞启开，琥珀色的美酒被倒入剔透的玻璃杯中，机器人侍者正要给贝寒上酒，却被他抬手拦下：“拿给莉莉丝小姐。”他的语气平淡，听不出喜怒，顿了一下后又道，“还有肖泽恩参谋官。”

桌上一片死寂，温度突然降至冰点，莫莉就是再笨也意识到自己又惹了这位指挥官不悦，她垂了垂眼睫，鼓起勇气道歉，试图将错误降至最低：“对不起，贝寒将军，是我见到旧友过于激动，忘记了军中不许饮酒，请您原谅我的失态。”

贝寒冷着脸，唇线微微抿紧，没有理会她的致歉，也未发出阻止机器人侍者的指令。两杯美酒被分别放到莫莉和肖泽恩面前，在灯光的映照下闪出诱人的光泽。

莫莉和肖泽恩两个人谁也没有动，直直地坐在那里，默然不语。

贝寒的坐姿虽有些懒散，可目光却凌厉冷漠，不动声色地在两人之间移换。场面一时有些迫人，连神经粗糙的米亚都觉察出压力，看看这个，又瞅瞅那个，忽然十分义气地高声向贝寒请示道："将军，我可以也喝一杯吗？"

尤利安赶在贝寒之前，微笑着把话接过去："旧友重聚的确值得庆祝一下，尤其是在经历过生死之后。虽然军中非节假日禁止饮酒，不过战队目前正在休整之中，喝点酒也不算违规，您说是吗，将军？"

贝寒脸色略有缓和，没有否定。

米亚忙将侍者招到身边，给自己倒了满满一大杯酒，向着莫莉与肖泽恩两人举杯："那为了我们的重逢，干杯吧！"

肖泽恩瞥她一眼，终是端起杯来喝了一小口。莫莉却懊恼自己行事鲁莽，又感谢米亚的解围，慌乱中将酒一饮而尽。酒汁入口微甜，口感醇滑，待过了喉咙后才觉出辛辣，从下而上地反扑过来，直蹿入鼻腔。

她眼圈瞬间就红了，强咬着牙才忍过那股劲头。米亚在旁看得开怀，正要开口嘲笑，却被肖泽恩在桌下暗暗踹了一脚，她恼怒地瞪他一眼，不理会他的暗示，笑呵呵地又劝莫莉道："再来一杯吧！"

肖泽恩在对面冷冷地瞥她一眼，嘴唇微动，无声地吐出两个字来："蠢货。"

莫莉腹中火辣辣的一片炙热，趁着酒意还没上头，忙摇头拒绝道："谢谢，不用了！"

她已把莉莉丝的资料背得滚瓜烂熟，上面虽然没特意注明莉莉丝善饮，可她流连于各类酒会舞会，从无一杯就醉的记录。再来一杯，她可就要露馅了！

因为是空腹饮酒，酒精很快进入了血液循环，仿佛只是一眨眼的工夫，莫莉就发现盘中的食物有了重影。她不敢露出丝毫醉态，下意识地把脊背挺得更直，双手紧握着刀叉，认真地把牛排切开，插起小块，计算着角度和距离，稳稳地塞入口中。

她甚至没有忘记在吃饭的空当，抬起头来依次向着众人露出莉莉丝的招牌微笑，贝寒，尤利安，肖泽恩，甚至连米亚那里都不曾落下。桌上所有的人都无语了，贝寒绷了绷唇角，不露痕迹地加快了用餐速度，草草地结束了这顿并不愉快的晚餐。

米亚起身立正，目送贝寒离开后，赶紧低下身来问莫莉："嘿，你没事吧？不会喝醉了吧？"

莫莉延迟了几秒才有反应，抬头向着米亚笑了笑，低声说道："米亚，我想我得回宿舍了。"

米亚好笑地看着她，刚想要伸手拉她起来，却被肖泽恩拦住了手臂。肖泽恩扫了莫莉一眼，问道："还能坚持着自己走路吗？"

莫莉点头，自己扶着桌沿站起身来，深吸了口气，转身往外走去。她走得有些慢，所幸还能保持着平衡，只在宿舍台阶前踉跄了一下，差点儿栽倒在肖泽恩身上。肖泽恩伸手托住了她。她一把揪住他的肩章，人在他身前僵了两秒钟，这才缓慢而坚定地推开他，哑声道："对不起，泽恩。"

她又转头向另一边的米亚弯腰鞠躬，郑重道歉："对不起，米亚。"

"好端端的向我说什么对不起？嘿，你醉大发了吧？"米亚嘀咕，以为莫莉是喝糊涂了，瞧了一眼左右无人，干脆将她扛到了自己肩上，道，"以前从没和你喝过酒，不知道你酒量竟然这么差劲，真是丢人啊！"

她一口气将莫莉扛上三楼，踢开房门把人扔到床上，回头问后面的肖泽恩："怎么办？要不要去找医务官来给她注射醒酒剂？"

肖泽恩看了看床上醉得迷迷瞪瞪的莫莉，摇头道："不至于，灌她点水就够了。"

米亚忙去倒水，回来将莫莉从床上扶起，给她灌下了一大杯凉水。肖泽恩一直站在旁边默默看着，适时提醒她道："够了，米亚，我们该走了。别忘了她现在是莉莉丝，你和她的关系还没亲密到可以整夜照顾。"

米亚瞧着莫莉的意识好像比刚才还要迷糊，不觉有些担忧，伸手轻轻地拍了拍她的脸颊，问道："嘿，小妞，你自己一个人没问题吧？"

莫莉虽然头昏脑涨，心里却还有些许明白，哑声应道："放心，米亚，我没事，睡一觉就好了。"

听她这样说，米亚这才放下心来，起身跟着肖泽恩离开。

莫莉又在床上躺了一会儿，强撑着爬起来，扶着墙壁去浴室洗漱。她潦草地冲了个澡，连头发都懒得吹干，胡乱地裹上了浴袍出来，待摸黑往屋内走了几步，才忽然觉出一丝不对。她去浴室之前，房间内的灯明明是开着的，而现在，外面却是一片黑暗。

莫莉心生惊惧，不由自主地往后退了一步，不想这样反而惊动了黑暗中的"捕食者"，她只感觉到眼前黑影一闪，都来不及反抗，人就已经被一双强健的手臂摁到了墙上。她惊呼失声，声音尚未发出就被对方堵在了唇间。

这是一个粗暴的吻，带着不容拒绝的强横与霸道。

莫莉几次挣扎无效之后反而意外冷静下来，强迫自己放软了身躯，假意屈服，意图暂时迷惑对方以换得时机。令人意外的是，随着她的顺从，粗暴的亲吻竟也渐渐停歇下来，男人的唇轻轻碰着她的，灵活的舌尖在她唇上吻过，再一次探入她的齿间，勾弄挑逗，嬉戏纠缠，温柔得如同情人。

这感觉是如此熟悉，莫莉先是惊愕，进而迟疑，最后伸臂勾住了他的脖颈，仰起头来迎合，试探着回吻他。可不想她的热情反而吓退了他，他直起身来，抬手去拉她的手腕，似是要抽身而退。

莫莉的手扣得更紧，死活不肯松开，颤声问他："是你吗？希瑞尔，回答我，是你吗？"

男人的身体明显僵硬了一下，他不肯回答，沉默地去拉莫莉的手，力道比之前大了许多。莫莉不得不松开了他的脖颈，转而去抱他的腰，急促地说道："好，我不问，可你也不要走！留下来，留下来陪我。"

她说着，重又往他身上贴过去，手攀上他的肩，悄悄地，一点点地往他的肩章上摸去。他穿的是军装，她刚才就感觉出来了，那么从肩章上就可以得知他的军衔，哪怕今天晚上看不到他的面孔，可有了这个再寻找，一下子就可以把范围缩至很小。

这时的莫莉狡猾而聪慧，她甚至轻轻摇摆着身体，试图来吸引他的注意力。只可惜她的对手实在太过机敏，就在她的手刚刚触碰到他肩章边缘的时候，他已然明白了她的意图，手掌一翻，迅疾地扣住了她的手掌。

莫莉再一次被男人控制住，而他却没了进一步的举动。黑暗中，两个人沉默地僵持着，不知过了多久，他忽地轻声嗤笑，松开了她，然后摁亮了壁灯。

昏黄灯光顿时盈满了整个房间，莫莉震惊地看向面前的男人，简直怀疑自己出现了幻觉，他不是希瑞尔，也不是任何一个有着陌生面孔的、指挥部里不引人注意的军官，他是贝寒，是天狼战队的指挥官。

贝寒垂眼看她，冷漠的眼神带出讥诮，用完美的唇形吐着满是恶意的话语："莫莉，我以为你该对我的身体有点印象，而不是像现在，把我错认为其他人，哪怕你饮了酒。”

莫莉仍有些呆滞，良久后才猛地回神，下意识地往后退步，却忘记了自己是一直仰着头的，后脑重重地撞向身后的墙壁。

贝寒的动作快得叫人看不清楚，几乎是一瞬间就把手掌递到了她的脑后。

莫莉微微一怔，尚不及细思量他这动作意味着什么，他就已经欺身上前，伸过另一只手臂撑住墙壁，将她禁锢在双臂之间，然后迫近她的耳侧，哑声问她：“莫莉少尉，你刚才的挽留能代表你的真实意志吗？真的要留我在你这里过夜？”

莫莉脑子里像是被塞满了东西，已没她思考的余地，又像是空荡荡的无边无际，叫人抓不到丝毫头绪。一时间，她心如擂鼓，可大脑却做不出任何反应，只僵硬地保持着原有的姿态，仰着头站在那里，将精致而脆弱的颈部曲线尽数暴露给他，静静地感受着他带给她的一切。

隐隐压抑的呼吸，炙热的气息拂过肌肤，通过细微的神经传递到中枢，诱她沉醉的同时，又引发她难以自抑的战栗……这样的情形似是不止一次地发生过，在阿德旺斯的那栋房子里，在克洛博士的地下室里，再往久远处想，在基地狭小的教官休息室，甚至在昏暗寂静的图书馆内。

只是那时的她太过恐惧，太过紧张，太过羞惭，以至于封闭了自己所有的感官和记忆。

他低下头，唇轻触她耳畔细嫩的肌肤，嘲弄似的低语：“说话，要我留下吗？”

她闭上了眼，伸手抓住他的衣襟，双唇微微战栗着，拼着豁出一切的孤勇，几经努力才回答道：“留下来，请你留下来。”

贝寒没有反应，片刻后才抬起头默默打量着她，冷声命令：“睁开眼，看着我。”

莫莉依言抬眸看向他，他的眼睛一如既往地漆黑幽深，可当她将慌乱与怯懦抛下之后，毫不意外地在其中看到了异样的情感。

她依旧紧张，几乎可以听到自己的每一声心跳。

酒精对大脑的麻痹作用仍在，可也给她提供了无尽的勇气，叫她抛却杂念，坚定地向着自己的目标前进。本能指挥着她，踮起脚尖缓缓地将唇送上去，小声地呢喃："贝寒将军，请你留下来。"

下一刻，她就被他放倒在了床上。

不同于基地里智能系统根据每个人的生理特性所设计而成的床铺，此处的床有着统一的规格，尺寸比普通的单人床略宽大，上面床褥铺设得极厚，松软得都不适合一个军人的睡眠。不过，却适合男女之间的纠缠。

莫莉微抖的指尖搭上贝寒的领口，从严整的领扣开始，一粒粒地解下去，先是军装，然后是衬衣，最终露出他肌理分明的胸膛与腰腹，结实、强健，却又紧致得近乎瘦削。她屏住了呼吸，开始亲吻他，感受他的身体一点点地绷紧。

莫莉突然很后悔，后悔当时没能和希瑞尔进行下去，她所熟悉的只有他的亲吻和气息，而无再进一步的亲密。

不过，即便只有这些，他的反应也足够叫她惊喜。

可惜这些对于贝寒来说却无异于饮鸩止渴，他无从得知她内心的惊喜，却体会到了她给予的甜蜜的折磨。昏暗的光线下，他的眼睛深邃得叫人望不到底，里面只映出一个清晰的她，他抬起身，用亲吻取悦她，低声念她的名字："莫莉……"

指挥官办公桌上的通讯器一直闪烁着红灯，显示着曾有通讯请求接入，也不知道过了多久，房门才被人打开，贝寒从外回来，在桌前坐了一会儿，这才摁下回拨键。

通讯很快被接通，莱恩的声音从转换器中传出："嗨，伙计，身为战队指挥官竟不随身携带通讯器，这可不是一个好习惯。"

贝寒不理会他的调笑，只淡淡问他："有事？"

莱恩诧异地"咦"了一声，随后就发来了影像通讯申请，在贝寒同意过后，桌前的虚拟屏上便出现了莱恩的仿真影像。他应是刚从外面回来，身上还穿着大衣，看了贝寒两眼，不怀好意地挑了挑眉毛，笑着问道："贝寒，你这模样可有点不正常，刚和姑娘约会了？"

贝寒心情不错，闻言勾了下唇角，没有否认。

"哦！"莱恩吹了声清亮的口哨，顺手将自己的帽子摘下来丢到一旁，笑着问道，"是哪个？感觉怎样？比莫莉小姐如何？"

贝寒一直不说话，莱恩忽然意识到不对劲，几步凑到摄像头前，问贝寒道："嘿，贝寒，你别告诉我你刚才是和她在一起。"

贝寒对此避而不谈，只又问他："你找我有事？"

"别和我转移话题！告诉我，你和那小妞发展到哪一步了？"莱恩问道。

贝寒微微抿唇，默然不语。

莱恩又追问："她知道是你了？"

贝寒想了想，答道："她有怀疑，但是还不能确定。"

莱恩懊恼地低声咒骂了一句，回过身去自己平息了半天心情，这才又朝向贝寒，无奈地和他说道："听我说，贝寒，我很能理解你现在的心情，能找到一个身心都契合的人的确很不容易。不过，请千万不要在这个时候尝试爱情。"

莱恩关掉了通讯，片刻后，又在绝密频道拨了回来。他已换了一个更为狭小的房间，语气郑重："贝寒，成立日庆典上的袭击事件调查有了最新的进展，情况很复杂，你难以想象的复杂，不仅涉及数位联盟政府高官，星际舰队内也有人员受到牵连。联盟政府已经成立了特别调查组，很快就会到军中来。”

贝寒面容冷峻，沉声问道：“司令员会受到影响？”

莱恩点头：“是。在上次袭击中，执政官阁下的大脑受到了严重创伤，虽然后来恢复了意识，但显然不能再胜任执政官的工作。政府高层的动荡已不可避免，舰队总司令部也将会受到波及，司令员希望舰队可以平稳度过接下来的所有变革，不给对手任何机会。”

他停了一停，又道：“你是司令员手中最锐利的剑，同时，也是他最大的弱点。贝寒，我想你很清楚这一点，希望你能冷静理智地处理所有事务，包括个人感情，不要留下任何破绽和隐患。”

贝寒抿唇不语，许久之后冷漠点头：“我明白。”

他结束了通讯，在桌后默坐，独自等待着黎明的到来。

第三章

傲慢无礼

莫莉还在沉睡，直到窗外天色大亮，这才被门外毫不客气的拍门声惊醒。她猛地坐起身来，大脑短暂地空白了一下，待真切地感觉到身体的酸软，这才意识到昨天夜里的一切不是她荒唐的梦境，而是曾真实地发生过。

拍门声还在持续，听那力度应该是米亚。

莫莉有些慌乱，连滚带爬地下得床来，顾不上穿衣却先回身去整理床铺，又怕屋内空气净化系统不好，把通向阳台的落地窗都拉开了，这才胡乱地套上了制服，一边扣着衣扣一边往门口走，问道："谁在外面？"

门外果然传来米亚不耐烦的声音："是我，米亚。"

莫莉小心地拉开了一道门缝，见外面只有米亚一人，这才放了她进来，做贼心虚地解释道："昨天喝多了，睡得有些沉。"

"你岂止是睡得沉，简直是快要睡死过去了！"米亚不满地抱怨，又道，"早饭也不去吃，我还以为你出什么事了，刚才你再晚一点开门，我就要破门而入了。"

莫莉这才意识到时间已经这么晚了，不觉尴尬，忙遮掩地笑了笑，解释道："胃口不太好，就没去吃饭。"

米亚问："要去医疗室看一下吗？"

莫莉被吓了一跳，忙摆手道："不用，已经没事了。"

米亚没有起疑，又提醒莫莉赶紧去指挥部上班："我和你讲，贝寒将军可是最讨厌人迟到的。"

莫莉现在一听到这个名字，脸上就止不住地发烫，大脑里更是一片混乱。但凡有些理智，她都不敢把希瑞尔与贝寒两个人联系在一起，他们简直就是完全不同的存在，可昨天夜里，她竟就鬼迷心窍，觉得贝寒是希瑞尔。

把那一切都归结于酒精的欺骗作用显然不合适，可是叫她就此认定贝寒就是希瑞尔，她又没有这份信心和勇气。思绪早就乱成了一团，可莫莉却没有时间慢慢整理，第一天在指挥部上班，她绝不能迟到，必须赶在贝寒之前到达指挥官办公室。

身为战队指挥官，贝寒身边配有许多专属的工作人员，比如副官、秘书、勤务兵等内务行政人员，以及一支专门负责指挥官安全的警卫队，虽然以贝寒的战斗力，警卫队几乎就是形同虚设，他甚至都不允许警卫队在他住所外设岗，只命他们在指挥部执勤。

米亚如今在警卫队服役，莫莉的新职位则是行政秘书，这一职位在之前一直空缺，相关工作均由副官尤利安负责。贝寒将军虽然战功显赫，被视作联盟之星，但其性格孤僻冷漠，身边近侍极少，尤利安多年来一人身兼数职，甚为不易。

根据米亚这几日观察得来的消息，贝寒每天早上都先要去进行两个小时的体能训练，早餐完毕后会在私人办公室里待上半个小时，然后才去指挥官办公室，现在虽已不早，但还没到他进指挥官办公室的时间。

莫莉送走了米亚，顾不上吃早饭，整理好衣装之后，就急匆匆向办公区赶去。

早上九点钟，就在莫莉依照秘书条令刚刚收拾完那张崭新的办公桌的时候，大门突然被卫兵从外推开，穿一身黑色军装的战队指挥官贝寒出现在门口。莫莉怔了一下，急忙起身立正，可贝寒却对她视而不见，目不斜视地从她面前走过，径直进入自己的办公室。

莫莉尚还有些发愣，刚刚跟在贝寒身后过去的尤利安却又转了回来，伸出两指轻敲她的桌面，压低声音提醒道：“莉莉丝小姐？请别忘记送咖啡进去。将军的嘴很刁，喜欢人工研磨冲泡的咖啡，他的个人喜好我已经给你形成文字，贴在了茶水室里，请务必遵照执行。”

莫莉忙点头表示明白。

尤利安调皮地眨了下眼睛，又道：“请不要这样紧张，贝寒将军虽然性子冷淡不苟言笑，不过，等相处久了你就会知道，他人其实很好的，绝不会随便为难你。我就在隔壁办公室，有事情随时可以找我。”说完，便就带着一脸“我终于解脱了”的微笑，脚步轻快地离开了。

他的安抚丝毫不起作用，莫莉依旧是紧张难抑，不过，她并不在意贝寒的冷漠，只是关心贝寒到底是不是希瑞尔。如果是，那他为什么要向她隐瞒身份？而如果不是，他又为什么会有那样古怪的举动？而且，在经过昨夜那样的亲密后，她实在不知该如何面对他，这和之前发生在海滩上的那次还不一样，是她主动挽留他，并热情得近乎放荡。

这种难言的忐忑一直持续到她将咖啡端进贝寒的办公室，他正坐在办公桌后低头处理文件，听到脚步声只抬头淡淡扫了她一眼，就又低下了头去工作。

可只那一眼，却叫莫莉忍不住心跳加速口舌发干，她屏住呼吸走上前去，将咖啡杯放置到桌角上，迟疑了一下，正想着无声地退出去，忽听得贝寒说道：“莉莉丝小姐，请不要在工作时间放任自己沉浸于私人情感，这很不专业。”

他头抬也不抬，声音冷淡，不带丝毫感情。

莫莉闻言僵了一下，面孔倏地涨得通红，难堪地说不出话来。

贝寒手中的文件已经翻至最后一页，他提笔签上自己的名字，又在加密区扫过虹膜，这才抬眼看她，目光漠然无波，又道："坦白讲，我很喜欢你的身体，也不拒绝和你发生关系，享受生理上的快感，不过那仅限于休闲时间。我无意与你开展一段幼稚的、无聊的办公室恋情，听到了吗？"

莫莉脸上火辣辣的，习惯性地想要咬唇，却忽又记起他曾经的警告，于是强自忍下了，努力保持着声音的平稳，僵硬地应道："是。"

她向后转身，迈着机械的步伐离开，直到重新坐到自己的座位上，身体这才不受控制地颤抖起来，明明是满腔怒火的，可心中却又空荡荡一片。这样恶劣的人，怎么可能是希瑞尔！是酒精麻痹了她的大脑，才会叫她产生那样的错觉，从而给了他这样侮辱自己的机会。

她是个性格温和的姑娘，可这并不代表她没有脾气，相反，一旦被激怒，发起火来反而比常人更加激烈。

莫莉默默坐了一会儿，越想越是愤怒，最后毅然起身再次走进贝寒的办公室，站在他的桌前，冷静地说道："很抱歉打扰您，贝寒将军，但是有些事情我需要和您说清楚，以免您产生不必要的误会。"

贝寒停下工作，抬起头默默看她。

她深吸了口气，继续说道："我先为之前糟糕的表现向您道歉，同时针对您后面的话做出一些解释。我并不想和您发展任何恋情，更无意与您再有什么关系，昨夜的事情只是一个误会，我喝多了酒，把您误认作了其他人。请您相信，但凡我当时能清醒一点，我也不会留下您。"

贝寒薄唇抿起，微微眯了眼打量她，带着危险的气息。

这样一大段话说出来真是叫人痛快，莫莉完全忘记了畏惧，冷冷地看着他，又道：“所以，贝寒将军，请不必有任何困扰，我对您没有任何私人情感，就是选择情人，也不会选择您这样冷漠的、不懂情趣为何物的男性。”

“冷漠的、不懂情趣为何物？”他忽地出声，问道，“你在指责我？”

莫莉傲慢地抬起下颌：“不是指责，只是陈述事实。”

贝寒盯了她片刻，慢慢说道：“可你昨天夜里好像对我的表现很满意。”

莫莉僵了一僵，这才又漠然回答道：“将军，您可能丝毫不了解女性，为了满足男性的虚荣心，或者避免对方尴尬，在床上伪装自己是她们经常会使用的手段。很抱歉，我当时欺骗了您，但请理解我的善意。”

“很好，我非常感谢你能用善意来满足我的男性虚荣。”贝寒恨得暗自咬牙，面上却依旧冷静淡漠，只又轻声问道，“都说完了？”

“是的。”莫莉回答。

他冷冷地扯了扯唇角，说道：“那么现在请出去吧，如果你不想死在这里的话。”

“好的，贝寒将军。”莫莉应声，毫不犹豫地转身离开。

愤怒使她忘却了畏惧，莫莉以为自己会慌乱失措，却不想意外地镇定下来。她在位子上坐下来，不慌不忙地处理工作，把各部门传过来的电子文件按照轻重缓急排出优先级别，再通过网络系统给贝寒传进去，请他阅示。她甚至还替贝寒拦下了两个来自舰队司令部的通讯请求，通过内线请示过他之后，这才把通讯接了进去。

临近中午的时候，尤利安过来向贝寒请示工作，进去前先在莫莉桌前停了停，小声问道：“怎样？将军今天心情可还好？”

莫莉轻轻弯唇，露出一个完美的微笑，答道：“我觉着还不错吧。”

尤利安这傻孩子就真信了，乐呵呵地进了贝寒的办公室，等发现将军气场不对，再想退回来已是不能，只能硬着头皮挑了件无足轻重的小事来请示，说道："虽然基地遭到严重损毁，不过大家都认为那只是暂时的，假面舞会作为基地已经延续了多年的传统，应该继续保持下去，以便更好地纾解大家的压力。"

贝寒神色冷漠，待他把话说完，这才冷声问道："你们想叫我做什么？在联盟与改造人正打得你死我活的时候，向联盟舰队总司令部提出特别申请，给你们运来几台易容模拟机，供你们在假面舞会上使用，是吗？"

"哦，不是的，将军。"尤利安连忙说道，"不需要易容模拟机，大家只是希望可以如期举办一场舞会，就如在基地时一样。"

贝寒冷眼看他，过得片刻这才说道："好，我会批准这个申请，但请你记住，你是我的副官，你的注意力不该放在什么舞会上。"

尤利安忙应了一声"是"，也不敢再说别的，小心地退了出去。待到门外，他这才松了口气，又忍不住走到莫莉桌前，压低声音问她道："今天上午发生过什么事吗？"

莫莉无辜地看着他，摇了摇头："没有。"

"真的？"尤利安半信半疑，喃喃自语，临走时又好心地提醒莫莉，"莉莉丝小姐，呃，贝寒将军现在心情好像不怎么好，请尽量不要去打扰他。"

"好的。"莫莉面不改色地应下。

尤利安一脸疑惑地离开，只剩下莫莉一个人留在贝寒办公室外。因为还在休整中，贝寒的工作比战时少了许多，身为行政秘书，莫莉的工作也随之清闲下来，就在时钟指针移到十二点钟，快要到午餐时间时，莫莉的内线突然响了起来。

她迟疑了一下，这才接起来，用礼貌却冷淡的声音问道："贝寒将军，请问有什么可以为您效劳？”

贝寒一时却没说话，就在莫莉皱着眉头打算再问一遍的时候，他突然说道：“你进来一下。”

“遵命，将军。”莫莉掐断通讯，深吸了一口气，站起身来走入贝寒办公室，面无表情地问他道，“请问您有什么吩咐？”

贝寒却不说话，只是坐在那里沉默地看着她。

若是在以前，莫莉一定会被他看得紧张失措，可昨夜里肢体的纠缠已经消除了她对他的畏惧，而早上的那场冲突又在她心里给他贴上了“恶劣”的标签，眼下见他这般瞧着自己，莫莉并不觉得慌张，反而有些厌恶。

贝寒抿了抿唇角，忽地说道：“我为早上说的那些话向你道歉，是我说错了话。”

这句话大大出乎莫莉的预料，她正全神戒备地等着迎接他的刁难或者羞辱，时刻准备着以更恶劣的方式反击回去，却不想他突然向自己道了歉。

短暂的惊讶过后，她的脸上恢复了冷淡，说道：“将军，我拒绝接受您的道歉，更不会再忍受您任何的羞辱。如果我不能在工作上达到您的要求，您随时可以斥责我，甚至撤换我，但您若再以言行对我进行羞辱，我将直接向舰队总司令部提起控诉。”

贝寒看着她，沉默片刻后，说道：“不会再发生那样的事情。”

莫莉对此报以冷冷一笑，只问道：“将军，请问您还有别的吩咐吗？如果没有，我还有工作要做。”

贝寒没说话，莫莉就把这当成了默许，干脆利索地转身，走了出去。

此后一连几天，莫莉都是这样不卑不亢、不冷不热的态度，她尽职尽责地完成着本职工作，可除工作之外，绝不和贝寒多说一句废话。贝寒也重又恢复了往日的淡漠孤僻，既未向莫莉示好，也没再寻她任何麻烦。

两个人同在指挥官办公室内，隔着一道房门，经常半天都见不到一面。

就这样一直到假期的前一天，舰队总司令部突然来了一道内部通讯，贝寒的工作顿时就多了起来。

他先是主持了一个指挥部内部的作战会议，紧接着，又分别召见了天狼战队所辖的两个舰队联队和三个特别行动队的高级将领，会谈一直到傍晚时分才结束，几位将领刚刚从贝寒办公室离开，就又有后勤部的工作人员前来请示新基地的营建问题。

当最后一名军官离开，外面天色早已经黑透，莫莉看一眼贝寒的日程表，见后面已无工作安排，忍不住轻轻吁出一口气来。尤利安刚好从外面进来，瞧她这个模样，走上前来笑着低声问道："怎样？工作还习惯吗？"

虽然贝寒傲慢无礼讨人厌，可尤利安却是个阳光灿烂的好小伙，莫莉不是一个喜欢迁怒的姑娘，忙礼貌地站起身来，向他露出微笑，答道："还好，谢谢您的关心。"

两个人正说着话，贝寒从办公室里出来，看见他们并未说话，只淡淡地扫了一眼便往外走。尤利安顾不上和莫莉告别，只笑着用口型和她说了一句"终于可以下班啦"，就追在贝寒身后出去了。

莫莉不由微笑，目送他们离开后，又把办公桌整理了一番，这才从指挥官办公室离开。走廊里和大厅门口都有卫兵在执勤，她特意留了些神，却没能看到米亚的身影，待出了办公区，正犹豫是否要联系米亚时，就先收到了她的通讯。

莫莉摁下了接听键，通讯器里传来乱糟糟的声音，米亚提高了音量问她："嗨，莉莉丝，大家都在特别行动队这边，你赶快过来！"

"特别行动队？"莫莉有些意外，"你们去那里做什么？"

“聚会，大家在这边聚会，很多基地幸存下来的人。”米亚大声地解释道，停了一下，又补充，“呃，还有林挚，林挚也在。”

这是个能叫莫莉感到温暖的名字，她立刻应道：“好的，我马上过去。”

特别行动队住所外的沙滩上，架得高高的篝火燃烧得正旺，米亚把手从耳侧的通讯器上拿开，回过身向众人大声宣布：“莉莉丝说她马上过来！”

四下里响起几声口哨声，有人和林挚开玩笑，叫道：“林挚，你应该去接一接莉莉丝小姐，你和她最熟了。”

林挚正侧头与坐在身边的搭档丽娜说话，闻声笑了笑，欲要起身却被丽娜拉住了。那姑娘扬眉看过去，高声回应道：“伊万，要去也该你去才是，你可是咱们那一期学员中最先和莉莉丝搞在一起的那个，论起和她的交情来，你们可深多了。”

众人不禁哄笑，那个被叫作“伊万”的青年军官却连声叫屈，又笑道：“嘿，丽娜，请别这样说，不管是哪一期，总有最先的那个，不是吗？我只是凑巧而已，莉莉丝小姐阅人无数，早就不记得我了！”

四下里笑声又起，米亚纵是神经大条，这时也察觉到不妥，忍不住低声问肖泽恩道：“我是不是不该叫她过来？”

肖泽恩盘膝坐着，面无表情地答道：“莉莉丝不会在意这些。”

“可莫莉会在意！”米亚忍不住低呼。莫莉那么保守，以前听点过火的话就会脸红，怎么能受得住这些人的调笑！米亚不禁有些后悔，“我真不该叫她过来的。”

还有人在拿莉莉丝开玩笑，在众人的笑闹声中，林挚却沉默着站起身来，他身边的丽娜愣了一下，问道：“林挚，你要去哪里？”

林挚回过身，瞟了一眼不远处的伊万等人，这才又看向丽娜，脸上挂着痞痞的笑，答道："我去接一下莉莉丝小姐，虽然我和她也不是很熟，不过我和他们不一样，我对自己很有信心，莉莉丝小姐就是再阅人无数，也会记得我的。"

他说完，轻佻地向着丽娜打出一个飞吻，转身走出了人群。

特别行动队的驻地靠近海边，离总指挥部并不算远，林挚穿过沙滩，沿着碎石子路往前走了没有多久，远远地看到有人从总指挥部那边过来。由于这颗小行星没有类月卫星，再加上驻地外没有人工照明，夜色更显沉暗，即便林挚视力极佳，一眼看去也只能看到个模糊的人影。

来人身形很娇小，便是与天狼战队的女性队员相比都要小上许多，这样身材的人林挚在基地只见到过两个，一个是莉莉丝，另一个就是莫莉，而莫莉已在基地遇袭时阵亡，那么来人只能是莉莉丝。

他停下脚步，双手插在裤袋里，静静地看着那个娇小的身影渐渐走近，恍惚间，竟觉得自己似乎又看到了莫莉。

第四章

身不由己

“嗨！林挚！”莫莉远远地就看到有人站在这里，走到近前才认出竟然是林挚，不觉十分惊喜，小跑几步赶上前来，见他一直怔怔地看着自己，忍不住伸手在他眼前晃了晃，笑问道，“丢魂了吗？”

林挚这才回神，唇角上挂起漫不经心的笑，答道：“是某位女士太过美丽，一时迷惑了我。”

他还真是一如既往地油嘴滑舌！

莫莉哭笑不得，颇有些无语，一时间竟不知该如何回应。她是撞见过林挚和莉莉丝两人的“奸情”的，以他们曾有的亲密，也许重逢后该再亲热些，可要她扑过去与他拥抱亲吻，她又实在做不出来。

好在林挚没有再继续与她调笑，只回过身陪着她一同往海边走，淡淡说道：“莉莉丝，大家都在海滩上，我带你过去吧。”

两人各怀心思，竟是一路沉默，直到海滩近在眼前，莫莉这才忍不住问他道：“你调去了特别行动队，是吗？”

“呃？”林挚像是有些心不在焉，简单答道，“哦，是的，驾驶战斗舰。”

莫莉很为林挚感到高兴，在新训营时，他的太空作战课的成绩就极好，而且从他驾驶战斗舰成功营救了她和莱恩这事上来看，他虽是新人，但显然很受重用。莫莉不由微笑，转过头看他，兴冲冲地问道："感觉一定很棒吧？我也觉得你更适合去特别行动队，比在指挥部要好。"

众人都以为林挚是以新训部学员的身份直接进入特别行动队的，却很少有人知道他其实是先破格调入指挥部，然后又被派遣去的特别行动队。林挚侧头看向莫莉，似笑非笑地问道："是吗？"

莫莉心中一惊，忽地意识到自己露出了破绽，忙伸手搭向林挚肩头，有意把身体扭出妖娆的姿态，整个人都快要挂在他身上，压低了声音，拿捏出莉莉丝的做派，娇滴滴地说道："不过，我还是感到遗憾，要是你能在指挥部，我们见面会方便很多。"

林挚唇角微挑，顺势伸臂环住莫莉的腰肢："莉莉丝，你知道的，距离从来不是问题。"

幸亏他只是松松揽着她的腰，并没什么出格的举动，可即便这样，莫莉还是觉得浑身不自在，更关键的是，这样一本正经地和林挚说暧昧话，她忍笑忍得都要内伤，随时都有笑场的危险。

他们就站在离人群不远处，很快就有人发现了他们两个。

米亚一直在关注着这边，见他们从远处过来时就想要打招呼，是被肖泽恩拦下了这才没有出声，现在瞧着他们两个竟然抱在了一起，不觉有些傻眼，扯了扯肖泽恩，问他道："你说莫莉不会和林挚假戏真做吧？虽然林挚那小子人还可以，不过，他现在可正和丽娜打得火热。"

肖泽恩瞥了一眼，打断她的话："我觉得你现在可以站起来和他们招呼了。"

米亚不解，奇道："为什么？"

肖泽恩回答："因为再待下去莫莉就要露馅了。"

米亚急忙要站起身来招呼莫莉和林挚两人，不想那边的丽娜却赶在她之前行动，扬臂向着林挚挥手，叫道："林，请把莉莉丝小姐带过来，大家都在等着你们呢。”

莫莉闻声如获大赦，赶紧趁机从林挚怀里挣脱出来：“我们赶紧过去吧。”

“好的。”林挚应声，忽地扯开嘴角向她匪里匪气地笑了一下，好意提醒道，“请做好准备，也许会有很多人过来找你叙旧的。”

话音未落，就有一个青年男子往莫莉面前走过来，夸张地向她张开了双臂，笑道：“亲爱的莉莉丝，我希望你能给我一个甜蜜的亲吻，好以此证明你还记着我。”

莫莉神色一怔，身旁的林挚已是轻笑出声，道：“伊万，看来你真的是没能给莉莉丝小姐留下任何印象。”

四周的人哄笑出声，还有人高声笑闹：“伊万，看来你不行啊！”

“不行”这个词对男人意味着什么大家都心知肚明，在笑声中，被叫作伊万的男子脸色有些发红，虽不至于要恼羞成怒，却已露出尴尬之色。

莫莉就是再傻，此刻也瞧出莉莉丝与眼前这男人的关系不一般了。说实话，她知道莉莉丝在男女之事上很放得开，也为此做过一些思想建设，可当她真的要面对莉莉丝留给她的这一众“炮友”，却恨不得转身就逃。

可惜她不能，非但不能，还要从容应对。

莫莉尽力微笑，虽然那笑容还有些僵硬，倒也有些莉莉丝式的风情，不枉她对着镜子练了那么久。她伸手挽住林挚的手臂，紧紧依偎在他身边，向着伊万娇嗔：“伊万，请别这么坏，你明明是瞧出来我打算和林挚旧情复燃，才过来故意为难我的吧？”

这台阶搭得虽然不算太好，可好歹能够叫年轻男人下台。“莉莉丝，你这样说可真是叫我难过，我只是爱慕你。”伊万笑着解释，又装模作样地抱怨了两句，这才借机离开。

林挚一直微笑不语，直到这时才转头看莫莉，轻笑着问道：“你是真的打算要和我旧情复燃吗？”没等着她回答，他就又拿捏着腔调模仿她刚才的声音，替她回答道，“哦，林挚，请别这么坏，你明明是瞧出来我是在应付伊万，所以才来为难我的吧？”

莫莉十分无语：“嘿，林挚，别这样……”话到一半，她突然停了下来，终于忍不住笑了起来。

他也望着她笑，眉眼生动，神采飞扬。

她觉得好像哪里有点不对劲，不禁有些怔怔。

“请叫我林，”他忽地低声说道，挑起嘴角向她坏坏地笑了笑，俯身凑到她耳边，又补充道，“莉莉丝一直都叫我林的。”

莫莉愣了一下，待察觉到这话里的暗示，心中顿时一惊，抬起头，惊疑不定地看向林挚。可他只是笑，眼睛微弯，笑眯眯地看她，好像已经知晓了一切，又好像他刚才只是随口无心说出的一句。

莫莉硬着头皮，含混地应道：“哦，好的。”

林挚又笑笑，抬头瞥一眼前方，道：“他们来找你了。”

说话间，米亚和肖泽恩两人一前一后已走到近前：“莉莉丝，你跟我过来，我有些事情要问你。”米亚毫不客气地说道，上前一把抓住了莫莉的手腕，拉着她往人少处走。

林挚没有阻拦，微笑着看着她们两个走远，这才轻轻吁出一口气来，低声道：“我今天很高兴，泽恩。”

“有多高兴？”肖泽恩突然问道。

林挚答道：“要多高兴就有多高兴，如果你没有体会过失去的痛苦，你就不会懂得失而复得的狂喜，所以，就是我说了，你也不懂。”

肖泽恩没有反驳，只冷冷看他，提醒道：“不管你怎样高兴，请控制好情绪。”

林挚扬了扬眉梢，笑道：“放心。”

他又深深地看了远处的莫莉一眼，毅然地转身向丽娜走了过去，贴着她身边坐下，唇角上带着若有若无的微笑，问道："嘿，宝贝，我们刚才聊到哪里了？"

远处，米亚见到这情形立刻偷偷指给莫莉看，压低声音叫道："你看看，我没骗你吧，这小子正和丽娜搞得火热！丽娜，你应该听说过吧？那可是新训营第213期格斗技巧和太空作战的双料冠军，也是林挚现在的飞行搭档。我和你讲，争男人不是坏事，可得要看和谁争，是吧？就你这小身板，丽娜一拳就可以打废了你！拜托，莫莉，请你理智一点！你是不知道特别行动队的传统，拳头代表一切，不论是在战场还是在床上。"

莫莉心思全不在这里，她犹豫了一下，打断米亚："林挚可能已经知道我是谁了。"

"那有什么用？丽娜可不管这些。"米亚翻了个白眼，猛地反应过来，"什么？你说什么？他知道了？"

莫莉无奈苦笑，低声道："至少，他应该知道我不是莉莉丝了。"

"不可能吧？只这么一会儿的工夫？"米亚有些傻愣，最后又问，"那怎么办？"

莫莉也不知道该怎么办，不过，她对林挚有着一种莫名的信任，倒是不怕他会出卖自己，反而更担心自己的表现到底与莉莉丝相差多少，以至于会叫人一眼就看出区别来。她忍不住问米亚："我跟莉莉丝差很多吗？"

米亚皱着眉头打量她，分析道："也不是差很多，就是眉眼间的韵味，举手投足间的风情，以及与人交往的态度有些差别。"

"我已经很努力了，可这真不是简单可以模仿的。"莫莉忍不住叹气。

米亚有心安慰她，又道："其实也不用太担心，你在新训营待的时间很短，又一向不喜欢交际，除了咱们几个，也没什么人熟悉你。这就有个好处，你顶多担心他们可能会觉得你不像‘莉莉丝’，却不用担心他们会怀疑你是‘莫莉’。”

米亚心思虽粗，说得倒也有几分道理，莫莉心中稍安，可看到不远处热闹的海滩，不觉又生烦恼：“你说如果是真的莉莉丝在这里，她会怎么应对？”

“有可能会和伊万再约一炮，给他一次证明自己的机会。”米亚不屑地撇了撇嘴，话语中却又透出几分佩服，“那妞儿才不在乎这些男人怎么讨论她，她只在乎男人在床上的技术怎么样，能不能带给她快乐，以及，她能够攒够多少情人。”

莫莉听了，很想去死一死。

“嘿，小妞，其实你也可以放开点嘛，这里是联盟，又不是回归岛，尝试一下不同的情人其实也蛮不错的。”米亚嘿嘿笑道，抬眼看到肖泽恩正不紧不慢地往这边走过来，一把揽住了莫莉肩膀，向着她挤眉弄眼，低声建议，“你觉得泽恩怎么样？除了话太少之外，其实他床上的技术也不错。”

莫莉一口老血差点儿喷出来，无可奈何地瞪米亚：“拜托，请不要在这个时候和我开玩笑！”

米亚面露诧异，奇道：“可我没和你开玩笑啊！”

肖泽恩已到近前，先冷冷地瞥了一眼米亚，这才看向莫莉，面无表情地说道：“你该走入人群，而不该待在这里。”

这样的场合，莉莉丝可不会和米亚单独待在一起。莫莉心里十分明白，“哦”了一声，告别了米亚，硬着头皮往人群那边走。

篝火旁，很多人在跳舞，气氛热烈。

基地上次遇袭，新训营损失最为惨重，不管是学员还是勤务人员，幸存者本就不多，归来后能够通过各项测试重新进入战队的更是寥寥无几。所以，参加海滩聚会的人虽然不少，可大多是近几期从新训营毕业的，莫莉放眼过去，尽都是陌生面孔。

下意识的，她就往林挚那边去了。

林挚虽在和丽娜谈笑，却一直在暗中关注着莫莉，瞧她往这边走过来不由眉头一动，唇角上的笑意还不及挑起，就见莫莉半路上被一个穿着战舰联队作训服的男人拦下，拉进了跳舞的人群。

他看了几眼，忽然站起身来，回过头微笑着邀请丽娜：“去跳舞，怎么样？”

人群中，莫莉正强迫自己笑得自然妩媚。身前这男人搂得她有些紧，她不露声色地往后仰身，意图远离他的胸膛，可不想这动作却叫她的腰肢微微往前顶了下，害那男人会错意，忍不住低声感叹：“莉莉丝，你还是那么热情。”

莫莉弄巧成拙，真是有些笑不出来了。她的身体已有些不受控制地僵硬，正想着找借口离开，舞曲却突然变得异常欢快起来。莫莉被那男人带着快速地旋转，和其他人擦身而过，头昏脑涨间也不知道撞到了谁，就听得林挚笑着说道：“来吧，我们交换舞伴。”

她人还没能站稳，就被林挚扯进了怀里，半拥半抱着，随着节奏，旋转着往别处去了。他看着跳得随意，实际上却是一直带着她往外走，一直到人群外这才停下来，手刚一松开她，她竟往下倒了去。

林挚忙又伸手握住了她的腰，把她整个人提起来抱入怀里，低下头在她耳边呵呵笑了起来。

莫莉最怕天旋地转，双手紧紧地抓住他的肩头，口里却在说：“放下我，林挚，快放下我，我头晕得厉害，叫我在地上趴一会儿。”

林挚没放开她，只是笑，安慰她道：“闭上眼，过一会儿就好了，这可比抗眩晕训练的强度要差得远。”

莫莉依言闭上眼，过了一会儿，才觉得眩晕感减轻，她睁开眼，见林挚仍在望着她笑，吓得忙松开了手。

他就势也松开了她的腰，笑嘻嘻地问她："没事了？"

"没事了，谢谢。"莫莉回答，犹豫了一下，勇敢地抬起头来看他，试探着问道，"林挚，你知道了，是不是？"

林挚挑了下眉，点头道："是的，我看出来了。"

不知为什么，莫莉有了松一口气的感觉，她小心地看了眼人群，这才又和林挚解释道："很抱歉，我不是有意要欺瞒你，只是……"

"我理解。"林挚截断她的话，毫不在意地扯了扯嘴角，"所以，你不用解释，我也不会问你为什么。"

这回答叫莫莉有些感动，她看着他，又郑重说道："谢谢，真的，很感谢。"

林挚上下扫她一眼，笑得不怀好意，凑近了她说道："我觉得你的确需要感谢我，不然，你今天晚上恐怕要没法收场。嘿，还能坚持吗？我现在送你回去怎么样？我们既然已经旧情复燃，就该情热似火急不可耐，半路退场才合情合理。"

莫莉看出他是故意逗她，很是无语，不过她的确是不想再在这里待下去，于是爽快地点头应道："好。"

话音刚落，四下里忽地响起尖锐刺耳的警报声，她不觉一惊，失声道："敌袭！"

林挚却是冷静镇定，沉声说道："不是敌袭，只是敌袭预警演习。"

虽只是演习，可沙滩上众人的反应还是极为迅速，丽娜几个纵跃就来到了林挚面前，冷声叫道："林挚，归队！"

"你赶紧回指挥部，晚了会受罚。"林挚匆匆交代了莫莉一句，随着丽娜往特别行动队的方向疾跑了过去。米亚也已飞奔到莫莉身旁，伸手扯了她就跑，嘴里叫道："快点快点，今天我们要是迟到了一定会倒霉的！"

“直接去母舰！”肖泽恩嘱咐了一句，从她们身旁超过，独自往前疾奔了去。

就这光景，舰队联队那边已有成建制的战斗舰升空，轰鸣着冲入夜空。可很快，“敌方”的火力就覆盖了这个区域，升空的战斗舰纷纷被发自高空的模拟粒子束击中，虽然未像被真击中那样在空中爆炸，可按照演习规则，驾驶员们还是不得不选择疾速坠落，退出了战斗。

米亚看得惊呆，喃喃道：“‘敌方’战术太刁钻了，也不知道他们的指挥官是谁。”

战队母舰就停在指挥部驻地旁的地下掩体内，等莫莉和米亚赶到时，舱门已快要闭合，她们两个赶在最后直冲进去，分头跑向不同的部门。米亚身为卫戍人员，自然要去警卫队报到，而莫莉是指挥官的行政秘书，则应时刻跟在贝寒身旁。

指挥舱内，各指战员均已进入作战岗位，肖泽恩早到一步，已和几位作战参谋坐在一起，而指挥台上的那人却不是战队指挥官贝寒。莫莉愣了一下，茫然四顾，不但找不见贝寒的身影，连尤利安也不在。

她正不知所措，有个女军官好心过来提醒：“莉莉丝小姐，贝寒将军这次是‘敌方’指挥官，他此刻在隔壁的‘敌舰’指挥室。”

莫莉急忙道谢，又匆匆赶往隔壁舱室，那是母舰指挥舱的紧急备用室，格局虽然小了很多，却独有一套智能控制系统。莫莉刷过身份识别，一进门就看到了控制台上的贝寒，他独自坐在那里操控着“敌方”的进攻，正在以一己之力对抗着隔壁的整个作战团队。

莫莉简直惊呆，愣愣地看着控制台，半晌没有反应。

尤利安端着两杯咖啡从外面进来，看到莫莉在这儿，口气轻松地问道：“嘿，莉莉丝小姐，要不要来一杯咖啡？”

“哦，不了，谢谢。”莫莉一口谢绝，转过头看了看尤利安，不禁问道，“难道‘敌方’指挥人员只贝寒将军一人？”

“只是一场偷袭而已。”尤利安显然不觉得这有什么好惊讶的，他塞了一杯咖啡给莫莉，又补充道，“其实就是在实战中，贝寒将军也不大喜欢用作战参谋官的，你和他接触太少，等时间长了就会慢慢了解他的性格和习惯了。”

实战中竟然也不用作战参谋，果然是个狂妄又自大的人。莫莉忍不住暗暗吐槽，又问尤利安道：“那我们现在要做些什么？”

尤利安笑笑，向着控制台那边偏了偏头，道：“做好勤务保障工作，比如，给贝寒将军送杯咖啡过去。”

他说完，却没动地方。

莫莉不解地看着他，见他眼神一个劲地往自己手上瞟，这才恍然大悟，吃惊道：“我去送？”

第五章

情难自禁

尤利安难得地一脸严肃，正色道："莉莉丝小姐，我是将军的副官，而你才是他的秘书，这是你分内的工作！"

原来塞给她咖啡不是要她喝，而是要她替他跑腿。莫莉一头黑线，默默看了尤利安一眼，端着咖啡往控制台送。

控制台前有两级台阶，她轻手轻脚地走过去，正思量着这样贸然开口会不会打扰到贝寒作战，会不会又惹得他不悦，不料贝寒却突然回转身来，目光先从她脸上扫过，又落到她手中的咖啡杯上，然后摘下了战术头盔放到一边，淡淡说道："谢谢。"

莫莉反应过来，忙上前两步把咖啡杯递了过去。

贝寒接过，低头抿了一口咖啡，忽然没头没脑地问道："打扰到你的聚会了，是吗？"

茉莉有些意外，不想他会突然问起这个。实话讲，她倒是有些感激这次突如其来的预警演习，能够把她从那场难挨的海滩聚会里解救出来。不过，这实话却不能和眼前这人说，而且，不知为何，她总觉得他问自己的这话里带着浓浓的嘲讽意味，可没什么善意。

她一时忽略了为什么他会知道自己去了海滩聚会，回答道："军令高于一切。"

贝寒闻言抬眸，默默打量她片刻，又问道："可有见到几位过去的旧友？"

控制台正面环绕着一张巨大的虚拟屏，其上正实时显示着这场偷袭战的各项数据与主要战场的战况，无数的小画面不停地变换滚动，莫莉只扫了几眼，已觉得眼花缭乱，稍一走神，连贝寒的问话都没能听清，只得硬着头皮问道："抱歉，您刚才说什么？"

贝寒并未恼怒，反而勾了一下唇角，将手边上的战术头盔递过去，问道："想不想尝试一下？"

这话一出，不远处的尤利安差点被惊得摔了手中的咖啡杯。

他愕然看向控制台上的贝寒，忍不住怀疑自家将军是不是也被人掉了包。直到贝寒淡漠的视线向他扫过来，他这才忙低下头装模作样地喝着咖啡，心中却是翻起惊涛骇浪：将军对莉莉丝，哦不，应该是对莫莉小姐，将军对莫莉小姐产生兴趣了吗？难道自家将军在闷了近三十年后，终于对男女之事开窍了？

凡事不想也就算了，待细一琢磨，简直处处都是疑点，而这些疑点串起来，就是一条完整的证据链！尤利安胸中的八卦之火越烧越旺，烧得他连手中的咖啡杯都要端不住了。

莫莉也是惊愕异常，贝寒这是又要玩什么恶劣的把戏吗？又要像那次从波斐克返回时一样，叫她体会一下"驾驶"的别样乐趣？她上次在办公室狠狠回击了他的无礼，他忍耐了这么多天，终于还是忍不住要报复她了吗？

贝寒还在看着她，等着她去接他手中的战术头盔。

莫莉急忙拒绝："不用了，将军。"

贝寒却不容她拒绝，起身将她拉过来，把战术头盔扣到了她的头上，嘱咐道："放轻松，接受它带给你的信息，然后凭着直觉做出你的判断，很多东西都是你们课上学过的。"

莫莉硬被赶鸭子上架，无奈之下，仓皇转头问他：“凭直觉？要凭直觉吗？”

“你的计算反应能力太差，战场经验又近乎没有，所以只能凭直觉。”贝寒答道。

远处的尤利安听得直扶额。嘿，将军，追女孩子不是这种追法的！你要赞美她，而不是去打击她！还有，现在是在演习呀，将军，虽然这只是你一时心血来潮的结果，不过这样折腾着整个战队来博红颜一笑真的好吗？

幸好莫莉此刻太过紧张，自动忽略了贝寒的前半句话，只记住了“凭直觉”三个字，嘴里不停地念叨：“直觉，直觉，直觉……”

贝寒淡淡一笑，替她摁下了头盔上的按钮，几乎是一瞬间，铺天盖地的各式信息就往莫莉的大脑中灌了过来：当前双方的战损，对方组织发起的反击，以及自身能源的消耗……

她的直觉反应是要闭眼，可战术头盔有部分信息是直接通过大脑电波传输的，闭眼根本不起作用。

自贝寒摘下战术头盔，暂时放弃对这场战争的控制，已陆续有几个战场由优势转为劣势，再被莫莉这样一耽误，各处更是警报频响。莫莉越听到这些就越紧张慌乱，到后面大脑甚至都一片空白，眼看着己方主舰已被对方包围，索性要抬手摘下头盔认输。

她的双手刚刚触到头盔，就被另一双有力的手摁住了，贝寒不知何时站到了她的身后，低下头在她耳边沉声说道：“听我指挥，命令所有护卫舰放弃主舰，以DF-1战斗舰为核心快速集结，集中全部火力冲破包围，攻击对方地面指挥塔。”

莫莉能做的只是重复他的指令，随着护卫舰阵形的变换，战场形势顿时一变，当他们的主舰显示被击毁的那一刻，对方的地面指挥塔也终于轰然倒下。

主舰既被击毁，控制台前的所有屏幕一瞬间灭掉，莫莉心脏还在狂跳，贝寒已是摘下了她的战术头盔，顺手抛给尤利安，命令道：“尤利安，过来善后。”

他说完，拉着仍有些呆愣的莫莉径直下了控制台，快步往另一侧的紧急舱门走过去。尤利安一个人留在舱内，抱着战术头盔站在那里简直欲哭无泪：将军，就这样抛弃我，你的良心不会痛吗……

很快，战队的高级将领们从隔壁指挥舱匆匆过来，一进舱门看到只尤利安在，不觉一愣，奇道：“贝寒将军呢？”

尤利安单臂抱着头盔，若无其事地回过身去，答道：“将军有事，半途就离开了。”

那军官愣了一愣，忍不住怪叫道：“难怪战斗过半突然变了风格，原来是换了你这个小子指挥。真是烂啊！害我还以为是将军故意设了什么圈套，不敢放开了手脚来打。不过，你这小子太阴损了，最后竟然向着我的指挥塔下黑手，这是想把我的母舰逼出地面，为你后面的同伴铺路吗？”

尤利安腹中暗暗流泪，面上却从容微笑，答道：“若我还有一支后续部队，你的母舰将会很危险了。”

通向母舰外的紧急通道内，莫莉也在问贝寒同样一个问题：“为什么要以己方主舰来换对方的地面指挥塔？”

贝寒步伐极快，拉着莫莉的手一直没有松开，他头也不回，只淡淡答道：“既然逃不出去，不如做等价交换。地面指挥塔被毁，我方只要短时间内能发动第二次袭击，战队母舰会被逼入太空，更易于攻击。”

莫莉点点头表示明了，心中很快就有了第二个问题：他为什么要一直拉着她的手不放开？还有，他要带她去哪里？

通道往远处延伸而去，他拉着她快步而行。莫莉忽觉得这情景似曾发生过，在阿德旺斯那栋老建筑内，黑黑的走廊又窄又长，希瑞尔带她去找克洛博士，也是这般捉着她的手，拉带着她往前走。

她的视线从两人交握的手掌缓缓往上移，他的手臂，他的肩背，他的身高……这一刻，莫莉完全忘记了眼前这人惯有的恶劣与刻薄，内心再一次蠢蠢欲动，她咬唇思量了片刻，忽然很随意地问他道：“希瑞尔，我们要去哪里？”

贝寒的步子微微一滞。

这个动作叫莫莉的心跳都漏了一拍，她不错眼珠地盯着他，紧张地观察着他的反应。可他没有回头，只淡淡说道：“莫莉，我是贝寒，天狼战队的指挥官，希望你以后不要再叫错我的名字，可以吗？”

有什么东西在莫莉心中一闪而过，快得叫她抓都抓不住，她像是有些明白他的这些话，可更多的还是不解，过了好一会儿，才低声说道：“对不起，贝寒将军。”

贝寒没再说什么，只是拉着她继续前行，两人从一个隐蔽的舱门出了母舰，又沿着条窄窄的台阶盘旋着往上，待走出地面时，人已站在了一个小山坡上。夜风带来海水的潮湿与腥甜，逆着风望去便是海滩，海浪从远处一波波地荡过来，轻拍着沙滩，再远处，海面与星空交相辉映，分不出到底哪个更璀璨绚烂一些。

贝寒松开了莫莉的手，淡定问道：“演习已经结束了，还要去继续你的聚会吗？”

“哦，不，不了！”莫莉急忙摇头。

贝寒轻轻颔首，又道：“那好，那就早点儿回去休息吧。”

莫莉点点头，有点不大理解眼前这男人的思路，既然要回去休息，为什么还要绕这样一个大圈子往海边来？她不敢问，只随着他走下缓坡，一同往指挥部驻地走。两人一路沉默，莫莉几次抬头，暗暗打量贝寒的侧影，就在她又一次偷瞄他时，脚下不小心踩到了一颗石子，身体顿时往旁侧栽倒过去。

贝寒几乎是瞬间就伸手扶住了她的腰，低声提醒道：“小心。”

他离得她很近，气息就在她的头脸旁，在这一刻，没有疏离，没有冷漠，只有温柔和关切。像是有道烈阳猛地照入莫莉的心中，一下子扯裂了弥漫在她心头的迷雾，他是希瑞尔，直觉告诉她，他就是希瑞尔！

也许是太过惊喜，也许只是因为震惊，她僵在那里，没了反应。

可是很快，又有更浓重的迷雾罩住了她，贝寒怎么可能是希瑞尔？如果他是希瑞尔，她在战俘营救舰上见到的那个贝寒又会是谁？如果他是希瑞尔，他之前为什么还要说那么恶劣的话来羞辱她？如果他是，为什么他不肯对她承认？哪怕只有他们两个人的时候。

直觉和现实，哪一个才更准确？

冷漠恶劣和温柔多情，到底哪一个才是真实的他？

“怎么了？”贝寒问她。

莫莉咬了咬牙，决定进一步试探他，她垂下了眼帘，低声答道：“好像是把脚扭到了。”

聪明敏锐如贝寒，一时竟也没有怀疑，他弯下腰去，伸手去摸莫莉的脚踝，待察觉到那纤细的脚踝丝毫没有任何异样，不觉微微一愣，片刻后，他才抬起头来斜睨她，用带有磁性的声音不紧不慢地问她：“看样子有些严重，还能走路吗？”

莫莉脸颊有些发烫，咬着唇轻轻摇头。

贝寒站起身来，不等莫莉有所反应，双手一捞将她抱了起来。莫莉忍不住惊呼出声，他低下头示意她噤声，警告道：“小心把卫兵招来！”

莫莉忙捂住了嘴巴，眨着眼睛看他。

贝寒深深地看了她两眼，移开视线目视着前方，若无其事地说道：“别再这样看我，莫莉，沙滩上可一点儿也不舒服。”

莫莉最初没听懂这话的意思，好半天才明白了他的暗示，脸一下子涨得通红，窘迫得说不出话来。可贝寒却好像并不想就此放过她，低头扫了她一眼，又慢悠悠地继续说道："虽然不怎么舒服，不过却叫人印象深刻，难以忘怀。"

莫莉终于听不下去，忍不住恶狠狠地揪住他的衣服，恼羞地叫道："闭嘴。"

贝寒唇角轻轻翘了下，依言闭上了嘴巴。

指挥部的驻地就在不远处，即便是沿着海岸线慢慢走，也不过片刻工夫就到了近前。演习刚刚过去，驻地里灯火通明人来人往，而且再往前走还有巡逻的卫兵，莫莉怕被人看到，压低声音说道："快放我下来吧。"

贝寒低头看她，问："脚没事了吗？"

虽知道他这是明知故问，莫莉脸皮竟也意外地厚起来，一本正经地点头道："我可以坚持的。"

贝寒勾了下唇角，将她放下来，过了没两三秒，又突然问道："你在新训营的时候学习过突破潜入吗？"

莫莉被他问得一愣，茫然摇头："还没。"

贝寒正色道："那今天正好赶上演习，我来教你一下。"

莫莉还糊涂着，他已在她身前蹲了下来，将她从地上背起，低声嘱咐道："记着，不论发生什么事情都闭紧了嘴巴，不要出声。"

她这才明白了他的意图，急忙压低声音叫道："不要胡闹了！"

身为天狼战队的指挥官，在刚刚结束演习的晚上，放着大门不走，却要背着他的行政秘书玩儿突破潜入……这事情要是被人发现了，会成为整个联盟的笑话！

他并不理会她的挣扎，当然那力度于他本来也可以忽略不计，他背着她，从驻地的侧面偷偷潜入，借着各种遮挡物的隐蔽，灵活而迅疾地往内掠去。

自从进入驻地，莫莉就不敢再挣扎了，当他背着她从离着两名巡逻卫兵身后不足五米的地方闪身而过时，她紧张之下甚至一口咬住了他的肩头，吓得连大气都不敢出一口。他藏身在树后的阴影中，侧过头贴到她的耳旁，轻声建议道：“换个地方咬，比如，我的脖子。”

莫莉面红耳赤，恼恨地瞪他，向着他龇了龇牙齿以示威胁。

他瞳仁又幽深了些，忽然把她放了下来，一把推压在粗壮的树身上，低声要求：“吻我。”

远处又传来了人声，莫莉急得都想上树，双手紧紧揪住贝寒的衣襟，急道：“会被抓住的！会……”

他低下头来，把她后面的话全都堵了回去。

她先是僵硬，随即又放松自己去接受他的吻，清晰地体会他给她带来的每一分感觉。也许态度能够伪装，语言可以作假，唯独情人间的亲吻欺骗不了任何人，唇上传来的触觉依旧，她不自觉地沉迷，被他引诱着，带领着，一点点沦陷下去。

亏得他还算清醒，及时放开了她，用额头抵着她的额头，平息着微微急促的呼吸。不过须臾，他又情不自禁地轻啄她的唇，竟还侧过头在她颈侧轻嗅了嗅，随后哑然失笑。

莫莉先是呆愣，待反应过来他那动作代表着什么，顿时又羞又急，脑子里轰然一炸，全然忘记了两人此刻的处境，不假思索地用力把他往外推。只这轻微的声音，却也引起了卫兵的注意，不远处立刻传来一声厉喝。

“什么人？”

莫莉的心一下子提到了嗓子眼，惊呼不及出声，就被贝寒用手捂住了。他从容不迫地往旁侧迈了一步，走出树影的遮挡，随意应道：“是我，贝寒。”

一名卫兵留在原地警戒，另一名谨慎地上前来查看，见真的是战队指挥官贝寒，忙行了个军礼，朗声道："将军您好。"

贝寒简单两句话打发走了卫兵，不过，他没有再回去找莫莉，而是往前走了。

待他脚步声渐渐远去，莫莉的心才慢慢放了下来，她不觉伸手擦了擦鼻尖上的冷汗，又做了几个深呼吸，这才从藏身地偷偷溜出来，神色自若地向远处的卫兵走过去，不等对方发问就先发制人，询问道："请问有看到贝寒将军吗？"

卫兵认出她，很热情地给她指出了将军离开的方向，那是指挥部所在的位置。

演习刚刚结束，各作战单位的最高长官就已经齐聚在指挥部的作战室内，会议桌中间的战况模拟盘上，演习实况已在不断回放，可战队指挥官贝寒却久久不肯现身，就在众人等得都有些忐忑时，他这才从外面进来，淡淡说道："开始吧。"

与以往的冷峻淡漠相比，将军的面色这一回反倒有些缓和，可这叫几个损失稍重的将领更为紧张，在做战后总结时也极为小心，时刻关注着将军的面色。贝寒却一直没什么反应，视线就锁定在模拟盘的中央，竟是半天都没挪动，似是听得全神贯注。

不过，熟知他习惯的尤利安却看出来了，自家将军这会儿怕是在走神。果然，就在特别行动队长官讲到战损比时，贝寒将军不知自己想到了什么，竟突然轻轻扯了下唇角。这个细微的面部表情可吓坏了那位特别行动队长官，他几乎是立刻起身肃立，自责道："对不起，将军，我会做出深刻检讨。"

"没事。"贝寒将军出人意料地宽容，撩起眼皮淡淡瞥了他一眼，似是又想到了什么，补充道，"特别行动队取消休假，全体官兵禁止参加一切娱乐活动，日常训练强度增加一倍，直至战队离开这里。"

没有人对这个惩罚提出异议，特别行动队的长官只觉羞惭，红着脸坐下去，后面的会议一直都没能再抬起头来。

会议持续时间不长，临结束时，贝寒才把目光从模拟盘上收回来，环视众人：“这次演习起于我的一次任性，我在这里向诸位说声抱歉，打扰到了你们的休假。不过，演习的结果也叫我感到意外，这样的成绩我不想再看到第二次。”

众人忙立正应诺，贝寒没再说什么，起身离开了作战室。尤利安紧跟在他身后出来，快走两步追上去，热情地问道：“将军，需要为您准备晚餐吗？”

贝寒略略顿步，转过头看他。

尤利安立刻伸出了两根手指，压低声音咧嘴笑道：“双人烛光晚餐！”

贝寒淡淡看他一眼，未置可否，继续往前走。尤利安暗笑，落后几步，悄悄摁通了耳侧的通讯器，低声安排将军的晚餐事宜。

第六章

喜怒无常

指挥官办公室在作战室隔壁，贝寒推门进去，一眼就看到了坐在座位上的莫莉。

莫莉刚刚回来不久，激烈的心跳都还没平稳下来，抬头看到贝寒进来先是一怔，然后就像受惊的兔子一样跳了起来，慌乱中不只碰落了桌上的小物品，连身后的凳子都给撞倒了。她本就紧张，不想又闹出这样的状况，不由更觉尴尬。

尚未做贼，心先虚了。

贝寒的唇角微不可见地勾了下，径直往自己办公室内走，走过她桌前时步子稍稍一顿，轻声道：“做贼心虚。”

莫莉一下子涨红了脸，结结巴巴地应道：“哪……哪有！”

可话一出口她就后悔了，恨不得能把那话再吞回去。

贝寒已走到门口，闻言回头瞥她，目光里都似带着笑意，轻声反问：“真的没有？那你脸红什么？嗯？”

他声音低沉，尾音微微上扬，听得莫莉的脸颊不受控制地泛红，那红晕攀上耳尖耀武扬威不算，又顺着纤细的脖颈一路向下，直侵入她的衣领内去。贝寒眼睛微眯，声音又低了几分，不紧不慢地说道：“你的脸要是再继续红下去，我可就真的要做贼了。”

莫莉望向他的眼神既尴尬又无辜，羞急之下更是不知所措，她心虚地瞥一眼大门口，生怕有人闯进来，结结巴巴地控诉：“贝……贝寒将军，你不能这样欺负人！如果你不说那些乱七八糟的话，我才不会这样！”

贝寒轻轻扬眉，问她：“哦？我说什么乱七八糟的话了？”

这分明就是在故意逗弄她了！莫莉有些羞恼，可心底却又冒着丝丝的甜意，这感觉真是奇怪，哪怕是今天下午的时候他和她说这些话，她都一定认为他是在羞辱她，会愤怒地回击他，而现在，她却只觉羞怯，以及慌乱。

贝寒唇角微勾，正欲开口，莫莉耳边的通讯器却突然闪了起来，她像是一下子抓到了救命稻草，飞快地说道：“抱歉，请允许我接一个通讯。”

她说着侧过身去，手扶上耳边的通讯器，摁下了接通键。

林挚懒洋洋的声音从听筒里传过来，带着显而易见的笑意，只道：“嘿，亲爱的莉莉丝小姐，我现在就在总指挥部的楼下，请出来和我见一面，怎么样？”

莫莉有些惊讶，同时又很庆幸现在能有个借口离开办公室，逃离这令人尴尬的境地。她用手捂住通讯器，转头瞥向贝寒，却不敢对上他的眼睛，只匆匆说道：“将军，我有事需要出去一下，抱歉。”

说完不等贝寒回答，便像被人追着一般，慌里慌张地向外跑了出去。

指挥部前面的花园里，林挚避过了灯光，斜倚在树身上，瞧着莫莉走近这才出声，轻笑着和她打招呼：“嘿，这边。”

莫莉循声望过去，瞧见林挚那副懒散的模样不觉笑了笑，跑过去问他道：“怎么这个时候来找我？你们演习成绩怎么样？”

“简直惨不忍睹，我的战斗舰刚升空就被对方火力覆盖住了，就这样……”林挚伸出手给她模拟战斗舰坠落俯冲的轨道，“轰——完蛋了！我猜我们长官回去后一定会发飙，所以赶紧趁着自己还属于‘阵亡’人员的工夫过来看你一眼。”

他说得风趣，莫莉忍不住笑，道：“我可听说了，你和丽娜是特别行动队里的王牌组合，不至于这么菜吧？”

“天知道为什么这回会这么倒霉！敌人好像就盯住了我的战舰打。”林挚依旧是笑，斜睨了莫莉一眼，才又意有所指地说道，“可能是在这之前恰好刚刚把好运用完吧。”

“没事，胜败乃兵家常事。”莫莉此刻心思都被贝寒占着，根本没有听出林挚话里的暗示，只伸出手去拍林挚的肩，傻呵呵地说道，“我今天运气特别好，借给你点。”

林挚看看她，唇边上露出些无奈的笑：“多谢。”

莫莉大咧咧地摆手：“没事，应该的。”

她少有这个模样，林挚忍不住笑了，问她道：“我也瞧着你今天和平时有点不一样，说吧，到底遇到什么好事了？”

莫莉愣了一下，下意识地抬手去摸自己的脸：“真的这么明显吗？”

林挚轻笑着点头：“可以自己去照一下镜子，脸都快要发光了。”

莫莉却不好告诉他贝寒这事，可又不想出言欺骗林挚，犹豫了一下，认真答道：“林挚，我现在的确因为一件事很高兴，控制不住地激动，不过这件事情却不能告诉你，至少现在还不能，希望你能理解。”

林挚诧异地挑了挑眉毛，不过并未追问：“理解。”

莫莉向他歉意地笑了笑，忽然想起了最初的问题，又问道：“你这么急着找我，还没说到底是什么事情。”

“嗯，这可是一件很重要的事情。”林挚站直了身体，问她道，“莉莉丝小姐，不知道我有没有荣幸做你明天晚上的舞伴？”

明天就是休假日，按照战队在基地时的惯例，晚上是要举行假面舞会的。莫莉几天前就看到贝寒签发的同意书了，只是那个时候她正因为他恶劣的言辞而恼怒着，根本就没把事情往脑子里记，早就忘得死死的了。

莫莉伸手捂住额头，低声哀号：“哦，天啊！”

林挚坏笑，又道：“我知道，莉莉丝小姐是绝对不会错过任何一场假面舞会的，所以，我来做你舞会上的男伴，怎么样？”

如果没有今天晚上的事，那么林挚来做她的男伴是最合适的，他已猜到她的身份，可以帮她打掩护，更重要的是还可以帮她挡掉莉莉丝遗留下来的“烂桃花”。可是现在，她几乎已经确定贝寒就是希瑞尔，就再不想和林挚去舞会了。

她心里头忍不住有些蠢蠢欲动：若是贝寒能够作为她的男伴参加舞会，那该有多好！

这个念头刚刚冒头，就被她自己否定了，这简直就是痴心妄想。贝寒是从来不参加假面舞会的，更别说这次由于没有易容机，大家都要以真实面目去参加舞会。

天狼战队指挥官贝寒破天荒地去参加假面舞会，然后再和基地里有名的放荡女莉莉丝搅和在一起。还有米亚，她可是一直梦想着贝寒将军能够参加假面舞会，然后推倒他，扯开他的衣领……这情形只光想象，莫莉就忍不住打了个冷战。

林挚笑着看她，问：“怎么了？感觉到冷吗？”

他脱下了自己的军装，不由分说地披到莫莉肩上，又开玩笑地问她：“不会这么难决定吧？请不要拒绝我，我会很受伤的。”

莫莉没心情理会他的玩闹，有些苦恼地看他：“我必须得去吗？”

林挚不说话，只用同情的目光看着她。

她深吸了口气，终于下了决心，说道：“那好吧，我去！我去舞会上露个脸，然后我们就一同出来，好吗？”

“当然可以。”林挚点头应下，却又一本正经地说道，“不过，莉莉丝小姐，我这样牺牲自己来帮助你，你不该有所表示吗？比如说请我吃顿晚餐，要知道因为这场倒霉的演习，我直到现在还饿着肚子，而这个时候除了你们总指挥部，整个战队就再没别的餐厅可以吃到东西了。”

像是印证他这句话，林挚的肚子竟真的咕噜噜地叫了两声。莫莉先怔了下，待那声音又响了两声，这才忍俊不禁。林挚像是也有些尴尬，拽着她往餐厅方向走，口里假意威胁：“不许笑了，再笑我就先把你吃了！”

莫莉无可奈何地笑笑，被他拖拽着往前走，无意间抬头，却不想一眼看到了指挥部三楼窗口处的贝寒，他立在那里，静静看着她，不知道看了多久。

莫莉一下子愣住，停住了脚步。

林挚察觉到她的异样，诧异地转过头顺着她的视线看去，窗口依旧，窗内却空荡荡的，看不到什么。他不曾进过总指挥部，并不知那是贝寒办公室的窗子，见莫莉犹自望着那里怔怔出神，奇道：“看见什么了？”

“没，没什么。”莫莉猛然回神，这才意识到自己还被林挚拽着，忙往回抽手，道，“你放开我。”

她语气中透着紧张，林挚松开了手，诧异地瞥她一眼，问道：“生气了吗？”

莫莉还想着刚才贝寒看她的眼神，闻言反应了一下，这才答道：“没有。”

林挚双手插进衣袋里，笑道：“我还以为你生气了，担心我的晚餐就此泡汤了呢。”

莫莉心不在焉地摇了摇头，突然像是想到了什么，急忙与林挚说道："你先等我一下，我回办公室处理一点事情，然后再带你去餐厅，好吗？"

她说完顾不上等林挚回应，转身就往指挥部跑去，一口气爬上三楼，直冲进指挥官办公室里。贝寒就坐在办公桌后，闻声抬头看过来，冷硬的目光落在她身上也未有丝毫的软化："莉莉丝小姐，"他漠然开口，声音不含丝毫温度，"我希望你先学会敲门。"

他前后态度变化太大，几乎判若两人，莫莉一时有些反应不过来，只傻愣愣地看着他。

贝寒微微皱了皱眉头，神色颇显不悦："你这样闯进来，只是为了站在门口发愣吗？"

"哦，不！"莫莉忙道，她想向他解释一下林挚这事，不想贝寒误会她和林挚的关系。可还不等她回答，贝寒已是又冷声追问道："那来做什么？"

莫莉有些摸不着头绪，眼前这人简直喜怒无常，明明上一刻还好好的，眨眼之间，就像是变了一个人，又暴露出他恶劣刻薄的本性。难道之前的一切真的只是她的错觉？可贝寒说的那些话又是什么意思？

就这么片刻的迟疑，贝寒面上已露出不耐之色："回答。"

他这般恶劣的态度惹得莫莉反感，她不由微微皱了皱眉头，沉声回答道："我是想来问一下，您还有没有事情吩咐我做，如果没有，我是否可以提前离开一会儿？"

贝寒面色更冷了几分，唇角上却勾起些许讥诮："怎么，急着去约会吗？"

这话真是把莫莉气到了，别说她现在还不敢完全确定贝寒就是希瑞尔，哪怕就是希瑞尔本人和她说这种话，她也是要恼火的。她微微冷笑，回应道："将军，我想这算是我的私事，您应该无权过问。"

贝寒的薄唇几乎抿成了一条线，目光直直地看着莫莉，冷然不语。

他这般样子，令莫莉突然心中一软，她匆匆跑回来只是想跟他说一声她和林挚只是朋友，她带他去餐厅吃个饭很快就回来，而不是回来和他吵架的。她深吸了口气，心平气和地开口："希瑞尔，我只是想带林挚去餐厅吃个饭，他……"

"我不是什么希瑞尔。"他冷冷打断莫莉的话，眉宇间隐约带上了一股戾气，"莉莉丝小姐，虽然你记性很不好，可我也希望你能牢牢记住我说过的话，我是贝寒，天狼战队的指挥官，希望你以后不要再叫错我的名字。至于你要和谁去吃饭，你刚也说了，这是你的私事，和我无关。"

莫莉紧紧闭嘴，再不想和他说半个字，直接转身出了办公室。

林挚就在楼外等她，见她走出来，扬了扬手臂示意，笑道："这么久才下来，我还以为你要放我鸽子了呢。"

莫莉勉强笑了笑，努力把心思从贝寒那里收回来，问林挚道："你想吃什么？指挥部的餐厅可以选择的套餐还多些，这一点可比新训营好多了。有没有特别想吃的？我请你。"

军中讲究官兵平等，但是再怎么平等，也还是存在着些许不同的，普通餐厅是根据每个士兵的身体所需实行配给制，而指挥部餐厅却是给了军官一些自由选择的权利。还有一点，虽然指挥部餐厅也不是全天候营业，不过像遇到今天这种特殊情况，餐厅会一直开放的。

此时已过午夜，餐厅里就餐的人员不多，稀稀拉拉地坐了几桌，散得很开。莫莉和林挚没往深处走，在靠近门口的地方坐了下来，刚要叫机器人侍者过来点餐，忽听到尤利安明显带着惊讶的声音："莉莉丝小姐？"

莫莉闻声抬头，看到尤利安和几个指挥部的军官就坐在不远处，他看着她，目光里带着惊讶："您怎么来这里用餐了？"

这话问得莫莉有些莫名，她不来这里用餐，难道还有别的地方可去吗？她正愣愣着，尤利安已是又看到了她对面的林挚，稍稍一怔后立刻站起身来，微笑着向他打招呼：“林少，您好，怎么会有空过来这里？”

林挚用手指了下自己胸前的亮光标识，笑得懒散：“阵亡人员嘛，最有空闲了。”

尤利安同桌的几个军官像是和林挚很熟识，纷纷与他打招呼，又热情地发出邀请：“带着莉莉丝小姐一起过来坐吧！”

林挚闻言反而起身拉着莫莉往更远处走，边走边笑道：“别当我不知道你们安的什么心思。莉莉丝，我们坐到别处去，离这些坏小子远一点。”

这话引得众人哄笑，也叫莫莉感到稍许尴尬。

林挚看出她的窘迫，只当她是羞涩内向，压低声音提醒道：“嘿，不要这样，宝贝，你现在应该向他们大抛媚眼，而不是害羞地低下头来。”

莫莉现在是万万抛不出媚眼的，她知道林挚是好意，转头向着尤利安那一桌人笑了笑，算是勉强应付了过去。机器人侍者已立在桌旁等待点餐，莫莉胡乱点了些东西，虽有心控制着，可整餐饭仍是显得有些心不在焉。

吃过饭出来，林挚送她到宿舍楼外，若有所思地看了她两眼，轻笑着问道：“怎么了？是不是有心事？”

的确有心事，不过却没法和他说，哪怕她真的把他当朋友。莫莉其实不是一个善于说谎的人，沉默了一下才回答道：“没事，可能是今天有点累了吧。”

林挚笑笑，没再追问，半真半假地和她开玩笑：“我亲爱的莉莉丝，你若是不想请我上去喝杯咖啡就请直说，放心，我很坚强。”

莫莉哭笑不得，无奈地看他，说道：“林挚，我们是朋友。”

“林，请记得叫我林。”林挚笑着纠正，忽地上前一步伸手勾住莫莉后脑，低头在她唇上飞快地啄了一下，然后不等她反应就又后退，坏笑着说道，“晚安，莉莉丝，夜里到我梦里来，好吗？”

他一面后退着一面向莫莉挥手，很快就消失在通道尽头。

莫莉手捂着自己的唇，愣愣地站了半晌这才回过神来，她用手背用力擦了一下唇，逃避性地不再去想刚才的事情，只回身往楼上跑，跑了没两步却又停下脚步，迟疑了几秒钟之后，转身往下跑了去。

宿舍区与办公区之间只隔了一个花园，莫莉径直穿过去，在贝寒办公室外的楼下停了下来。三楼的那个窗口已经灭了灯，看情形贝寒已经离开了。莫莉一时有些发怔，不知道该如何是好，贝寒立在窗口静静看她的样子还深深地留在她的脑海里。他刚才那般的反应，会不会只是因为吃醋？

这样一想，倒是叫她觉得可以原谅他之前的恶劣。可这样恶劣的贝寒将军，到底是不是她的希瑞尔？是她的感觉在欺骗她，还是他在欺骗她？莫莉原本几乎都可以确定的事情，又变得不确定起来。

可能是在楼下站了太久，有卫兵注意到了她，走过来询问道：“莉莉丝小姐，请问需要帮助吗？”

莫莉回过神来，向着卫兵摇头：“谢谢，不用了。”

她转身往回走，突然间就做出了一个胆大包天的决定。她重新振作起来，又跑去了餐厅，偷偷摸摸地找了一小瓶酒，揣在衣兜里溜了出来。

但凡和男女之事沾上边，女人的智商往往能够在短时间内得到突破，莫莉在通讯器里联络贝寒，一本正经地说道：“将军，联盟舰队总司令部来了急电，需要您的回复，我现在马上给你送过去。”

通讯器里一阵沉默，过得片刻才听见贝寒淡淡说道：“好。”

莫莉这会儿工夫已经走到了他的住所外，那是一座小小的花园式洋房，位于指挥部驻地的最深处，栅栏门外并没有警卫人员站岗，贝寒一向不喜欢警卫人员离他太近，这是整个战队都知道的事情。

她穿过院门，强作镇定地往里走，到门口时却没急于敲门，立在那里深吸了几口气，这才把衣兜里的那一小瓶白酒掏了出来，打开瓶塞毅然地往嘴里倒了一大口，又把酒瓶丢进墙边的花盆里，以“不成功便成仁”的勇气敲响了贝寒的房门。

大概过了十多秒，房门才被从内打开，贝寒立在门内看她，问道：“什么急电？”

他穿着衬衣长裤，应是刚洗过澡，出来得又匆忙，衬衣的扣子只系了两三颗，露着大片的胸膛，紧实而健壮。莫莉扫了一眼，赶紧移开了视线，她嘴里还暗含着一大口酒，不敢答话，只低着头沉默地往门内挤。

贝寒微微皱了下眉头，后退了一步让开了门口。

第七章

胆大包天

莫莉迈入房内，反手关上门，不管三七二十一上前搂住了贝寒的脖颈，踮着脚往他唇上吻了过去。来吧，只要把这口酒给他喂下去，他到底是不是希瑞尔就一清二楚了。莫莉的想法其实不错，可惜忽略了最为重要的一点，以他们两个的身高差，如果贝寒不肯配合，她就是踮起脚来也照旧够不到他的唇。

贝寒腰背挺直，不为所动地站着，垂眼看她。

莫莉快被自己蠢哭了，可事到如今已经骑虎难下，唯有不达目的誓不罢休。她咬着牙刚想着往贝寒身上蹿，不想他却赶在她之前出手，抬手把她的手臂拉下来，一把将她摁到了门后。

他逼近了她，讥诮地勾了勾唇角，问道："怎么？难道林挚不肯留宿吗？"

他又这样恶劣！莫莉告诉自己先别和他计较，待达到目的再说。她仰着头，尽量妩媚地看他，手揪住他的衣襟，一点点地用力，试图将他拽得低一些。他顺着她的力道缓缓俯下身来，目光从她的唇上扫过："又喝酒了？这次要把我误认为谁？"

哦，这可真是一个心胸狭窄、睚眦必报的老男人！如果不是不想半途而废，莫莉真想把嘴里的那口烈酒喷到他脸上去。她微微抿着唇，摇了摇头，只又重新把手臂缠上他的脖颈，悄悄地踮起了脚，一点点地，不露痕迹地接近目标。

贝寒看她几眼，忽地挑了挑眉毛。

莫莉心中一惊，正担心被他看出什么破绽来，他已抬手抚上了她的脸颊，指尖轻轻地擦过唇，慢慢地低下头来，哑声问道：“你想要我吻你，是吗？”

莫莉忙点头，眼看着就能触到他的唇，忙不顾一切地抬脸凑了过去。不想就在这时，他手上突然发力，捏住她的下颌猛地一磕，莫莉辛辛苦苦含在嘴里的那一口酒半点儿没浪费，全都自己咽了下去。

她毫无防备，差点儿被酒呛到，咳了半天才缓过劲来，人却还有点发傻，半张着唇呆呆地看他。他忽地笑笑，不等莫莉反应过来，侧头吻住了她的唇，又在亲吻的空隙里低声感叹：“莫莉，你怎么能这么笨？如果急需我回复，司令部会直接发送给我，而不是由你这个刚刚上任的行政秘书转交。知道吗，嗯？”

他轻啄着她的唇，没两下就又情不自禁地深吻下去。

莫莉一直没有反抗，却也没有任何回应。慢慢地，贝寒停了下来，抬起头默默打量她。

莫莉垂着眼眸，并没有看他，只平静地问道：“你一早就知道我来是别有用心，是吗？”

贝寒坦然承认：“是。”

“但你却没有说破，只是等着看我的笑话。”莫莉扯了扯唇角，自嘲地笑笑，“我的确是很笨，我也想变得聪明一点，强大一点，可惜我总是做不到，总是做一些自以为很聪明实际上却很愚蠢的事情来引你发笑。”

“莫莉！”他突然打断了她的话，捏着她的下巴强迫她抬起头来，盯着她问道，“我是不是希瑞尔，真的有那么重要吗？”

莫莉抬眼看他，回答："是，我要找到他。"

他不由皱起剑眉，又问她："为了找到他，你先去试探肖泽恩，然后再来试探我，只是为了希瑞尔，是吗？"

"是。"莫莉答道。

贝寒真是有些被激怒了，他的指尖不自觉地用力，捏着她那尖尖的、肉肉的小下巴，讥诮道："你想怎么试探？只是用一口酒？又想怎么辨别？你能确定真正的希瑞尔喝了酒会怎样吗？"

莫莉绷紧了唇角，咬着齿关不肯说话。

贝寒却仍不肯放过她，又问："你还打算用这个愚蠢的法子去试探谁？林挚？尤利安？又或者是基地里的每一个男人？"

"很蠢，是吗？"莫莉突然问道，她盯着他，眼圈一点点变红，像是在竭力忍着泪，可眼睛却仍是不受控制地潮湿起来，"我也觉得自己很蠢，可我找不到一个看起来不这么蠢的办法。我不知道他真实的姓名，真实的相貌，不知道他真正的身份，除了他酒后的气息，我什么都不知道。贝寒将军，请你告诉我，我该如何去寻找他？"

她说得很慢，声音不大，却似用尽了全身的力气才能说完这些话。

莫莉疲惫地闭了闭眼睛，片刻之后又嗤笑出声，轻声道："我说错了，我现在甚至连他的气息也快记不住了。也许这件事从头到尾就是一个错误，也许在他的眼里我也是一个笑话，可我却还妄图去找他。"

她自嘲地笑笑，身体顺着门板缓缓地往下滑落，仿佛连站立都已成为一件很困难的事情。

贝寒伸手握住她的肩膀，一把将她提了起来，冰冷的声音里不带一丝感情："他到底为你做过什么，能叫你这样念念不忘？你们一共才相处了几天？你又对他了解多少？竟然就能爱上那样一个完全虚幻的人！"

"那你又为我做过什么？"莫莉高声打断他，一字一句地质问，

“贝寒将军，请你告诉我，你又为我做过什么？”

不知是酒精激发了她的胆量，还是贝寒对希瑞尔的攻击惹怒了她，莫莉积压在心底的怒气与不满一下子爆发了出来：“在图书馆里对我做那样的事情，再把我叫到你的办公室里去威胁羞辱。是的，你也救过我，然后却给我吃莫名其妙的致幻果，这就是你为我做过的事，是吗？”

贝寒一下子愣住了，目光直直地看着她，好一会儿才低声问道：“你一直是这样认定我们的关系的？”

“你还想我怎么认定？你喜怒无常，阴晴不定，高兴时对我挑逗戏弄、勾引撩拨，不高兴时就横眉冷对、肆意羞辱。你有从心里真正尊重过我吗？”莫莉反问，她嘲弄地看着他，“哦，贝寒将军，我知道，在您看来我所思所想甚至所做的一切都是愚蠢可笑的。我不肯承认自己的生理渴望，我虚伪地压抑自己。我嘴上坚持着‘有爱才可以做’，却被您三番五次地证明了我的口是心非。我和您发生关系，动物一样地纠缠，穿上衣服后才知道羞耻。好吧，您成功了，您是对的，所有的一切都是激素在起作用，我和真正的莉莉丝并没有什么不同，我只是更矫情而已！”

“闭嘴！”贝寒轻声喝断她的话，他唇动了动，欲言又止。

情绪发泄过后，莫莉只觉无边无际的疲惫。她抬高双手做出一个“停止”的手势，深吸一口气，力图叫头脑冷静一点，然后说道：“抱歉，贝寒将军，我喝了酒，有些控制不住情绪。我现在想一个人静静，请允许我离开好吗？”

贝寒没有放开她，只是问道：“非要找到希瑞尔，是吗？”

“不，不找了。”莫莉摇头，轻轻地吐出一口气来，缓慢而坚定地说道，“再也不找了。我会忘记那个根本就不存在的人，忘记我曾经叫作莫莉，我会做好莉莉丝，做一个真正的洒脱的联盟人。”

他看着她，半晌没有说话。

莫莉不得不向他困难地笑笑，再一次请求道："贝寒将军，请您放开我。"

贝寒却依旧没有松开她，忽然问道："酒呢？"

莫莉被他问得一愣："什么酒？"

"你带来的酒呢？"他的手顺着她的身侧往下摸，很快就确定她并没有把酒瓶放在身上，他盯着她，嘲弄地勾了勾唇角，"别告诉我你一口酒从餐厅含到了这里，你是到了院外才给我打的通讯，那个时候你的嘴里可没有酒。"

莫莉还有些反应不过来，他已经把她拉到一旁，打开房门牵着她的手往外走："你把酒瓶藏在哪里了？还是胡乱丢掉了？"

直到被他拉着走下门廊，莫莉这才明白过来："在花盆里，酒瓶藏在花盆里。"

贝寒停下脚步，反身回去在墙边的花盆里把那小小的酒瓶摸出来，然后又拉着莫莉进了房子，就站在门后，将她逼到墙边，淡淡问她："喝多少？要喝多少酒，你才能辨别出我是不是你的希瑞尔？"

莫莉仍惊愕着，半张着嘴答不出话来。

他勾起唇角，讥诮地笑笑，目光锁住她的眼睛，单手推开了瓶塞，慢慢地往自己口中倒酒，一口，两口……直至那酒见底。他将那酒瓶随手往旁边一抛，金属制的瓶身落在地板上发出清脆的响声，跳了两跳，这才滚远了。

贝寒双手搭在莫莉头侧的墙壁上，用手臂禁锢住她，慢慢地俯下身来，缓慢地吸气吐气，紧贴着她的唇擦过，又凑到她的耳边，低声问道："我是谁？回答我，莫莉，你还记得我的气息吗？"

那熟悉的气息扑面而来，莫莉没有回答，可绷紧的身体却不受控制地战栗起来。

“你问我曾为你做过什么。没错，你的每一项指控都对，除却遗漏了一件事情。”贝寒停了停，缓声说道，“我还曾为了你，以营救雷奥做条件，抛下整个天狼战队，跑去阿德旺斯做了希瑞尔。”

莫莉依旧没有出声，她抬高手臂揽住他的脖颈，埋头在他胸前，好一会儿，那瘦弱的肩头才隐隐地抖动起来：“你是个浑蛋，你真的是个浑蛋。”她闷声说道，声音因为哽咽而有些变调，“你看着我闹笑话，你还说那样的话羞辱我。”

“嗯，我是个浑蛋。”贝寒应和，又问，“还有什么指控？”

莫莉哽咽地答不出话来，最后只能恼恨地去咬他的胸膛，可他的胸膛实在是太坚硬了，又太过紧实，她几次张嘴竟然都无从下口。这个发现叫她既郁闷又无奈，到后面忍不住愤恨地低呼：“哦，浑蛋！”

贝寒抬起她的脸，神色分明还淡漠着，口中却是说道：“换个地方咬。”

莫莉勾着他的脖颈，踮起脚咬住了他的唇。

他应该还是有着怒气的，开始时并不肯回应她，直到她笨拙地用舌尖去撬他的齿关，这才像一头被突然激怒的猛兽，凶狠地反击回去。他低下头吻她，轻轻松松地将她从地上抱起，用力地抵在墙壁上，而她像一株鲜嫩多汁的藤萝，用肢体缠紧了他，给出了她无声的回答。

爱是什么？是珍惜，还是克制？是包容，还是放纵？是想得到他的全部，还是向他奉献出自己的一切？

她承接着他的激情，又报以热烈的回应，而他享受着她的热情，却又时刻不忘顾忌着她的感受。他们彼此小心地试探，毫无原则地妥协，全无保留地把自己交付给对方。她从不知道他可以这样温柔而强悍，而他也从未想过她能这样热情与大胆。

不知是什么时候到的床上，激烈的纠缠终于变成了温柔的厮磨。

电闪雷鸣之中，灵魂与身体似是脱离开来，身体向下坠向无边的深渊，而她的灵魂却扶摇直上，如同一只风筝，被他放入高空。线还掌控在他的手里，每一个细微的动作都能扯动她的灵魂，叫她说不清自己现在是痛苦还是快活，想哭喊，却又想放声尖叫。

空气中充满了暧昧的气息，贝寒的呼吸比莫莉早一步平稳下来，待情绪冷静，他才赫然发现自己刚才情绪失控下带给她的伤害。他不觉愧疚，从身后把她拥入怀中，低声道歉："对不起，是我没控制好自己。"

莫莉回过头去亲他的唇角，亲着亲着，又鼓起勇气小声赞他道："你真棒！"

贝寒微微一愣，随后莞尔，唇角分明都翘了起来，语气却是淡淡的："我知道。"

莫莉不由得挑了挑眉，想要去看他的表情，他却早先一步用手盖住了她的眼，再一次低头吻住了她的唇。不一会儿，两人的呼吸又不禁有些急促，为避免事态进一步失控，他不得不起身离开她，自己先去浴室冲了个冷水澡。

"你等我一会儿，我马上回来。"他套上衬衣长裤，离开了卧室，过了十来分钟才又回来，手上已拿了支白色药膏，淡淡解释，"消炎去肿的，虽然不是专用药剂，不过尤利安说很管用。"

莫莉开始只顾着害羞，迟了两拍才反应过来，惊道："你去管尤利安要的？"

贝寒不以为意地点头："嗯，我去找他要的，要用大型治疗机难免要惊动医疗室的人。"

莫莉僵了一僵，忍不住懊恼地捶床，低声叫道："哦，贝寒，你这个笨蛋！"

还从未有人向贝寒说过"笨蛋"这个词，他不觉愣了下，这才轻轻勾了勾唇角。他静静地看着她，目光里的狂热慢慢退去，情感一点点地藏入眼底，终又恢复成那个冷静自持的战队指挥官："莫莉，我知道你对我有很多疑问，可很多事情我都不能告诉你，并不是不相信你，而只是不想把你牵扯进来，想保护你。"

"嗯，"莫莉缓缓点头，表示明了，"那我不问。"

贝寒不想她竟这样乖巧，诧异地微微扬眉，看了她片刻后，又继续说道："甚至连我们的关系可能都要暂时保密，需要找到一个合适的机会再公开。"

莫莉以手托腮，斜睨他一眼，阴阳怪气地说道："我明白，贝寒将军，你早就已经和我说过了，你无意与我开展一段幼稚的、无聊的办公室恋情。"

贝寒闻言愣了下，脸上竟是微微一红，反手惩罚性地去揉她的短发，低声威胁："不许再揭短。"

莫莉笑着躲避，忽又记起件事情来，问贝寒："尤利安知道吗？"

"尤利安是可以信任的人。"贝寒答道，停了一停，又道，"他知道我去阿德旺斯，也知道你是莫莉。"

莫莉隐隐猜到贝寒的身份是一个极大的秘密，他在阿德旺斯时是以改造人的身份出现的，并成功骗过了所有人，而在联盟首府波斐克时，他又曾经接受过联盟基因检查，验证过他联盟人的身份。

她现在虽还想不透这究竟是怎么回事，却也知道这是很机密的事情。

莫莉思考的时候会习惯性地咬唇，正思量着，无意间一次抬眼，却发现贝寒正目光灼灼地盯着她的唇，她怔了下，有些哭笑不得地叫道："哦，贝寒将军，我发誓真的没有勾引你，我只是在想事情。"

贝寒看着她，一本正经地说道："你应该勾引我，在天狼战队没有一个女人不想勾引指挥官贝寒，只有敢与不敢之分。你如果真的是莉莉丝，应该时刻不忘勾引我才正常。”

真是、真是太自恋了！莫莉有点不敢置信地看着他，低声喃喃道：“贝寒将军，您真有自信。”

“嗯？”贝寒轻轻扬眉。

“哦，没什么！”莫莉忙道，她向他咧嘴笑笑，想了一想，又认真问道，“你能明确地告诉我，我应该知道些什么吗？你知道我脑筋转得慢，所以，把我该知道的告诉我，而我不该知道的那些，我会尽量去忘记它。”

贝寒有些意外，忽然觉得自己以前一直看错了莫莉，她一点儿也不笨，相反，她聪明得令他惊讶。他情不自禁地凑过去轻触她的唇，又在她抗议之前开口，冷静地说道：“莫莉，你只知道我是天狼战队的指挥官贝寒，别的你一概不知。”

莫莉郑重点头：“我明白了。”

贝寒看她片刻，贴到她的耳边，又一字一句地说道：“还要偷偷记住，我是你的希瑞尔。”

莫莉心中一暖，展臂搂住他的脖颈，哧哧笑着，低声问他：“真的可以勾引你吗？”

他愣了一下，微眯了眼睛看她，哑声答道：“请务必记住在人前，光明正大地勾引，否则，后果自负。”

“好。”莫莉应声，紧接着却又忍不住哀号，“哦，米亚要是知道我勾引你，她会杀了我的！”

贝寒拥住了她滚倒在床上，又不忘给她再补一刀：“莫莉，你已经睡了我好几次了。”

莫莉气得伸手去捶他的背，他却把头埋在她的肩窝，闷声而笑。

屋内气氛正好，贝寒放置在床头的通讯器却突然发出轻微的蜂鸣，两个人都停了笑闹，贝寒抬起身来，看看通讯器，又低头去看莫莉。不等他提醒，莫莉已经用食指压住了唇，示意自己会噤声。

贝寒勾唇笑笑，拿开她的手，低下头飞快地亲了她一口，这才伸臂摁下了通讯器开关。扩音器里响起了尤利安明显带着紧张的声音：“很抱歉打扰您，贝寒将军。那个，那个，还有一刻钟宿舍楼的警卫人员就要换岗了，如果您想送莫莉小姐回去，请您抓紧时间。”

屋子里有一瞬的静默，莫莉伸手拽过枕头，自欺欺人地盖住了脸。她这个动作引得贝寒哑然失笑，声音却是一如既往地平稳淡漠：“我知道了。”

“呃——”尤利安明显地顿了一下，像是在拿捏用词，最后说道，“呃，祝您尽兴。”

“谢谢。”贝寒礼貌应答。他结束了通讯，伸手强行掀开莫莉头上的枕头，唇角噙着笑看她，“时间不多了，不论要做什么，我们都得抓紧一点。”

莫莉脸蛋绯红，不知是羞窘还是刚才被枕头捂的，她双手撑住贝寒的肩膀用力往外推搡，低声叫道：“衣服，快去把我的衣服找回来！”

衣服和鞋子都还丢在房门口，贝寒出去找了回来，又拎着那条被撕坏的小裤裤给莫莉看，小心地问她：“好像没法穿了，是吧？”

莫莉一把抢过来塞进自己的衣兜里，也不理他，只手忙脚乱地穿衣服。衬衣，窄裙，还有收腰的军装短外套，虽然难免都有些皱巴巴的，不过幸好都还算完整，扣子也没有崩落，如果只看外面，衣装倒还算整齐。

她真感谢他在那样激烈的纠缠里还能保持理智！

莫莉推开贝寒的扶持，尽量保持正常的姿态走了几步，回头问他：“看不出什么来吧？”

贝寒扬了下眉梢，选择避而不答，上前一把将她抱了起来：“我先送你回去。”

他避开警卫人员把莫莉送回宿舍，顾不上多做停留，只低头吻一下她的发顶，匆匆交代道："上午不要去指挥部了，好好睡一觉，我叫尤利安暂时接替你的工作。"

他说完复又从露台离开，莫莉贴着落地窗默默站着，直到再也看不到他的身影，这才回身扑倒在了床上。身体没有一处不叫嚣着疲惫与酸痛，可精神却极度亢奋，根本无法入睡，她睁着眼熬到天色大亮，索性爬起来换好衣服去餐厅吃饭。

刚一出宿舍区正好遇到米亚值完夜班回来，直奔着莫莉跑过来，问道："嘿！小妞，晚上要不要一起去舞会？"

第八章

苦口婆心

莫莉这才记起晚上还有舞会，同时想起来她昨天还答应了林挚给他做舞伴。她真是有些头大，觉得很有必要去和贝寒解释一下这个事情，或者请他帮忙想个法子，可以叫她有理由不去那个什么假面舞会。

她正不知道怎么回答米亚，米亚却误会了她的反应，向她挤挤眼睛，小声说道：“不用发愁，你可以找肖泽恩当舞伴，那家伙虽然看着冷，不过人很好，而且他的技术也不错，相信我。没事，如果你不好意思说，我帮你去说！”

“不用！真的不用！”莫莉赶紧拒绝。米亚却仍是一脸“哦，莫莉你不用和我客气，这只是小事一桩”的表情，吓得莫莉又连忙补充道，“我已经约了林挚！真的，他邀请我做他的女伴。”

“哦，这样啊。”米亚竟然还有点惋惜，又好心提醒莫莉，“那你可要小心丽娜，她战斗力真的很强，跟她抢男人一般都没有什么好下场。”

莫莉哭笑不得，迟疑了一下，看周围并无他人，又试探性地问道：“真的有这么严重吗？联盟人不是很不在意男女关系吗？就算我真和林挚发生点什么，丽娜也管不到，对吧？难道你会因为我睡了贝寒将军，就不和我做朋友了吗？”

“当然不会！”米亚想也不想地答道，不等莫莉松一口气，她就又继续说道，“就你这胆量和体能，你就死心吧，你一辈子也睡不到贝寒将军的！”

“如果万一不小心睡了呢？”莫莉很是小心地问道。

米亚嘿嘿坏笑，伸手揽过莫莉的肩膀，低声问道：“小妞，你知道全联盟有多少女人想要睡冷傲强悍的贝寒将军吗？你想要睡他，用‘万一’都不能形容其概率，得用‘亿万一’才行，明白吗？到目前为止，还没有一个女人敢公开说她睡过贝寒将军。我偷偷告诉你，其实大家私底下一直有猜测，贝寒将军有可能到现在都还是个处……”

莫莉吃了一惊，差点儿跳起来，米亚一把摁住了她：“所以，如果这么小的概率都被你撞到了，只能说幸运女神与你同在，放心，我不会妒忌你，只会仰视你，女神！不过，作为朋友，请一定拍下视频给我看！裸体，我只需要将军的裸体。”

“呃？”莫莉怀疑是自己听错了。

米亚却是一脸憧憬，心神向往：“我觉得我只要对着贝寒将军的裸体就能嗨到天上去。”

莫莉很无语，以手扶额，真不知道该说些什么。

“嘿，小妞，咱们说太远了，先不讨论迷人的贝寒将军，只说前一个问题，你真是太不了解联盟人了。”米亚四下找了找，指着花园里的一把休息椅给莫莉看，“看到那个了吗？如果说男人是一把椅子的话，这把椅子之前坐过多少人，之后又要有多少人来坐，我们联盟女人才不会在意。但是，如果我正在坐着呢，你却过来抢，这事情就很严重了。”

这比喻简直绝妙，竟让莫莉无言以对。

米亚拍拍她的肩膀以示安慰，最后又不忘说道：“你要是改主意提前告诉我，泽恩那里你放心，我随时都可以帮你去说的。”

莫莉几乎要吐血，却又不得不感谢米亚的好心："谢谢，我会认真考虑的。"

经米亚这么一耽误，等莫莉吃过饭再去指挥部，时间就有些晚了。她刚进指挥官办公室，还来不及走到自己的位子上，忽然听到茶水间那边传来声响，迟疑了一下走过去查看，就看到了正在煮咖啡的尤利安。

他看到她先是一愣，随即就露出灿烂的微笑，愉快地招呼道："哦，莉莉丝小姐，不是说要休息一上午吗？身体已经没关系了吗？"

"没事了。"莫莉很是尴尬地笑笑，告诉自己说他这只是礼貌的问候。

不过，她显然是自欺欺人了。

尤利安端着咖啡走出来，先瞥了一眼不远处贝寒那关得严实的房门，这才倾身凑近了莫莉，眨着那双亮晶晶的快要能冒出光来的眼睛，压低声音问她道："莫莉小姐，我知道问这个问题对将军十分不礼貌，不过我实在是太好奇了，贝寒将军昨夜里……真的是第一次吗？"

莫莉愣了一下，差点被自己的口水呛死过去，吓得尤利安不得不单手擎着咖啡，另一只手过来帮她拍背，关切地问道："您没事吧？"

莫莉扶着门框咳得要死要活，连话都顾不上说。就在这时，贝寒的办公室门突然被从内打开了，一身军装严整的将军大步而出，看到茶水室门口的莫莉和尤利安似是微微一怔，步子却未作丝毫停顿，只淡淡吩咐道："尤利安，跟我去起落场。"

刚才那个眨着眼睛求八卦的尤利安立刻不见了，他把咖啡杯往莫莉手中一塞，肃立应道："是，将军。"

贝寒继续往外走，人要走出门口时却又步伐稍顿，侧头交代莫莉道："莉莉丝，请给我安排两个人的午餐，总司令部军情处的莱恩长官来了。"

这种事情一向由尤利安来负责，他这样吩咐分明是有意解释给她听，莫莉几乎是立刻就明白了，微笑着应下：“好的，将军。”

贝塞瞥了她一眼，唇角微不可见地勾了勾，再没说别的话，只带着尤利安出去了。

指挥部的起落场上，一架小型飞行器刚刚降落，联盟舰队军情处长官莱恩只身从内出来，见到过来接他的贝塞，一如既往地上前给他一个热情的拥抱，说道：“时间紧迫，我们边走边说，下午我还要再赶回波斐克去。”

贝塞轻轻扬眉，沉声问道：“出什么事了？”

“联盟政府执政官换人了，虽然还没正式宣布，不过大局已定。”莱恩回答，他脸上少见地没有嬉笑，不等贝塞问径直说了下去，“是东隽野，他将成为下一任执政官，对了，你们战队里有个军医叫东真纪的，那是他的女儿。”

东真纪曾在新训部医疗室担任主任医师，独立日晚宴之后一直处于休假状态，贝塞前两天才刚刚通过她的归队申请。他轻轻抬手，示意尤利安等人不要跟随，又问莱恩道：“这样看来，政权可以平稳过渡？”

东隽野之前是首席财政官，和林挚的父亲林执政官关系良好，如果由他来担任下一任执政官，政局的动荡极可能会降到最低。

“这是多方角力的结果，比我们之前预料的要好，但是也不容乐观。林执政官受伤隐退，作为弥补，林挚会在军中崛起，司令员已经允诺。借着林挚之前在伏击战中的突出表现，嘉奖令很快会下达，他将进入你的指挥部。”

莱恩停了一下，又解释道：“放心，他不会在你这里待太久，天狼战队只是他的一个跳板，他最终要进入舰队总司令部。”

贝塞神情漠然，只问道：“这就是你此次来的目的？”

“不全是。”莱恩抬眼去看贝塞的神色，说道，“执政府一直在追查宴会袭击案，有消息透露他们已经在暗中调查你，我这次来要把莫莉带走，她在这里就是一根引信，不知什么时候就要把你这颗炸弹引爆。”

贝寒停下脚步，转过头冷冷地看向莱恩。

莱恩故作轻松地笑了笑，又调侃道：“嘿，贝寒，不要这样看我，整个联盟里我最了解你。你才不是什么孤高冷傲的联盟之星，莫莉那小妞只要在床上和你撒撒娇，就能把你那颗闷骚的心掏走。”

贝寒漠然不语，半晌之后，忽轻慢地勾了下唇角：“莱恩，你来晚了，她已知道我的身份。”

莱恩唇角还保持着轻笑的弧度，眼神却早一拍地露出了“惊愕”“不可思议”“不敢置信”以及“贝寒你是不是疯了”等诸多复杂的情绪，他瞪着贝寒，半晌之后才感叹道：“才短短四十八个小时，哦，甚至还不到！贝寒，你还能再没出息点吗？”

罕有人能看到军情处长官这般情绪外露，贝寒却如同视而不见，只神色淡漠地看他：“我爱她，所以，这次你要无功而返了，我不会叫你把她带走，她也不会同你一起走。”

莱恩不得不用深呼吸来调节自己的情绪，之后才重又露出僵硬的笑容：“嘿，我亲爱的贝寒将军，叫我们两个都冷静下来，理智地、心平气和地来讨论这个问题，好吗？”

“我一直都很冷静理智。”贝寒说道。

“你冷静理智个屁！”莱恩终于忍不住说了句脏话，他撕下脸上的伪装，恶狠狠地叫道，“贝寒，你之前说你对这个小妞感兴趣，要把她带回战队，好吧，我答应了，我把她变成莉莉丝放到你身边。我理解你潜藏的基因导致你更容易被原始的回归岛人所吸引，身为老处男遇到一个自己感兴趣的女人不容易。这一切都没关系，真的没关系。可你失身也就算了，你为什么还要和她玩什么爱情？你都多大了？不觉得自己幼稚吗？”

贝寒依旧是平静淡漠：“不觉得。”

“哦，神明啊！你带我走吧！”莱恩以手扶额，愤然道，“贝寒，你会把我气死的。”

贝寒默然不语，只淡淡看他。

莱恩努力调整情绪，半晌之后，终又恢复成风轻云淡的莱恩处长，他唇角挂着迷人的微笑，一脸真诚地说道：“贝寒，我向你保证，我一定确保莫莉的安全，可以吗？用我的名誉保证！你必须叫我带走她。”

贝寒唇微动，正要说话，莱恩却又赶在他之前叫道：“我不碰她，保证不碰她，我理解你那该死的占有欲，我绝对不会碰那丫头的，我也会看着她，不许别人碰！”

贝寒有些哭笑不得，忍不住勾了下唇角，解释道：“莱恩，不是这个问题。”

“莫莉得跟我走。”莱恩也正经起来，试图说服他，“贝寒，战队的休假马上就要结束，你们很快就要被派往前线。你不知道那里现在形势多么严峻，哦，伊诺尔那个狗娘养的，他狡猾得令司令员都感到头痛。所以莫莉留在战队里并不安全，我们谁也不想上次的事情再次发生，我们得把她送到一个最安全的地方！”

贝寒垂目，淡淡说道：“她在我身边，这就是最安全的地方。”

莱恩无语了，觉得自己刚才的那些话都白说了。他默默盯了贝寒半晌，决定换一种方式，于是问道：“你就这样把身份告诉了她，难道不怕她泄露出去吗？”

“我信任她。”贝寒回道。

“嘿！这不是信任不信任的问题。好吧，我信任你的信任，可你知道有些时候，有些事情是她都无法控制的吗？我搞了这么多年情报工作，最了解各式各样的刑讯手段，贝寒，可能你的小莫莉还在睡梦中，就把你们之间的所有一切都告诉了敌人，包括你的身份，你们上过几次床，用过什么体位，哦，还有你在床上表现得是否和在战场上一样强悍！”

贝寒冷冷看他一眼，打断他的喋喋不休：“我在哪里都一样强悍。”

“哦，那不是重点！”莱恩无语，忍不住翻了一个大大的白眼，双手举过头顶，“好吧，贝寒将军，我向您投降。”

他气得不肯再说话。

两人又沿着海岸线慢慢往前走了一段距离，贝寒突然问道：“还记得我去阿德旺斯前你说的话吗？”

莱恩心里还有气，闻言扬了扬眉，讥诮道：“我说的话实在是太多了，假话多，真话少，还经常自己打脸，不知贝寒将军问的是哪一句？”

“你说莫莉必须处于我的绝对控制之下。”贝寒没有理会他的阴阳怪调，声音平稳冷静，“莱恩，你说的一切我都有考虑，也是正因为如此，我才更不能叫她离开我的身边。不只是为了她的安全，也是为了我自己。”

莱恩听得沉默下来，好一会儿才又不死心地问道：“真的没有再商量的余地了？难道你连我都不信任吗？”

“我可以信任你，但是莫莉不能。”贝寒淡淡答道，停了一停，又道，“还请你回去转告司令员，我对他的忠诚始终不变，但是，我也有自己想要守护的东西。”

莱恩终于死心，无奈地笑了笑，又道：“话我会给你捎到，不过我想司令员一定会失望的，你不知道，他其实一直很想你能和东真纪小姐缔结婚姻，现在东隽野又成了下一任执政官，司令员更想要和他保持关系良好了。”

没了刚才的争执，两人之间的谈话重又轻松起来，贝寒闻言不觉勾唇浅笑，话语少见地幽默：“我只卖命不卖身。”

莱恩配合地哈哈大笑几声，然后却又敛了笑容，一本正经地说道：“贝寒，你以后尽量少和人说笑话，不是所有人都愿意像我这样配合你。”

贝寒竟还真的点头，淡淡应道：“好。”

两个人都沉默了一下，相视而笑。很像多年前，他们还都是倔强的少年的时候，两人在格斗场上拼得你死我活，每每打残了一个才算了事，可是到最后，不论是躺在地上无法动弹的那个，还是站在那里摇摇欲坠的那个，他们给彼此的笑容却一直未曾改变。

可惜，莱恩的正经与贝寒的温情同样短暂，能维持个三五分钟都算难得。很快，他就向着贝寒挤眉弄眼，低声问道：“嘿，伙计，来和我说一说，回归岛人在床上的表现怎么样？真的会与众不同吗？”

贝寒凉凉地瞥他一眼，抿唇不答。

“哦，来吧，不要害羞！”莱恩催促，颇为期待地盯着贝寒，“小贝寒，我可是经验丰富，你有什么疑问都可以随便问，我能够给你最专业的技术指导。来吧，来吧，我知道你一定存着不少问题呢！”

“莱恩。”贝寒停下步子，看着他欲言又止。

莱恩忙凑到了他的跟前，一脸的兴奋：“在在在，快说！”

贝寒冷冷一笑：“我会揍你的，真的。”

“好吧，当我什么也没说过。”莱恩立刻换了一副嘴脸，重又严肃正经起来，“你知道的，贝寒将军，我只是在和你开玩笑。”

说话间，两人已走近指挥部，路上所遇士兵纷纷向两人敬礼，莱恩不时地回礼，抽空又问贝寒：“中午可以和莫莉小姐一起吃个饭吗？”

“不能。”贝寒拒绝得干脆利落。

莱恩脚下一顿，转过头看他，又问：“你不会把那小妞藏起来了吧？”

贝寒冷冷看他一眼，没有搭理。

莫莉自然不会被藏起来，她就在指挥官办公室里，看见贝寒领着莱恩及一众军官进门，忙站起身来，向着莱恩敬礼道：“您好，莱恩长官。”

莱恩见到她面上一喜，立刻热情地走上前去，给了莫莉一个大大的拥抱：“嘿，莉莉丝小姐，我真是太想念您了，简直为您魂牵梦绕。还记得我们在波斐克度过的那几天吗？那是我一生中最美妙的时光。”

莫莉一时被他的举动吓住了：“莱……莱恩长官。”

莱恩却只是回头去看贝寒，轻佻地笑着，道：“贝寒将军，请您容忍我的一时失态，我只是太高兴了，您不知道，我和莉莉丝小姐是至交旧友，在波斐克的那几天，我们的关系非常亲密。”

贝寒面容淡漠，唇角轻勾：“莱恩，这是办公室。”

“哦，对不起，是我不好。”莱恩笑着道歉，手上却用力抱了下莫莉，又突然抬手轻拍了一下她的屁股，低声说道，“莉莉丝小姐，下次去波斐克的时候，请一定记得要去找我。”

不只莫莉，在场所有的人都被惊呆了，贝寒虽知道这是莱恩的恶作剧，可还是忍不住面色微沉，目光冷得几乎都能杀人。莱恩却只是淡定地微笑，对众人的反应视而不见，又在莫莉脸颊上轻轻一吻，这才罢休。

尤利安不忍再看，简直想要闭眼，同时心里盘算着午餐应该用不到了，他需要去安排一下格斗场，最好再把大型治疗机调过去一台，这样可能会比较方便一些。

直待贝寒他们都走入里间，莫莉这才从愣愣中反应过来，瞧着唯一留在外面的尤利安，压低声音问他：“到底发生了什么事情？莱恩长官这是怎么了？”

第八章

重色轻友

尤利安摇头，既同情又无奈地看她："我觉得您现在更该考虑的是接下来会发生什么事情，贝寒将军会怎么样。"

他犹豫了一下，又向她走近了几步，好心提醒道："我不知道您是否清楚，贝寒将军，呃，和绝大多数的联盟男人不同，他有很强的独占欲，就如雄狮对领地、对雌狮的态度一样，绝不允许其他雄性的靠近。所以，我想，您也许现在就该想一想怎么向他解释您和莱恩长官的关系。哦，您千万不要误会，就我个人来讲，我丝毫不觉得您和莱恩长官的关系有什么不对，联盟每一个成年人都有选择情人的权力，这是您的自由。不过，我就怕贝寒将军不会这样想。"

短短一天之内，莫莉已经对尤利安彻底改观，这可真是个又唠叨又八婆的男人！她忍不住暗暗吐槽，可脸上却保持着礼貌的微笑："谢谢你的好意，尤利安。"

尤利安眨着亮晶晶的眼睛，又问她："您会怎么做？"

会去哄贝寒将军吗？会去安抚讨好他吗？会去说"哦宝贝，你是我的唯一，无论谁也比不过你，你是最棒的"那些话吗？高傲冷漠的贝寒将军又会怎么回应呢？尤利安不停地眨着眼睛，觉得只想想那场面就要醉掉了。

莫莉面容平静，想了一想，答道："呃，我会向联盟舰队提起控诉，莱恩长官刚才对我进行了职场骚扰，证人就是刚才在场的所有人。你会为我做证的，是吧？尤利安。"

尤利安呆了一呆，这回是真的傻住了。

里间里，当贝寒桌面上弹出莫莉的这一条信息时，他先是怔了一下，然后不由自主地翘起了唇角，浅浅而笑。

莱恩坐在他的对面，本来因为刚才的事情一直扬扬得意，看到贝寒脸上突然露出笑容，不觉心中一凉，顿时腾起了不好的预感。他停下了正在说着的场面话，警惕地看着贝寒，问："贝寒将军，发生什么事了？"

贝寒闻言抬头，迷人的微笑在唇边略略延迟了片刻，这才散去，淡然答道："没事，你请继续。"

骗人！高傲冷酷的贝寒将军竟然流露出如此风骚的笑容，绝对不可能没事。莱恩狐疑地看了好友两眼，这才继续向众人宣布舰队总司令部关于天狼战队基地被袭事件的调查结果。

改造人帝国的皇子竟然能够潜入联盟最精锐的战队，这简直是整个联盟舰队的耻辱。舰队总司令部对此格外重视，把整个舰队从上到下都清查了一遍，尤其是推荐伊诺尔进入天狼战队的第三舰队，几乎所有涉及此案的军官都受到了处分，当初负责新兵入伍体检的军医更是被以渎职罪送上了军事法庭。

出乎人们预料的是，天狼战队所受的波及却是最小，即便是在新训营与伊诺尔接触最多的米亚与肖泽恩等几个队员，在通过审查之后也均回了战队，并被委以重任。对此，除却有天狼战队被袭后反应快速精准，以及在解救人质之战中表现突出等诸多因素外，还有一个大家心知肚明的缘由：

贝寒是联盟总司令员唐纳德最为信任的心腹爱将，其所率领的天狼战队绝不允许任何人染指，谁都不可以。

“……联盟总司令部永远不会忘记天狼战队的付出与牺牲，对战队及各位的嘉奖令将随后下达。在此，我谨代表军情处对诸位表示祝贺，同时，也祝天狼战队在后面的战场上战无不胜、攻无不克。”莱恩说完，面带微笑看向众人。

没有掌声，没有欢呼，会议室里仍是一片沉静，长桌两侧坐得笔直的天狼战队军官几乎个个面无表情，如同他们的指挥官贝寒将军一般，不见喜怒。

真是有什么将军就有什么兵！莱恩忍住想骂街的冲动，唇角上仍弯着完美的弧度，转头看向贝寒，提醒他：“贝寒将军？”

贝寒这才瞥他一眼，淡淡应道：“谢谢。”

会议到此结束，众人起身离开，房间内很快就只剩下了贝寒与莱恩两个人。莱恩忍不住立刻松了领口的风纪扣，长长地吐出一口气来：“嘿，贝寒，刚才你在笑什么？别告诉我说没什么，我了解你，你那个笑容实在是太风骚了，绝对和女人有关。是莫莉吗？”

贝寒的表情依旧平静，可唇角上却有微不可见的弧度，他问莱恩：“你真想知道吗？”

莱恩突然心生不祥，重重点头：“没错，想知道。”

贝寒轻浅地笑了笑，从容答道：“莫莉刚刚向我发了申请，准备向联盟舰队提起控告,你对她进行了职场骚扰。”

莱恩这回是真的愣了一下：“真的？”

贝寒不语，只是点了下头。

莱恩反应过来，颇有些哭笑不得，脸上的表情一时极为精彩。他深吸了口气，隔着桌子向贝寒这边倾身凑过来，带着几分讨好的微笑，深情地望着贝寒，问道：“贝寒，我们认识这么多年，你知道我是什么样的人。你一定会拒绝批准她的申请，和她解释说刚才的事只是个误会，对不对？”

贝寒淡淡一笑，回答：“抱歉，只要是她想做的事情，我都不会拦。”

莱恩盯着他，试图寻找另一条道解决问题，正色道：“兄弟，我和你说，这不仅仅事关我们之间的情意，从另一个角度来讲，你也不应该这样惯着莫莉，请相信我，女人绝对不能像你这样宠，你会宠坏她的。她们是最会察言观色的种类，只要你稍稍有些示弱，她们就敢爬到你的头顶上去。”

贝寒不言，只是扬了扬眉梢。

他们两个相交二十多年，通过一言一行便可知对方心思。莱恩终于不再白费力气，他无奈地笑了笑，爽快地从桌边站起身来，道：“好吧，我出去向莫莉小姐道歉，贝寒将军，请你暂时先不要通过她的控诉申请，以便她能够撤诉。”

莱恩转过身，风流倜傥地往外走，就在快要到门口的时候，他猛地转过身来，盯着面容平淡的贝寒，咬着后槽牙说道：“好小子，你等着！你这个见色忘义的家伙，以后千万不要落在我的手里！”

贝寒忍不住笑笑，应他道：“好。”

莱恩恨恨转过身去，面前房门刚一打开，他脸上就又换上了一副迷人的微笑。外面只有莫莉和尤利安两个在，看到他从贝寒办公室内出来，均礼貌地站起身来。莱恩略略点头示意，看了看尤利安，很客气地说道：“尤利安，请帮我煮杯咖啡来，好吗？”

“是，长官。”尤利安应下了，临走前却担忧地看了一眼莫莉，又忍不住瞄向贝寒办公室门口。贝寒也已从内出来，沉静地站在那里。

莱恩瞧着尤利安出去，这才往莫莉桌前走来，站在她的桌前，脸上带着能迷死人的微笑，手撑着桌案向她微微倾身过去，道：“莉莉丝小姐，请您看我这张真诚的脸。”

莫莉不露痕迹地往后退了一步，转头去看那边门口处的贝寒，看到他眼中的笑意，这才定下心来，回过头看莱恩那张脸，不卑不亢地说道：“长官，我在您的脸上看不到真诚，只有狐狸一样狡猾的笑容。”

莱恩微愣，立刻收了脸上的微笑，同时站直了身体，郑重地说道：“对不起，莉莉丝，我刚才不该和你开那样的玩笑，不该拿你来逗贝寒。虽然我并无恶意，但是我的确缺少了对你的尊重。我为自己刚才的行为向你郑重道歉，请原谅我。”

对于莱恩刚才的行为，莫莉的确是有些生气的，所以她提起那个控诉，也并非只是为了哄贝寒开心。可既然莱恩已经这样正式向她道歉，她也不好真的死揪着这事不放，更别说莱恩还是贝寒的好友，他也真的没有什么恶意。

莫莉弯了弯唇角，应道：“我接受您的道歉，我会撤销对您提起的控诉。”

“谢谢，谢谢你的宽容与大度。”莱恩向她真诚地道谢，甚至还向她微微欠身行礼，他转头瞥了一眼淡然而立的贝寒，又转回头来看向莫莉，继续真诚地说道，“莉莉丝小姐，为了表达我的谢意，不知道中午可否邀请你共进午餐？我们可以好好地聊一聊，对了，我和贝寒将军是多年的好友，少年时曾一起受训，连彼此的初恋情人是谁都知道得一清二楚。”

他说着，又回头去问贝寒：“贝寒，没错吧？”

莫莉下意识地随着莱恩看过去，贝寒仍然默立在门口处，不动声色地瞥了莱恩一眼，说道：“你不是一直想约我格斗吗？正好我今天有时间，不如先在餐前活动一下筋骨，怎么样？”不等莱恩有所答复，他就已经接通了尤利安的通讯，淡淡吩咐道，“准备格斗场，我要和莱恩长官切磋一下。”

“哦！今天不行！”莱恩忙叫道，他戴好了军帽，清了清嗓子，正色道，“我突然想起来还有一件事要办，下午必须赶回波斐克，别说活动筋骨，就是连午餐也要在路上吃了。贝寒将军，下次有时间我们再约吧！”

贝寒不以为意，只问道：“不能一起吃午餐了？”

“不了，等下次机会吧。”莱恩面不改色地答道，又转头去看莫莉，面上虽正经着，眼睛里却带着笑意，“真是抱歉，莉莉丝小姐，有机会去波斐克吧，我请你吃饭。”

他笑笑，转身往外走，贝寒扫了一眼莫莉，这才在后面跟了上去。莫莉立在原地，默默看着他们两个先后离开，这才重又坐了下来，扯起嘴角无奈地笑了笑，向智能系统发出了撤回控诉的指令。

过了没多长时间，贝寒就回来了，莫莉正尽职尽责地处理着各处发来的文件，直到他走到了桌前这才察觉到，一抬头就撞进了他的眼中。不知道是不是因为刚才的事情，贝寒面上多少有些不自在，他微微抿了下唇角，这才问她道：“一起去吃午餐？”

不知为何，莫莉的嘴角不受控制地想往上翘，好像只要能看到他，她心里就觉得甜丝丝的。她站起身来，轻轻地咬了下唇，小声问他：“可以吗？”

贝寒答道：“那我先回去，你晚一步过去找我。”

他的身份不一般，不管怎样，总是要在人前避嫌的。

莫莉懂事地点了点头，应道：“知道了。”

贝寒的面容依旧淡淡的，只眼睛里隐隐流动着光彩，又深深地看了她一眼，低声道：“我等着你。”说完，先转身往外走了。

不过就是一起吃顿午餐，竟被他搞得像是要去偷情一般。莫莉心慌慌的，有意等了三五分钟才从指挥部里出来，不想越是怕什么偏就来什么，她刚下了台阶，不远处传来米亚的声音：“嗨，莉莉丝！”

莫莉又是心虚又是慌张，真想装没听到继续往前走。可惜米亚的速度实在太快，不过几秒钟的时间，她竟追到了莫莉身旁，仗着身高优势，一胳膊揽住了莫莉的脖子，欢快地问道："是要去吃饭吗？想不到你也这么晚啊，正好一起去吧，泽恩那家伙在加班，都不肯陪我去吃饭。"

莫莉头一次生了重色轻友的心，不自在地干咳了两声，撒谎道："呃，我还有事要做，司令部有紧急文件传了过来，我需要立刻去交给贝寒将军。"

米亚立刻松开了她："是吗？那你赶紧去吧！"

莫莉难免心存内疚，可实在是舍不得丢下贝寒去陪米亚吃饭，爱情几乎是立刻压倒性地战胜了友情，她一边说着一边快步往前走："那好，我们回头见吧。"

"好啊。"米亚不疑有他，欢快地向她挥手，忽又高声提醒道，"哦，别忘了晚上的舞会，下班后去宿舍找我啊，我们一起去。到时候有我在你身边，丽娜就是想揍你，也会仔细考虑一下的。"

莫莉脚下一软，差点没栽倒下去。

不过，也正因为有米亚这一出，莫莉心中惦记上了别的事情，倒是不像之前那么紧张了。用餐地点就安排在贝寒的私人餐厅里，身为副官，尤利安很是尽职地在门外候着莫莉，看到她过来，笑嘻嘻地替她开了门，低声说道："祝您和将军用餐愉快。"

莫莉不自觉地脸红，厚着脸皮应对："谢谢。"

贝寒已经等在餐桌旁，见莫莉进门便站起身来，十分绅士地起身给她拉开了椅子，照顾着她入座。待看到莫莉顺手放在桌边的便携式显示板，轻轻勾了勾唇角，不紧不慢地问道："又是司令部有紧急文件要给我看？"

莫莉带着那显示板出来的确是为了遮人耳目的，现在听他这样戏谑，便故作从容地在桌边坐下，突然反问道："莱恩长官说的那些话都是真的吗？"

这分明是以攻为守，贝寒一时有些措手不及，掩饰地轻咳了一声，抬眼默默打量莫莉的神色。他曾看过的一部由回归岛人所写的回忆录，那里面特意提到回归岛人很在意伴侣之前的感情经历，不论是对方前女友还是前男友，都是他们深恶痛绝的对象。

贝寒沉默了一下，答道：“不全是。少年时曾一起受训是真的，但是初恋对象没有。”他停了一停，又小心地补充，“的确是曾对某位女性友人产生过些许好感，但是并没有做进一步的接触。莱恩那样说，开玩笑的成分比较大。”

莫莉不想他会这样认真地解释，不禁有点尴尬，同时，又忍不住好奇，实在无法想象少年时期的贝寒会是个什么模样，又是什么样的女性能叫他产生好感。而且，既然有了好感，为何又没去做进一步接触。

可惜这事不能问，问了只会显出她的小气。

气氛突然变得有些尴尬，幸好这时机器人侍者把午餐送了过来，两人之间的不自在被冲淡了几分。莫莉笑笑，决定换一个话题，主动向贝寒提起了晚上舞会的事情，试探着说道：“我晚上可能要和林挚一起去舞会。”

贝寒似是感到了意外，轻轻扬眉。

莫莉忙又解释道：“昨天林挚邀请我做他的舞伴，呃，他这样做只是想帮我。你知道的，我也不太喜欢那个舞会，可是现在这个身份，又不能不去。”也许是因为心虚，她说话有些语无伦次，“有林挚帮我遮掩，可以省很多麻烦。”

贝寒一直没说话，直等她结结巴巴地把话都说完，这才问她道：“他知道你的真实身份了？”

莫莉愣了一下，赶紧解释道：“是我做得不太好，被他看出来了。”

贝寒略略点头，过了片刻，忽然没头没脑地说道：“昨天晚上的演习，特别行动队表现得不太好。”

“嗯？”莫莉有些反应不过来。

贝寒垂下了眼帘，继续说道：“我已经取消了特别行动队的休假，全体官兵禁止参加一切娱乐活动，所以，林挚去不了舞会了。”

莫莉傻乎乎地看着贝寒，差点儿忍不住问出一句：“真的？”

不知是不是为了验证他的话，就在这个时候，莫莉耳边的通讯器响起了提示音，她看了贝寒一眼，示意了一下，微微侧过身去接通了通讯。听筒里传来林挚略略带着点喘息的声音，但更多的却是笑意：“嗨，莫莉，在做什么？”

明明和林挚并没有什么秘密，可当着贝寒的面，莫莉却觉得有些不自在，抿了抿唇，答道：“在吃饭。”

那头的林挚爽朗地笑了笑：“真幸福，我们才刚刚结束上午的训练，午饭还不知道在哪里。哦，对了，莫莉，我打电话给你是想向你表示一下歉意，我们的休假被冷酷无情的贝寒将军取消了，所以，晚上我没法去做你的舞伴了。”

明知道通讯器的私密性非常好，贝寒绝对不可能听到林挚的话，可莫莉还是忍不住偷眼去瞥贝寒。他面上像是没什么反应，正在低着头默默吃饭。

听不到莫莉的回应，林挚忍不住问道：“莫莉？”

第十章

意外之喜

“呃，没关系。”莫莉忙答道，“我可以找别人的。”

林挚又笑，替她出主意道：“不要怕，跟米亚和肖泽恩一起去，转一圈就回来好了。”

那头像是有人在叫林挚，他顾不上再多说，和莫莉打了个招呼就结束了通讯。莫莉抬眼看向贝寒，可怜巴巴地问他：“那我晚上怎么办？可不可以帮我找个借口，不用去舞会？”

贝寒沉默了片刻，淡淡说道：“有些事情，你必须去面对，不可能一直逃避。”

莫莉刚才说那话是有些撒娇的意味在里面的，却不想得到了他这样的回答，一时都有些不知道该如何应对。她其实是个很好面子的女孩子，虽然并不介意向情人撒一撒娇，但也绝对做不到死缠着对方去答应自己的某些要求。

“好吧，我会努力做到最好。”莫莉说道。

事情不知道在哪里出了问题，两人之间突然有些冷场，全没了昨天夜里的亲昵，甚至，连之前的暧昧也不复存在。这一顿饭吃得可算是没滋没味，饭后，莫莉起身告辞，赶在贝寒之前回办公室去继续工作，整整一个下午，再没和他说上一句工作之外的话。

贝寒竟然也没什么反应，神色淡漠地处理公务，又恢复成那个孤傲冷漠的贝寒将军。

尤利安很快发现了异常，他没胆量去询问身带低压气场的贝寒将军，只好偷偷来问莫莉："怎么了？发生什么事情了吗？"

"没有啊。"莫莉故作轻松地笑了笑，犹豫了一下，反问他道，"可不可以帮我一个忙？"

"当然可以。"尤利安想也不想地回答，又问，"说吧，需要我为您做什么？"

莫莉有些不好意思，问："可不可以陪我去晚上的舞会？"

"呃？"尤利安愣了愣，一时怀疑是自己听错了话，指着自己的鼻尖问莫莉，"我？陪你去舞会？"

尤利安十分惊愕，眼中流露出毫不遮掩的疑问和抗拒，多大仇多大怨，莫莉竟然要他帮这个忙？就贝寒将军那霸道的独占欲，他若是陪她去了舞会，贝寒岂不是会活活打死他？

莫莉误会了尤利安的反应，以为他是在为难。自己也知道这个要求有些过分，可她没有别的办法，或者说她此刻没有别的更好的办法。就凭莉莉丝去舞会次次不落单的记录，这个舞会她既然去，就少不得要"勾"上一个男人回来才算正常。如果莫莉独自前往，以她那点本事，要想不露痕迹地全身而退真是难事。

她不聪明，但是很有自知之明，从不敢托大。

莫莉心虚地看向尤利安，小声说道："基地里知道我真实身份的，除了米亚和肖泽恩，就只有你。如果肖泽恩抛下米亚去和我搭伴，一定会引人怀疑，所以能帮我掩饰的只有你，你想想啊，我和你一个办公室呀，接触中产生点奸情，然后一起搭伴去舞会是多么正常的事情呀。对不对？"

尤利安立刻纠正道："还有贝寒将军。"

莫莉不说话，哀怨地看着尤利安。

尤利安瞬时明白了她的意思，有些尴尬地摸了摸鼻尖："哦，的确是，将军好像很不喜欢假面舞会，从来没去过。"

"所以，你能帮我这个忙吗？就去一下下，在舞会上打个转我们就回来。"莫莉问道。

就像之前和林挚约定的那样，两个人去舞会上露个脸，然后装作情热难耐的模样早早离场。至于这个人是林挚还是尤利安都不重要，没准换成了尤利安会更有说服力，毕竟对于莉莉丝来说，寻新欢比找旧爱更有吸引力。

莫莉的眼神亮晶晶的，露着期盼的光，这叫尤利安都有些不忍拒绝。他差点就一口答应，嘴都张开了，可在最后关头还是守住了理智，很是歉意地说道："对不起，莉莉丝，这个忙我没法帮你，为什么不向贝寒将军求助呢？我想他可能会有更好的办法解决这件事情。"

她求助了，可贝寒要她独立面对，自己解决。

自午餐过后，莫莉就在想贝寒为什么会突然冷淡下来，他态度的变化是在她说林挚已经知道她的身份之后，那么原因只可能有两个：一、她与林挚之间过密的交往惹得他不快；二、她太笨，轻易就叫林挚识穿了自己的真实身份。

具体原因到底是哪一个，莫莉还不能确定，可无论是哪一个，她觉得都有必要向贝寒解释一下。同时，她不免也有些郁郁，和贝寒这样一个男人谈恋爱真不是一件轻松的事情。这个全联盟女人都喜欢的贝寒将军，他又闷又冷，除非是被逼得急了，否则很少会把心里话说出来。

尤利安还在等待她的回应，试探地叫她："莉莉丝小姐？"

莫莉有些勉强地笑了笑："好吧，我再去想一想其他的办法。"

话说着简单，可办法真不好找。直到临近下班，莫莉都还在为此事发愁，倒是可以去邀请其他的人，指挥部里男性军官不少，可她基本上都不熟悉，更不了解那些人的脾气性情，哪里敢贸然邀请。

由于还在休假期，指挥部的工作也较为轻松，贝寒将军几乎是按照正点结束了工作，从办公室内出来。莫莉正在低头整理办公桌上的物品，听到动静下意识地瞥了一眼，依照惯例默默起身站好，静候着贝寒离开。

贝寒神色淡淡的，路过她桌前时步子却稍稍顿了一下，低声问道："晚上的舞会，你……"

"我会处理好！"莫莉立刻打断了他的话，生怕他不信，又努力地弯起唇角，再一次向他强调，"绝对没问题，真的。"

贝寒似是有些意外，挑眉看向她。

莫莉迟疑了一下，先谨慎地瞄了眼门口，这才又问道："有时间吗？可不可以说几句话？"

贝寒看了她两眼，缓缓地点了下头。

莫莉垂下眼帘，继续说道："我觉得有必要解释一下我和林挚的事情。其实我也没有想到只一照面他就认出我来了，可能是我学莉莉丝还不够像吧，再加上他也很熟悉莉莉丝，所以一下子就露馅了。可我真不是故意的，虽然我们是很不错的朋友，但是事情轻重我还分得清，不会去瞎胡闹的。"

可能是有些紧张，也许是觉得委屈，她的声音有些不稳："我的确不够优秀，但是我一直很努力，请再给我些时间，我会尽力变得优秀。"

贝寒默默听着，眼中却闪过讶异，他没有想到莫莉会和他说出这些话。他今天的确是因为林挚的事情有些不痛快，说白了就是吃醋，虽然他自己都觉得此举既幼稚又可笑，可就是有点控制不住。而且，她竟然从来没有想过邀请他去舞会，这才是叫他觉得最不爽的地方。

莫莉这些话，这些坦诚而又透着卑微的话，叫贝寒既觉歉疚又觉心疼。他不知该如何解释，抬臂越过桌面，手抚上莫莉的面庞，拇指轻轻压上她的唇，止住她后面的话，沉默了一下，没头没脑地说道：“对不起，我……”

他话刚要出口，房门却是突然被人从外推开了。尤利安一脚跨进来，抬眼看到那两人的情形也是一愣，待反应过来，赶紧说道：“抱歉，我走错房间了！”

说完，立刻往后退了一步，又关上门出去了。

贝寒与莫莉两个都有些哭笑不得，齐齐盯了那门口片刻，再回过头来时，忍不住都笑了。经尤利安这样一打岔，贝寒后面的话就有些说不口了，他轻轻抿了下唇角，说道：“莫莉，你很好，你已经很优秀。今天的事，是我做得不好。”

感情这种事情，其实很多时候都讲不出对错来，最怕的就是两个人都憋着劲赌气，但凡有一方肯先退让一步，什么矛盾都好解决。莫莉脑子虽然不算聪明，可心里有数得很，愿意先摆出态度来解决问题。现在听到贝寒这样说，她却觉得委屈起来，忍不住红了眼圈，低声说道：“以后不管遇到什么事情，我们两个都好好沟通，把事情都敞开了说，可以吗？我不会让你去猜我的心思，你也别要我去猜，好吗？”

“嗯。”贝寒轻声应下，面上多少有些不自在。他停了一停，才又问道，“晚上的舞会，你怎么办？”

这可真是问到了莫莉的头疼之处，让她不由皱了皱眉头，也不想再瞒贝寒了，索性实话实说道：“刚才是骗你的，我其实还没有想到应对的法子，看起来只能先和米亚他们过去，到时看能不能再找个好的借口早点儿离开了。”

正说着，米亚的通讯也到了，很是欢快地问莫莉道：“林挚会不会来接你？你是等他来接，还是和我们先一起过去？”

看来米亚他们还不知道特别行动队的人已经无法去参加舞会了。莫莉没有和她多说，只是询问地看向贝寒，见他点了下头，这才应道："我和你们一起过去吧。"

"那好，你快点回宿舍来，我帮你好好打扮一下。"米亚催促道。

莫莉结束了通讯，抬眼看向贝寒，就见他轻轻地勾了下唇角，说道："去吧。不用费心找什么借口离开，到时候我会给你离开的理由。"

"你给我离开的理由？"莫莉忍不住惊讶，奇道，"什么理由？"

贝寒笑而不语，看似没有回答她的意思。

莫莉总有一种感觉，好像贝寒还有什么事情瞒着她，可一时间又猜不到到底是什么事情。她狐疑地看了他两眼，这才离开了指挥部，人快进宿舍的时候，脑子里闪了一闪，突然猜到贝寒能给她什么理由离开舞会。既然她可以假借工作的名义去住处找贝寒将军，那么贝寒将军自然也可以用工作做借口把她从舞会上找回来嘛。

她心中一块石头猛然落地，顿时觉得轻松起来，又忍不住抬手轻敲自己的脑袋，暗骂自己是个笨蛋。多么简单的一件事情，偏她还折腾了这半天。其实一开始，她就应该先私下里拒绝掉林挚的邀请，然后直接去向贝寒求助。

明明知道贝寒是一个爱吃醋的小心眼的老男人，还向他提要和林挚一起去舞会的事情，分明就是自找麻烦嘛！

莫莉笑着摇头，抬手去敲米亚的房门。米亚很快就给她开了门，顾不上说话就又闪回到镜子之前，双手把军装制服裙子竭力地往上提，一面左右照量着，一面问她："快帮我看看，到底哪个长度最好看？"

那裙子本来就不及膝，再这样被她一提，裙边几乎都要超过了臀线，紧紧地裹着米亚结实有力的翘臀，看得人都快要流鼻血。可就是这样，米亚还觉得不满意，不停地抱怨："后勤部太可恨了，没有易容机也就忍了，竟然还以休假为由不肯给提供便装，大家都穿成一个模样，还有什么乐趣！”

莫莉颇觉无语，上下看了她两眼，认真建议道：“还是再长点吧。”

米亚倒是很信任她，又把裙边放下了半寸，自己也觉得满意了，这才又去打量莫莉，给她出谋划策：“把外套脱了，你胸形很好，应该露出来。考虑上你和林挚有高度差，建议你把衬衣扣子再解开一粒，这样只要他一低头就能看到风景无限。”

莫莉愣了一愣，顿时面红耳赤，见米亚竟有上前帮忙的意思，吓得忙用手护住了胸口：“不用，不用了！”

“你会后悔的。”米亚一本正经地说道。

肖泽恩在外面敲门，米亚扫了一眼时间，赶紧拉着莫莉匆匆忙忙出来，肖泽恩看到莫莉，似是微微一怔，莫莉瞧出来了，赶紧解释道：“我只是跟着你们一同过去。”

米亚嘿嘿笑了两声，抬臂揽住了莫莉的肩膀，笑道：“为了保险起见，我最好还是把你交到林挚那小子手上，省得丽娜那小妞再找你麻烦。”

肖泽恩仍是面无表情，看了莫莉一眼，说道：“特别行动队的人在受罚，今天都不会去舞会。”

莫莉还没说什么，米亚那里却是惊呼出声：“真的吗？林挚去不了舞会了？”

莫莉笑得有些不自然，点了点头：“没事，我自己也应付得来的。”

米亚明摆着不信，想了想，突然把肖泽恩从一旁拉了过来，推到莫莉面前，很认真地说道：“要不，你和这家伙搭伴吧，他虽然有些闷，但是人还算不错的，真的。不用顾虑我，我可以找别人。”

莫莉与肖泽恩两个齐齐僵住，肖泽恩一张冷脸越来越黑，莫莉也差点喷出一口血来。她忙摆手：“不用，不用，我另约了人的。”瞧着米亚那里还不信，只能又睁眼说瞎话道，“我约了尤利安，不过他有事，要迟到一会儿。”

米亚将信将疑：“那好吧，不过如果你有需要的话，千万不要客气。”

莫莉窘迫得很，勉强笑着点了点头，只拉着米亚快步往舞会那里走，催促道：“快点吧，舞会已经开始了。”

舞会在休假地一个宽敞的大礼堂举行，等他们三个到的时候，舞会的确已经开始了，只是情形看着有些古怪，透出一种难言的怪异感。空气中似是隐隐压抑着一股暗流，舞池的人很少，几乎所有的人都紧张而激动，暗中关注着同一个方向。

莫莉他们刚进来摸不清情况，不由得很奇怪。米亚胡乱找了个面熟的姑娘，一面踮起脚往礼堂深处扫望，一面问道：“怎么了？出什么事了？”

那姑娘脸上涨着不正常的红色，激动得似是有些声不成调：“贝寒将军，贝寒将军来了！”

莫莉一怔，还未反应过来，身旁的米亚却已是从地上高高蹿了起来，失声惊叫道：“贝寒将军？贝寒将军来了？你是不是看错了？还是说有人又不怕死地装扮成贝寒将军了？”

米亚所说的是很多年前的一件事。那时贝寒还没成为将军，却已经是战队女性的头号想睡对象，只可惜他为人实在太过孤僻冷傲，从来不肯参加基地的假面舞会。

有一次，有个战舰联队的队员不知哪根筋搭错了，竟然假扮成贝寒的模样出现在舞会上，当时虽然受万众瞩目，只可惜下场不大好，事情败露后，贝寒虽然没有追究，与其春宵一度的女伴却恼怒了，千方百计地把这个人找了出来，寻个机会在格斗场上把他暴揍了一顿，差点闹出了人命。

自那以后，易容机资源库中就再没有了贝寒的数据，而且不仅他，就连普通队员的数据也被易容机屏蔽掉了，没人可以再使用易容机假扮战队成员参加舞会。不想这一次，在这个临时休整的小行星上，在这个没有任何易容设备的简陋礼堂里，贝寒将军竟然出现了！

也难怪米亚会激动到如此地步。

莫莉的手腕被米亚紧紧握住，骨头都快要被她攥碎了，痛得已经说不出话来，幸好肖泽恩及时发现，连忙伸手拍向米亚的肩头，低声喝道：“快松手！”

米亚下意识地闪肩避让，待回过神来，这才发现自己闯了祸，顿时吓了一大跳，赶紧丢开了手，一迭声地道歉道：“对不起，对不起，我一时忘记控制力道了！你活动一下，骨头没事吧？”

莫莉忍痛动了动手腕，骨头倒是还没事，不过手腕却已是又红又肿，粗了足足有一圈，看着十分骇人。她吸着凉气忍痛，微笑着安慰米亚：“最近补钙补得好，骨头很结实，没事，一点皮肉伤，有上两天就好了。”

米亚大大松了一口气，立时又惦记起贝寒来，兴奋道：“对了，你快看看，那一张写着性冷淡的脸，那浓烈的雄性荷尔蒙气息，除了贝寒将军，再没人能将两者如此完美地融合在一起了。天啊，我的身体都快燃烧起来了！”

莫莉很是意外，一时也顾不上手疼，只努力地踮起脚来往里面看，可惜身高有限，看了半天，除了众人的后脑勺，什么也没能看到。她无奈苦笑，向米亚摊了摊手。米亚反应过来，想也不想地把莫莉拉到身前，双手掐住她的腰肢，猛地将她向上举去。

第十一章

骤然生变

莫莉惊呼一声，顿时比周围的人高了一大截。

米亚丝毫不察，还在下面大声地问她："看到了没有？"

当然看见了，她不只看到了贝寒将军，贝寒也看到了"鹤立鸡群"的她！只一眼，莫莉已能确定，这可不是什么人易容装扮，而真的是贝寒。远远地，他的目光落到她的身上，面色虽还保持着淡漠，唇角却微不可见地翘了一翘。

莫莉脸上一热，顿觉有些慌乱，急忙叫道："快放我下来，米亚！"

米亚依言放她下来，又追问道："怎样？我没认错吧！"

莫莉一个字也没听进去，满脑子都在想贝寒为什么会突然来舞会。他曾说会有办法叫她从舞会脱身，她原本还以为是假借工作的名义，却不想他竟然亲自到这里来。他会怎么做？难道要在大庭广众之下带她离开吗？

"莉莉丝小姐？"尤利安不知道什么时候过来了，笑着与莫莉打招呼，"看到贝寒将军了吗？将军可是难得来舞会一次，你又那样仰慕将军，不去邀请他跳支舞吗？"他说着，又凑近莫莉，压低声音说道，"快过去，将军很紧张。"

这暗示简直不能再明显了！身为基地最放荡的女子，怎么可能不觊觎贝寒将军！不用贝寒有所表示，她应该摇曳生姿地走向他，先邀请他跳一支舞，再勾着他的臂弯一起离开，这才是最符合莉莉丝人设的行为。

而且，贝寒也说过，她可以光明正大地勾引他的！

莫莉蠢蠢欲动，无意间一转头，却对上了身旁米亚的目光。

米亚满脸肃色，极其认真地问她道："嘿，小妞，你要不要上？"

莫莉一时竟不知该如何回答，米亚一直是贝寒的狂热粉丝，这并不是什么秘密，米亚把她当作最好的朋友，而她却对米亚隐瞒了自己与贝寒之间的感情……她真是对不起米亚的友谊。莫莉只觉愧疚，矛盾异常："我……"

"勇敢点！"米亚突然大声鼓励她，很是严肃地说道，"机会难得，稍纵即逝！"

她的思维跳跃太快，莫莉有点跟不上。

"古老的东方有一句谚语，叫作'苟富贵，勿相忘'，我不知道你有没有听说过？"米亚双手罩住莫莉的肩头，又郑重交代道，"好姐妹，有男人就要一起泡！现在咱们说好了，今天晚上不论是谁泡到贝寒将军，全尺寸仿真模型一定要给对方搞到手！明白？再有，一定要注意安全！"

莫莉愕然，连点头都不会了。

米亚却是兴奋异常，握拳叫道："一起冲吧！小妞！"

说完，仗着自己人高腿长的优势，几步就蹿到前面去了。莫莉傻站在原处，直到看不见米亚的身影了，这才想起旁边还有被米亚抛弃的肖泽恩，忙转过头去看他的反应。肖泽恩面色倒是平静，淡淡说道："她是认真的，没有开玩笑。"

虽然肖泽恩表现得习以为常，并且毫不在意，可莫莉却似乎能清晰地感觉到他的失落与寂寞。

一直得不到回应的追随，无论追随者心智如何强大，想来也会觉得辛苦吧。可米亚就有错吗？她只不过是如实地践行着联盟人的行为规则，忠实着自己的内心。她对肖泽恩有感情，视他为最亲密的伙伴，同时，她又对贝寒有欲望，时刻不忘他的身体。

同这世界里的绝大多数联盟人一样，米亚的感情和欲望可以分得很开，且互不干扰。当欲望与感情并行，婚姻剥离情感成为赤裸裸的契约，父母只成为伦理上的标示……这一切，真的都是人类的进步吗？

尤利安从后轻轻推了莫莉一把，笑道："快去吧，莉莉丝小姐，不要被米亚抢得先机哦。"

莫莉猛然回神，又看了肖泽恩一眼，忽地小声说道："你放心，米亚抢不过我的！"

肖泽恩微微挑眉，似是有些意外。莫莉只向他笑了一笑，也如米亚那般握了握拳头，便转身向着礼堂深处挤了进去。

出人意料的是，贝寒近身处倒没有多少人，更多的人是只敢远观，就连雄赳赳气昂昂的米亚都停在了不远处，她反手一把拦住从后挤过来的莫莉，低声道："气场太强大了……怎么办？我有点㞞。"

众目睽睽之下，莫莉也是有些胆怯的，可不知是不是凑巧，她抬眼看向贝寒时，正好他的目光又扫过来，掠过她面上时，眼中带了几分似笑非笑的鼓励。莫莉咬了咬牙，坚定地挣脱了米亚的手，一步步向贝寒走过去。

米亚在她身后惊愕低呼："天啊，这小妞……"

莫莉一直走到贝寒近前才停步，抬头镇定地看着他，问："将军，我可以邀请您跳一支舞吗？"

四下里一片静寂，连之前的窃窃私语都消失了，只有音乐轻快如水，还在舒缓地流动。贝寒静静地看着莫莉，一时没有应声，片刻之后，漠然说道："我拒绝。"

莫莉没想到他竟会这样冷漠干脆地拒绝自己，脑子一蒙，顿时愣在了那里。难道是她猜错了，他并不是因她而来到这舞会的吗？他拒绝了她的邀请，那她怎么办？身为“莉莉丝”，她该要如何反应才不会引起旁人的怀疑？

莫莉本就不是个有急智的人，此时此刻，更是不知如何是好。

她窘迫失措，周围却嘈杂声渐起，就在这时，却见贝寒忽然弯起唇角轻轻一笑，展开了右手伸向她，盯着她的眼睛，缓慢而坚定地说道：“小姐，我想这第一支舞应该由我来邀请你才是。”

如果说莫莉出头邀请贝寒时众人只是惊讶，那么现在，大家就该是震惊了。孤高冷傲的贝寒将军突然来参加舞会已经够叫人意外了，他竟然还邀请基地最负“盛名”的莉莉丝跳舞！天啊，人类的母星是要爆炸了吗？还是说银河系提前要和仙女星系相撞了？

莫莉也有些晕乎乎的，直到被他拥入舞场，脑子还有些不清楚。她仰起头盯着贝寒看，眼睛眨也不眨。

贝寒面色从容，只是淡淡问她：“看什么，不认识我了？”

“有点。”莫莉回答。

贝寒微微挑眉：“嗯？”

莫莉想了想，解释：“像是在做梦，美梦！”

贝寒唇角抿起微笑，面上闪过一丝不自在，低声问道：“需要掐你一下，验证现在是不是梦境吗？”

“谢谢，不用了，米亚刚刚已经掐过了。”莫莉笑道。

他微愣，这才看到她手腕上有一圈醒目的青紫，眉头不觉皱起：“怎么回事？”

“哦，没事，她只是有些激动。”莫莉不在意地解释，犹豫了一下，又小声问他，“为什么要先拒绝我的邀请，再转过来邀请我？这样做极其不符合你的形象，你不知道吗？”

他瞥她一眼，不紧不慢地答道：“来这里就已经不符合我的形象了。”

莫莉想想也是，不再纠结这个问题，只仰头继续盯着贝寒看。

贝寒淡淡问：“一直仰着头不累吗？”

没办法，两人身高相差太多，她几乎找不到“平视”他的机会。若在平日，说不定她还要抱怨两句，可现在她心里只有甜蜜。“不累。”莫莉弯着唇角，笑眯眯地回应他，又咧开嘴傻笑道，“贝寒，我很开心，非常非常开心。”

贝寒没说什么，只轻轻翘了翘唇角作为回应。

莫莉想了想，又凑近了他，问：“一会儿怎么办？我们两个可以直接离开吗？”

贝寒笑笑，还未回答，尤利安突然拨开人群疾步走上前来，径直走到贝寒身边，将手中的便携式耳塞递了过去，说道：“将军，司令部紧急通讯。”

由于小行星上条件简陋，基地原有的智能系统“常在”未能及时覆盖，战队所有指战人员都需要使用便携式耳塞进行日常通讯。很明显，贝寒并不习惯这种联系方式，未能随身携带通讯耳塞，联盟军司令部的通讯请求便打到了副官尤利安那里。

贝寒放开莫莉，将耳塞戴好，沉声道：“我是贝寒。”

通讯器另一端应是有人在讲话，贝寒静静听着，面色虽无什么变化，可眼神却逐渐凝重。莫莉离他最近，把他这细微的变化都瞧入了眼中，也不由跟着紧张起来。不一会儿，那边似是已经讲完，贝寒这才淡淡应道：“好，我知道了。”

他摘下通讯器递还给尤利安，转头看了莫莉一眼，什么也没说，吩咐尤利安道：“回指挥部。”说完，径直往外而去。

莫莉忍不住一把抓住落在后面的尤利安，问道：“怎么了？”

“我也不清楚。”尤利安答道，顿了一顿，又低声解释，“通讯是一级加密。”说完，他再顾不上理会莫莉，紧随着贝寒离开。

一级加密已是基地通讯的绝密级标准，其信息内容大都会与战队安危有关，这个时候，除了战事，好像没有什么事情能威胁到战队的安危。难道帝国军重又攻进猎户旋臂了吗？莫莉愣在那里，正满心犹疑，米亚却不知从什么地方冒了出来，夸张地叫道：“哦，你个小碧池！是不是披上这层皮立刻就会引诱男人了？”

莫莉还未回应，肖泽恩那里已是低声喝道：“闭嘴米亚！”

他极少这样疾声厉色，顿时吓得米亚一愣，随即她自己也反应过来言辞不当，慌忙向莫莉解释道：“对不起，莉莉丝，我只是和你开个玩笑，没有恶意。你不知道我有多羡慕你，我发自内心地也想成为你这样的碧池。”

莫莉解释：“米亚，我没有生气。”

“哦？真的？那为什么站在这里不说话？”米亚奇怪地问。

莫莉稍一犹豫，看了肖泽恩一眼，又带着他俩往角落里走了走，直到僻静处，这才压低声音说道：“刚才司令部给贝寒将军来了紧急通讯，是一级加密。”

“一级加密？”米亚也不禁惊讶，“这么严重？”

莫莉轻轻点头，径直看向肖泽恩：“会不会是战事有变？”

肖泽恩沉吟不语，片刻后才轻声说道：“不会，依之前的战况，英仙旋臂MF-21战区不会这么快就沦陷。退一步说，就算那里沦陷，改造人攻入猎户座旋臂，司令部也不会通过一级加密的方式向将军个人传递消息。”

莫莉对肖泽恩的头脑十分信服，听他这般分析，不由得更是诧异：“那还有什么事情能够达到一级加密的标准？”

肖泽恩抬眼看看莫莉，忽地说道：“应该是突然发生，且脱离莱恩长官控制的事情。”

莫莉立刻明白了他的意思，莱恩今天刚刚离开战队回去，如果他知道，应该会直接通知贝塞，最起码也要提前给贝塞打个招呼。司令部却绕过了莱恩，以紧急通讯的方式仓促联系了贝塞。而莱恩身为总司令部情报处长，还有什么事是能脱离他控制的？

米亚心思简单，忍不住说道：“这有什么好分析的，我们是军人，服从命令是天职，管司令部给贝塞将军说了什么呢，我们只等他的命令就好了。”

不想还没等到贝塞下达任何命令，第二日一早，联盟军总司令部的命令却是到了：暂停天狼战队指挥官贝塞将军的一切指挥权，天狼战队无限期延长休假，于驻地接受联盟调查组的全面调查整顿。

命令通过星际通讯明码传送，直接传到了战队指挥部，莫莉作为贝塞的行政秘书在第一时间就收到了，她当时就惊呆了，立刻起身赶往指挥部去见贝塞，在办公室外正好碰到了刚从内出来的尤利安。

“尤利安，这到底是怎么回事？”莫莉急忙问道，“将军呢？他怎么样？”

尤利安神色镇定，他拦下莫莉，沉声说道：“没事，将军昨天夜里就收到司令部消息了，已经有所准备。”

莫莉略略松了口气，又忍不住问道：“为什么会这样？”

尤利安犹豫了一下，答道：“有人向联盟执政府指控将军暗中勾结改造人，制造了纪念日晚宴惨案及天狼战队基地遇袭事件，执政府直接向联盟军总司令部施压，勒令军方把贝塞将军押往波斐克接受调查。”

莫莉听得一怔：“勾结改造人？贝塞将军？这是诬陷，怎么可能！”

“就是诬陷，可对方却握有证据。”尤利安面色沉重，继续说道，“总司令部不肯接受执政府的命令，双方相互妥协的结果是军方暂停贝塞将军的一切职务，命他于驻地接受调查。联盟执政府已经责成联盟安全委员会对此事进行调查，调查组将很快到达这里，对战队相关人员进行问讯，包括你我。”

最先向联盟政府提出指控的是一名军人。此人曾为天狼战队新训部学员，在战队基地遇袭事件中被改造人俘虏，后来虽被联盟军救回，却因未能通过军方苛刻的审查，从而失去了返回天狼战队的资格。

他实名向联盟提出指控，天狼战队基地遇袭与贝寒有关，证据是基地遇袭的前一天晚上，他曾看到过一个酷似贝寒的人在指挥部出入，当天夜里，基地就遭到了改造人的偷袭。众所周知，贝寒的个人信息是在易容机资源库中剔除了的，那人能装扮成贝寒的模样，只能是得到了贝寒本人的配合。

而这只是一个导火索。

那名新训学员的指控只是导火索？莫莉听完尤利安的解释，心中更添疑惑与不解：“导火索？还有别的事情？到底还有什么事情？”

就在这时，办公室的房门突然被打开，贝寒站在门内看了看他们，视线最后落在莫莉身上，淡淡说道：“你进来。”说完，没等莫莉反应，率先转身回了屋内。

莫莉转头看了尤利安一眼，急忙跟在贝寒身后进去。

贝寒已在桌后坐下，抬眼平静地看向莫莉。

他刚要开口，莫莉就在前面截住了他的话，盯着他的眼睛，一字一句地说道：“贝寒，我不想你自以为是地把我推开，或者欺骗我，把我蒙在鼓里，认为那样就是对我的保护。事到如今，你比我更加清楚，我已无法置身事外。我需要了解真实的情况，并得到你的指点，我该怎么做，就算无法帮助你，但起码不能拖累你。”

贝寒静静地看着莫莉，半晌后，忽地弯唇笑了笑，道：“你是莉莉丝，无论遇到什么情况，你只需要做好莉莉丝。”

莫莉奇道：“我是以莉莉丝的身份接受问询？”

“应该是。”贝寒点头，又道，“你的真实身份是军方高度机密，即便是联盟安全委员会也无权获知，起码，只要司令官不倒，调查组就不会知道你的身份，除非……”

他停了一停，欲言又止。

莫莉很敏锐地发现了，追问道：“除非什么？还有什么问题？”

“没什么。”贝寒淡淡一笑，又道，“即便是莉莉丝的身份，你也要有所准备，他们应该对你比较关注。你是我的行政秘书，多年来唯一的一个，又是刚刚上任。”

这事可以理解，尤利安跟随他多年，一定会是铁忠，严刑拷打都未必能问出什么来，别说只是简单的问询。换作是莫莉前来调查，估计也会把“莉莉丝”作为突破口，以求有所收获。

莫莉并不蠢笨，很快就又想到了另外一件事，不仅有些后悔，低声道：“你昨天晚上不该去舞会，更不该主动邀请我，这有些……太招眼了。”

这很可能叫调查组更加注意到她，从而寻到贝寒的薄弱之处。

贝寒笑笑，抬眼看着她：“很抱歉给你带去了麻烦，本来只是想给你个小惊喜的。”

“你知道我不是这个意思。”莫莉有些着急，气道，“我是怕给你带去麻烦。”

贝寒却只是微笑，见她是真的有些着急了，这才又轻声说道：“我明白你的意思，刚才只是想逗逗你。你不需要有任何负担，对于我的事情，你也的确不知道什么。”

莫莉微微一怔，忽地想起了那晚上他跟她说的话。

他说：“莫莉，我知道你对我有很多疑问，可很多事情我都不能告诉你，并不是不相信你，而只是不想把你牵扯进来，想保护你。”

他还说：“莫莉，你只知道我是天狼战队指挥官贝寒，别的你一概不知。”

现在，她终于明白了他当初说这些话的用意，而他身上又不知背负了怎样的秘密，以至于他都不敢向亲密的爱人透露星点，只能独自承担，负重前行。

这一刻，莫莉竟觉隐隐心疼，心疼眼前的这个男人，同情那个一直冷漠孤傲，一直拒人于千里之外的贝寒将军。她又清楚地知道，贝寒不需要任何同情，他是坚定的、强悍的，他需要的是支持和理解，而不是同情和眼泪。

第十二章

有备而来

独立日纪念晚宴惨案之后，联盟政府一直在调查此案，传闻案件情况极为复杂，不仅涉及联盟政府高官，星际舰队内部也有人员参与。特别调查组经过多方调查，线索最后集中指向了几名军政要员，其中一个就是刚刚获得联盟舰队嘉奖，荣获星辰勋章的天狼战队少将指挥官贝寒。

首先，纪念晚宴那天贝寒将军就在现场，混乱之中，他既未舍身杀敌震慑暴徒，也未挺身而出主持大局，而是独自一人逃往后山。当时，连军医东真纪小姐都从别处跑回来尽一名军人的职责，而被称为“联盟之星”，具有超高武力的贝寒将军却选择了于后山跳崖逃跑。

虽然事后贝寒解释说是为了保护回归岛人莫莉，可事发前莫莉就跟东真纪前去后园小楼休息了，爆炸发生之时，她和贝寒并未在一起，贝寒为什么要从宴会厅前往后花园？难道只是为了去救人？那他怎么知道莫莉身在后园？而且，如果只是为了救人，那么在救下莫莉后为什么不赶回已经被卫兵控制的宴会大厅，却要带着她逃往后山？

此为不合理处之一。

其次，携带莫莉跳崖后的很长一段时间，贝寒到底在做什么。据贝寒自己所称，跳崖后他与莫莉失散，莫莉被海底暗流冲走，他在附近海域寻找许久才找到，这才耽误了时间。

这段话初看没什么破绽，却经不起深究。弗瑞德姆宫居高临海，从后山的崖上直接跳入海中被水面拍死是有可能的，但被海底暗流冲走的概率却是不大，而且就算被冲走，也不该冲出去那么远，直绕过了左边的岬角，又游出去老远才上岸。

种种迹象表明，贝寒显然是故意逃离弗瑞德姆宫，他到底在躲避什么？是“紧追不放”的改造人，还是后面联盟护卫的搜查？是真的为了救援莫莉，还是为了掩护某个逃窜的改造人？

实际上，独立日纪念晚宴过后，随着调查的深入，联盟特别调查组就已经开始暗中关注贝寒，只是袭击惨案之后联盟舰队立刻就进入了一级战备，贝寒未在波斐克多停留，直接回了天狼战队星外基地。

没有确切证据，即便是联盟调查组也不好贸然前去基地调查军方要员。一是当时形势不允许，联盟与帝国的关系已经降至冰点，战争一触即发；二是贝寒的身份与其他军中将领也有不同，他不仅战功显赫，而且还是联盟舰队总司令员唐纳德的得意门生，与其私交甚密，非比寻常。

晚宴袭击案中，联盟执政官重伤昏迷，政府内部群龙无首一片混乱，若非首席财政官挺身而出，政局怕是都要发生动荡，在这个关节，联盟政府自然也是不敢再与军方产生龃龉，只得先把对贝寒的调查压了下来，按兵不动，以待时机。

所以说，那名没过审的学员指控贝寒通敌，正好给了联盟调查组一个把手伸进联盟舰队的契机，就在贝寒被停职的当天，联盟安全委员会特别调查组就高调宣布进入天狼战队临时驻地调查。

贝寒对此反应平淡，而下属的军官与队员却是极为抗拒和厌恶。

在众人看来，那名学员的指控简直荒谬，联盟此举更是荒唐可笑。贝寒作为天狼战队的指挥官，不知与改造人进行了多少次生死战斗，就在战争全面爆发前，他还曾率领战队对改造人第四大聚集地华伦特进行了报复性打击，歼灭帝国军一万余人。

如果联盟内部真有人通敌，那人就算是联盟执政官，也不会是他们的长官。

特别调查组组长金文熙是个四十来岁的中年女子，为人既老练又精干，胆识过人，虽知道自己这些人不讨战队欢迎，依旧按部就班地开始了调查。

回归岛人莫莉在改造人对基地的偷袭中已遇难身亡，导致贝寒在独立日晚宴上一系列的反常行径已无人可证，仅存贝寒的自述，特别调查组只能暂时放弃对晚宴惨案的追究，专心调查基地遇袭一案。

他们选择了从新训部入手。

基地沦陷时，贝寒正带战队主力前往敌后执行任务，新训部作为新人培训部门，几乎全员留驻基地，损失最为惨重，幸存者甚少。可偏偏凑巧，就有三名幸存者在战后调入了指挥部，而且，遇袭的前一夜，他们都曾参加了基地的假面舞会。

米亚，新训部第216期学员，个人格斗能力出众，也是贝寒将军的狂热崇拜者，基地遇袭时她与伙伴肖泽恩抢夺改造人战斗舰突围成功，后与贝寒率领的战队主力会合得救，在通过联盟舰队讯问审查之后，调入战队指挥部担任警卫工作。

肖泽恩，新训部第216期学员，冷静理性智商超群，在没有外部指引的情况下，驾驶战舰横穿M20星团，并计算出天狼战队主力航行路线，于茫茫星海中准确找到战队。因其出色的表现，现已调入战队指挥部担任作战参谋。

莉莉丝，与前面两人不同，她并不是新训部学员，而是属于基地特勤人员，战前从事新训部电子监控的人工干预工作。这姑娘个人能力并无特别出众之处，却因其开放的个人作风，在新训部乃至整个基地都算著名人物。基地沦陷之后她曾被改造人掳回帝都阿德旺斯为奴，由联盟救回后也很幸运地调入了战队指挥部，目前担任贝寒的行政秘书。

调查组应该是提前就做好了准备，到达指挥部后直接提调这三人进行问询，为防止泄密，甚至三场问询同时进行。不知是凑巧还是有意安排，对莫莉进行问询的是调查组组长金文熙。

这位女士长了一副严肃正义的面庞，说起话来却是很温和随意，在简单确认过莫莉的身份之后，闲谈般地问她道："一直听说基地里的假面舞会办得很不错，是吗？天狼战队的舞会有什么特色吗？与其他舰队的有什么不同？"

莫莉微微侧头思量，忽然勾起唇角，一语双关地答道："当然有不同，在这里，不论男人还是女人都……非常棒。"

金女士愣了下，附和道："联盟最锐利的剑。要知道，天狼战队队员的身体素质是全联盟最好的。"

莫莉挑了挑眉毛，不置可否。

金女士又问："参加过这么多次舞会，你印象最深的是哪一次？"

莫莉笑了笑，眼中闪现出骄傲的光彩："最近的一次，贝寒将军邀请我跳舞了。"

金女士稍稍扬眉以表示意外，并无再多表现，只道："的确非常难得。不过，我之前还以为给你留下最深印象的会是基地沦陷前的那场舞会。毕竟，前一刻还那样欢愉，然后一觉醒来突然就……就……"她脸上露出同情的神色，似是在思量着用词，话语有些停顿。

莫莉摸不透她的用意，一时没有应话，只坐在那里专注地看着她。

金女士突然问道："基地遇袭那一刻，你在做什么？"

莫莉愣了一愣，答道："睡觉。"

"和谁在一起？"金女士继续追问。

这个问题一时问住了莫莉，贝寒给她的资料虽然详尽，上面却没有说莉莉丝那天晚上睡了哪个。莫莉有意迎着金女士的目光看了过去，以进为退，反击道："女士，我想这属于我的个人隐私，和贝寒将军没有关系吧？虽然我很想当时睡的那个人是他，可你知道的，那不可能。"

贝寒当时已领军出征，绝不可能在基地。

金女士柔和地笑了笑，解释："哦，是听说你那晚上装扮得很像新训部学员莫莉，一直在寻找许辰宇，所以有些好奇，最后找到他了吗？"

她知道遇袭前莉莉丝装扮得很像莫莉，还知道莉莉丝找过许辰宇……看来，这位金女士来前应该是做了相当充足的功课。可新训部的学员许辰宇乃是改造人帝国的第二皇子伊诺尔，这早已不是一个秘密，金文熙却似故意在忽略这一点。

莫莉怕她的问话里又藏着什么陷阱，回答得很是谨慎："应该没有，最起码我晚上睡的那个不是他。当然，这件事情我也不能十分确定，您知道的，基地的假面舞会是隐藏个人信息的，极少人会以真实面貌示人。"

"每个人都会掩藏自己的真实面貌，以完全不同的形象示人，这样应该很有乐趣。"金女士缓缓点头，抬眼看向莫莉，又问道，"还记得那个假扮贝寒将军的人是什么打扮吗？"

金女士的思维跳跃太快，叫莫莉一时都有点跟不上。她那天的确是见过一个和贝寒很像的人，就在舞会大厅后面的长廊里。她记得很清楚，那人与她错身而过时还向她笑了一下，她当时还奇怪。而他见到自己看他，还停了停步子，似是想转身回来与她搭话。

他是什么打扮来着？莫莉下意识地去回忆。

突然间，莫莉醒悟过来，心中顿时一凛，急忙将自己的思路拉回，故作镇定地看向面前的金女士，答道："我没有见过假扮贝寒将军的人。"

"不，你见过。"金女士的声音里透着不容置疑的肯定，"不管你承认与否，你刚才已在回忆他的打扮，说明你那天晚上是见过那样一个人的。"

再否认已没有什么意义，莫莉不答，只微微抿唇。

金女士收起了之前的轻松和随意，她严肃地看着莫莉，正色道："莉莉丝，这件事目前牵扯众多，难免很多人都别藏心思。可我来这里，只是想要找出那个出卖联盟的真凶。这个人也许真的就是贝寒将军，但更有可能是陷害贝寒将军的幕后黑手。"

她说得正义凛然，叫莫莉颇受震动，可很快莫莉就又冷静下来，心中暗暗告诫着自己，眼前的人是一名成功的政客，最擅长的就是蛊惑人心。

金女士依旧直视着莫莉，语气十分诚恳："莉莉丝，我需要你的帮助，联盟也需要。"

莫莉重重点头："我会竭尽所能，为联盟效力。"

"很好。"金女士露出满意的神色，她双手交握在一起，倾身往莫莉这边凑过来，问道，"那个假扮将军的人，当时穿的是军装吗？"

这一次，莫莉没有上当，她微微皱眉，坚定而又清晰地说道："金女士，我想我有必要重申一下，我没有见到过那个假扮将军的人。我见到了自己感兴趣的人，整晚上都和他厮混在一起。"

金女士微微愣了一下，面容顿时拉了下来，她往后靠回到椅背上，抬眼默默地盯着莫莉打量。过了片刻，才淡淡说道："莉莉丝，我想我们的谈话应该可以更愉快一些。"

莫莉笑笑："很抱歉，我只是诚实地回答了您的问题。"

谈话进行到这里已经进入僵局，没有再聊下去的必要。金女士收起了之前的耐心与善意，又例行问了几个问题，便宣告了谈话的结束。

莫莉暗暗松了口气，正欲出门时，却又被金女士叫住。

她神色淡漠，锐利的目光直直地盯着莫莉的眼睛，冷声道："莉莉丝，你这样做并不能帮到他什么。"

莫莉没有躲避她的视线，毫不客气地回道："谢谢您的提醒，不过，我并没有想着要帮谁，只是如实地回答您的问题。"

金女士没再说什么，只轻轻扯了下嘴角，伸手示意莫莉可以离开了。

调查组到来后，贝寒已经处于半隔离状态，所有工作都已暂停。莫莉回到指挥部时，办公室里只尤利安一个人在，他观察了一下莫莉的神色，不由笑了，宽慰她道："金文熙女士可不是善茬，她给人挖的陷阱，全联盟能躲过去的都没有几个。这没有什么好沮丧的，掉进她的坑里很正常。"

尤利安虽然这样说，可莫莉还是觉得沮丧："还是我脑子反应太慢了。"她把问询的内容简洁而又准确地复述给尤利安听，又道，"我以为她会追问许辰宇的事情，正全心戒备着，不想她突然又换了话题。"

尤利安的关注点却在别处，他奇道："这么说来，你真的遇到那个假扮将军的人了？"

"是的。可我不敢承认，因为当时遇到那个人的是莫莉，而不是莉莉丝。我必须站在莉莉丝的角度回答问题，否则后面一连串问题都无法回答。"莫莉解释。

莉莉丝并没有见到那个假扮贝寒的人，如果她回答看到了，金女士若再问她"在哪里遇到""当时身边还有什么人"等问题，她就都要撒谎了，而一个谎言需要无数个谎言去圆，面对金女士，她极可能露出破绽。

所以，莫莉必须回答没有见过。

莫莉想了想，又道："当时我刚看到了莉莉丝假扮的我，所以见到那个人时就产生了顺势思维，以为只是某个人的舞会装扮，没有多想。"

虽然她当时心生诧异，却也没有深究。紧接着，基地沦陷，她被掳往阿德旺斯……事情一件接着一件，叫她应接不暇，难免忽略了当初那个与她错身而过的人。

莫莉不觉有些愧疚，自责道："如果当时我警惕性能高点就好了。"

尤利安却不这样认为，笑道："幸亏你警惕性不高，否则可能早已经被灭口了。"

莫莉愣了下，不由苦笑道："也是。"

以她那悲催的战斗力，天狼战队基地里的任何一个人灭她都是小菜一碟。不过……莫莉略一迟疑，还是把心底的猜测说了出来："虽然只是打了个照面，可我总觉得，假扮贝寒的那个人认识我。"

尤利安反应很快，立刻反问她道："你是说许辰宇？"

莫莉不敢肯定，可心底隐约觉得那个人极可能就是许辰宇。

舞会那晚不只莉莉丝在寻找许辰宇，她和米亚也一直在找，可找了大半天也没能找到，只在后门那里找到了肖泽恩，而肖泽恩好像也是找人找到那里的。再后来，她从后门出去，在长廊里遇到了和贝寒装扮一样的人。

"有很大的可能是他。"莫莉回答，停了一停，又问道，"我不明白，他为什么要假扮贝寒？是不是只有假扮了他，才可以向外传递消息？"

她记得肖泽恩说过，有人向外传递了基地的坐标位置，改造人才能精准地找到基地，并施以偷袭。而要突破基地的电磁屏障向外传递消息，就必须要有指挥部的授权。

果然，就听尤利安说道："是的，这和基地的安全保障措施有关。基地的智能系统'常在'，会对每一个进入指挥部的人进行影像初步扫描，通过辨认其身份，来限定其活动范围。"

莫莉听得糊涂："通过辨认身份限定活动范围？可之前在基地，我几次进入指挥部，从来没有感觉出活动范围受到限制啊？"

当初她还只是新训部菜鸟一名的时候，就曾闯过贝寒的办公室与他吵架，也没见"常在"对她提出过什么警告，又或者说提醒她哪些地方不可以去。

尤利安闻言笑了笑，解释道："你没有感觉，并不代表不存在。事实上，每个人在基地的所有活动路径都会在'常在'那里留下记录，那些正常的、不违反规则的活动可能会被忽略，而那些特别的，或者说是不正常的却会被标出，再依据其危险系数来决定是否立刻发出警报，通过人工进行最后的干预和审核。"

没有提醒，没有警告，却一直被记录着，就像是有一双眼睛无时无刻不在盯着你。莫莉在基地时，充分体会到了人工智能"常在"的便利，却从没像这一刻这样意识到它的可怕。

第十三章

别有用心

尤利安像是已经习惯了，并无莫莉这样的感慨，只又说道："这也是他们要假扮将军的原因，如果不是将军本人的影像，在非工作时间进入他的办公室，其危险系数会令'常在'在第一时间发出警报，那人也根本不会有机会向外传递消息了。"

莫莉听得皱眉，忍不住问道："可假面舞会上很多人都会装扮成别人，那样的话……"

"易容机。"尤利安仿佛猜到了莫莉的疑问，不等她问完就打断了她的话，"易容机和'常在'连在一起，只要是通过易容机装扮的，'常在'都会有记录。也就是说，不论你装扮成什么模样，在'常在'眼中，你都只是你自己。"

莫莉恍然大悟："所以，那个人绕过易容机，假扮成贝寒欺骗了'常在'。"

尤利安点头："是的。"

可莫莉又产生了新的困惑："为什么非要假扮成贝寒，如果只是想获得出入指挥官办公室的权限，假扮成你也可以啊！"

身为贝寒信任的副官，尤利安自然也是可以自由出入他的办公室的，伊诺尔为什么非要假扮成那么引人注目的贝寒呢？莫莉疑惑不解。

“因为对方早有谋划，故意留下线索，把祸水引向贝寒将军。”尤利安答道。

莫莉突然间明白过来，难怪那晚伊诺尔在假扮贝寒向改造人发出基地坐标之后，仍还带着装扮出现在舞会附近，原来他并非粗心大意或大胆狂妄，而是有意为之，就想被人看到“贝寒”出现在指挥部附近，以便事后嫁祸贝寒。

好个“一箭双雕”的计策，不但毁掉了基地，还给贝寒埋下了祸根。

尤利安瞧着莫莉不语，误以为她仍不明白，又解释道：“如果想骗过‘常在’，假扮者就必须伪装得很像，这要求他必须具有被假扮者详备的个人信息，这也是为什么有人可以通过此事来指控将军的原因。”

莫莉忍不住叫道：“可很可能是别人泄露了贝寒的个人信息啊！为什么非要怀疑贝寒？”

“早年曾因有人假扮将军而导致全队的个人信息都被从易容机内删除，这并非将军不悦有人假扮他参加舞会，而是此事暴露了基地的安全隐患，从那以后，将军的个人信息便归入联盟机密，没有极高的授权根本无法查看。”

“机密并不代表着绝对安全。”莫莉说道。

“是的。”尤利安点头，又解释道，“安委会认为是我们军方自己泄露的，而我们却觉得消息是从执政府内流出，这是双方的分歧所在。莱恩长官受命于司令官，也一直在暗中调查到底是谁泄露了将军的个人信息，可惜碍于种种原因，调查进行得并不顺利，甚至由于怕被人利用，引起军政两方失和，不得不中止下来。”

莫莉知道事情复杂，却从未想过会这么复杂，她只想了一会儿，就觉得脑子有些僵硬，不得不苦笑道：“我脑子有点不够用了。”

尤利安闻言失笑，好意安慰她：“也可能是精神绷得太紧，有些累了。”

与金女士面谈时，莫莉的精神一直高度紧张，不敢有丝毫的放松，可即便这样，她还是掉进了金女士的坑里。思及此，莫莉不觉有些担忧：“我虽然否认见过假扮将军的人，可金女士明显不信，她不会再审我吧？”

尤利安笑笑：“在没有确切证据的情况下，就是金女士也无权对你进行问讯，只能问询。不用思虑太多，回去休息一下吧，睡一觉，比什么都管用。”

“问讯”与“问询”虽只一字之差，可其中的差别就大了。

莫莉放松了些，抬眼看看尤利安，迟疑了一下，这才又问道：“将军那里……没什么事情吧？”

为了避免引人怀疑，贝寒有意疏远了莫莉，两人连面都极难见到，更别提好好说上几句话了，而作为贝寒的行政秘书，没有公务，莫莉甚至都没有借口去他的住所找他。

“将军很好。”尤利安回答。

莫莉还等着他能多说一些贝寒的情况，不想他就此闭上了嘴，再没一句多余的话。她虽然很想再多问几句，终归是不好意思，只谢过尤利安，离开办公室往宿舍去。米亚早已经结束了问询，正在宿舍等她，见莫莉上楼，立刻把她拉进了自己的房间，低声道：“怎么才回来？我都等你好半天了！”

按纪律要求，他们之间不能相互打听问询内容。见米亚这样，莫莉不觉有些矛盾，如果米亚问她与金女士的谈话内容，自己说还是不说？不想米亚下一句却是问道：“你听说了吗？”

莫莉一愣：“听说什么？”

米亚脸上有压抑不住的兴奋，叫道：“东真纪医生回来了！你知道这代表着什么吗？”

莫莉被她搞得有点蒙，下意识地问："代表什么？"

米亚向莫莉翻了一个大大的白眼，嫌弃地叫道："拜托，你怎么这么笨啊！东真纪医生的父亲是谁？联盟现任执政官啊！她这个节骨眼回基地，分明代表着对贝寒将军的支持，而她的支持，就是执政官的态度啊！"

这样说来，东真纪的归来的确是件大好事。

米亚忍不住高兴，却又撇了撇嘴："我以前就说东真纪对贝寒将军也别有用心，哼哼！果然被我料中了！唉，竞争者真是越来越多了，我实在是没有太多信心啊。不晓得贝寒将军到底喜欢哪一款。"

莫莉忍不住打断她，提醒她道："米亚，你不觉得肖泽恩也很不错吗？"

"泽恩？"米亚惊奇。

"是啊，肖泽恩，他也是个很好的对象啊。"莫莉再接再厉，试图帮一帮肖泽恩。

哪知米亚却想错了方向，竟向着莫莉挤眉弄眼，嘿嘿笑道："是吧？你也觉得他很不错吧？我早就和你说过，你不要看他平日里总是面无表情，可嗨起来……"

"米亚！"莫莉有几分无奈，决定还是放弃再与米亚谈论感情问题，"肖泽恩呢？问询还没结束吗？怎么没有见到他？"

只要允许，肖泽恩总是会陪在米亚身边的。

米亚这才想起肖泽恩来，也是十分奇怪："对啊，他人呢？"她使用通讯器呼叫肖泽恩，半晌之后才得到回应。肖泽恩的语气一如既往地没有波澜："我还在指挥部，遇到林挚了，耽误了一会儿，这就回去了。"

说完，他便挂掉了通讯。

米亚回过头来看莫莉，奇道："林挚那小子竟然也在指挥部，他不好好待在行动队，又跑指挥部去做什么？”

虽然战队在休假中，可因为指挥官贝寒突然受到联盟调查，被暂停了所有工作，所以整个战队都在原地待命，林挚身为特别行动队人员，这个时候也该老实待在队里，不该随便乱跑的。

“会不会金女士对他也进行了问询？”莫莉猜测。

米亚立刻否定了这个猜测：“不应该，基地沦陷时他随贝寒将军出征了，人又不在现场，有什么好问他的？”

莫莉想了一想，又道：“会不会是去看东真纪医生的？”

以林挚和东真纪的交情，林挚得知东真纪回来，特意请假去看她，也不是没可能的。

“可林挚不是在追求你吗？”米亚皱眉，很是为莫莉不平，“这小子真是太花心了。哎，东真纪不知道你的身份吧？你说林挚那小子会不会跟她说？”

按道理说不会，可莫莉不敢保证，她越发觉得自己蠢笨，一眼就被林挚看穿了身份，并且还承认了。眼下知道她真实身份的人越来越多，不知道潜藏了多少隐患，又会给贝寒带去什么危机。

“林挚应该不会乱说。”她向米亚摇头，想了一想，又道，“不过，从现在起我们需要保持距离了，绝不能再叫人发现异样。”

要知道在新训营时，莉莉丝和米亚的关系并不算好，甚至还存着不少敌意，两人突然由死敌变成闺密，即便共同经历了基地沦陷这等生死考验，也不免叫人生疑。

米亚拍着胸脯保证：“你放心，我这里绝对没问题。而且你也不用太过担心，我觉得你装莉莉丝还是挺像的。你是不知道，那天你过去勾引贝寒将军，简直就像原装的莉莉丝，我真想冲过去狠揍你一顿啊。”

莫莉尴尬一笑，没敢接话。

肖泽恩很快回来了，看到莫莉在米亚房间里，第一个反应就是皱起了眉头。

米亚立刻叫道："最后一次，以后绝对会和莫莉保持距离。"

肖泽恩闻言眉头皱得更紧，冷声纠正道："是莉莉丝。"

"没错，莉莉丝，以后绝对会和莉莉丝保持距离。"米亚立刻改正，又问他道，"对了，林挚那小子跑指挥部来干吗？"

莫莉则更关心另外一个问题："东真纪医生为什么会在这个时候回来？"

肖泽恩看了一眼米亚，却先转过头来回答莫莉的问题："东真纪医生早就提交了归队申请，贝寒将军在停职前已经批准。她是如期来指挥部报到，办理入职手续，进入指挥部医疗室担任医师。"

若是这样，那东真纪的归来就不能代表新任执政官对贝寒的支持，是米亚猜错了。莫莉不觉有些失望："原来是这样啊。"

米亚也忍不住叫道："我还以为她是为了贝寒将军才不顾一切地赶回来，代表着新任执政官对贝寒将军的支持呢！"

肖泽恩面色有些凝重，轻轻摇头："恰恰相反，新任执政官并不支持贝寒将军。"

这话叫莫莉心中一凛，立刻问道："为什么会这么说？"

肖泽恩沉默了下，淡淡答道："因为新任执政官刚刚就职，联盟安委会特别调查组就进驻了天狼战队。"

"也许只是凑巧呢！"米亚反驳，"又或者是执政官也不了解情况，他信任贝寒将军，所以相信将军是清白的，不怕被调查，这才批准特别调查组过来走一下过场，堵一堵那些人的嘴。"

"不会是这样。"肖泽恩又道。

米亚又问："理由？"

这一回肖泽恩连说都没说，只道："感觉。"

"这也能凭感觉？"莫莉惊讶道。

“哦，莫……莉莉丝，你不用理他，他又在故作玄虚呢！”米亚对肖泽恩的回答嗤之以鼻，翻了他大大的一个白眼，“你还没回答我，林挚那小子怎么会在指挥部？是去见东真纪医生的吗？”

肖泽恩答道：“不清楚。”

米亚不由得更加不满：“你都没有问一句吗？”

“问谁？问什么？”肖泽恩面无表情地看她，声音不冷不热，“为什么要问？你当我是你吗？”

米亚愣了一愣，顿时气得想要撸袖子揍人。

莫莉吓得赶紧拦下了，劝道：“都这个时候了，你们就不要闹了。”

米亚哪里肯依，怒道：“你难道没听见刚才他都说了什么吗？你看看他这是什么态度！”

可肖泽恩一向毒舌，说话难听又不是一次两次了，没必要这个时候和他计较，莫莉劝米亚道：“他一向情商低，不怎么会说话，你又不是今天才知道！”

话音刚落，门外突然传来一声轻笑。

三人闻声俱是一愣，齐齐转头看去，就见林挚不知何时来了，他双手插在裤兜里，正吊儿郎当地斜靠在门框上看他们，出言嘲道：“三个人，两个智商低，一个情商低，你们三个凑在一起还真是绝配。”

米亚秀眉一皱，立时就要上前，却被肖泽恩拦下了。

肖泽恩面无表情地看着林挚，问道：“有事？”

林挚笑着摇摇头，眼睛看向莫莉，道：“路过，特意上来看一看莉莉丝小姐。”

莫莉还未做反应，米亚已是抢着说道：“已经看到了吧？既然看到了就快点滚蛋吧！”

林挚笑笑，并不和她计较，只问莫莉道：“可以出来聊几句吗？”

莫莉略略迟疑了一下，没有理会米亚的暗示，跟着林摰往外走去。两人沿着走廊慢慢往外走，一路沉默着，直到走下楼梯时，林摰才忽地轻轻笑了笑，道："有没有发现，好像我们两个突然间就生疏了。"

莫莉一时也心有戚戚，就在上一次见面时，他们还相约一起去舞会，而此刻她对他却是只剩满心戒备，生怕他会向人泄露她的身份，从而对贝寒不利。到底是因为什么才会出现这样的变化？莫莉自己也找不到答案。

林摰又道："很抱歉，又一次对你失约了，本来想陪你一起去舞会的。"

莫莉忙摆摆手，替他开脱："你又不是故意的。"

林摰笑笑，没说什么。

两人又都沉默下来，过得一会儿，林摰突然问道："你喜欢他？"

这话问得没头没脑，可莫莉竟然听懂了。

她不觉一惊，下意识地停住了脚步，站在最后的那级台阶上，警觉地问林摰道："你说谁？"

林摰回过身来看莫莉，唇边虽仍挂着微笑，眼中却似有淡淡的失落，他安静地看了莫莉片刻，慢慢垂了眼帘，低声说道："父亲在上一次袭击中受伤很重，人后来虽然醒过来了，智力却退化得厉害，现在已经没有自理能力。他还健康的时候，曾对我有过很高期许，而我却十分叛逆，一心想要挣脱父亲的影响，可当他真倒下去的那一刻，我才知道他在我心中的地位无人可比。"

莫莉不知该说些什么，一直默默听着。

林摰又抬眼看她，笑了笑，道："莫莉，造成惨案的真凶，我绝对不会放过，不论他是谁。"

莫莉没有躲避他的目光，直直地看着他，一字一句地说道："不论会是谁，但绝不会是他。"

林挚唇角微微勾了勾，露出些许嘲弄的笑意，反问她：“你确定？你真的了解他吗？知道他曾经做过什么，现在正做着什么，未来又要做些什么吗？”

了解贝寒吗？不，她不了解他，她从不知道他的过去，也根本不清楚他的现在，更无从得知他的未来。他没告诉过她，也不许她问。对于他，她一直所知甚少。莫莉抿紧了唇，没有应答。

林挚淡淡一笑，没有再继续追问，反而缓和了语气，温声说道：“我可能会很快调入指挥部任职。”

调入指挥部？莫莉听得一愣。

林挚却又恢复了往日里的嬉皮笑脸，笑嘻嘻地向她打了个飞吻，倒退着往楼外走去，轻快地叫道：“回见，莉莉丝小姐。”

就在第二天，联盟舰队总司令部派了一名中将过来，不仅带来了对在上次营救战俘行动中表现出色的作战人员的嘉奖令，同时还宣布了林挚的调令，命其进入战队总指挥部担任作战室主任。

林挚先得特等嘉奖，又得破格提拔，一时风光无比。

调令是在授勋仪式上直接宣布的，作为授奖官的中将亲切地用手拍着林挚的肩头，说出的话很是语重心长：“年轻人，前途无量啊！”

台下，观礼的米亚冷哼了一声，微微侧偏了头，与身边的莫莉低声说道：“眼下贝寒将军被停职，战队所有的人事变动都已暂停，怎么偏偏就有人能搞特殊化，想去哪里就去哪里。可见联盟也不是宣称的那般公正平等！”

莫莉没有回应，微微皱着眉头，默然地看着台上的各色人等。没有贝寒，身为天狼战队最高指挥官的贝寒将军拒绝了出席这次典礼。而作为贝寒的行政秘书，她已三天没有见过他。

贝寒，仿佛把自己关了起来，主动隔绝了与外界的一切联系。

莫莉很想见到贝寒，不仅仅是因为担心和想念，更多的是疑惑与不解，这比前者更叫人寝食难安，也更加折磨人。

授勋结束之后，中将大人未做任何停留，直接拍拍屁股回了总司令部。司令部各部室指战人员们表现得都十分冷淡，唯有还留在战队的特别调查组成员在金女士的带领下上前向林挚祝贺。

“林执政官后继有人了！”金女士感叹，表情十分真诚，“你参加那场战斗的视频资料我看了，真的是精彩绝伦。”

林挚只是笑笑，并未言语。

周围人的目光叫金女士意识到自己不便和林挚太过热络，否则林挚在天狼战队的处境会更为艰难。她微不可见地叹了口气，又道：“不多说了，有机会回到联盟再细聊吧。”

林挚点点头，应她：“好。”

尤利安从旁边走过，林挚忙出声叫住了他：“尤利安，等等！”

金女士等人见状纷纷告辞离开，林挚脱身出来，向尤利安走了过去，笑着问道：“我什么时候可以看到贝寒将军？”

尤利安面带客气的微笑，回答得滴水不漏：“这得看您有什么事情，如果事关战队安危，您现在就可以去请见将军。”

林挚的调令刚刚宣布，他甚至都还没有去行政部报到，而且天狼战队又处在休假期，远在战场后方，这个时候能有什么事情威胁到战队的安全？尤利安如此说分明就是一种变相的拒绝，林挚无奈地耸耸肩：“那先算了。”

尤利安笑笑，转身离开前又不忘招呼上莫莉：“莉莉丝小姐，请帮我去找些文件，然后送到贝寒将军那里去。”

莫莉听到这话毫不犹豫地跟了上去，待到进了指挥官办公室，屋内再无旁人，尤利安才小声提醒莫莉：“尽量少和林挚打交道，那小子太精明，会把你骗进去的。”

莫莉点头，迫不及待地问他："贝寒将军需要什么文件？"

尤利安没有立时回答，反而用手指抵唇示意莫莉噤声，他先把办公室各个角落都查看了一遍，这才回过身来，郑重地看向莫莉，轻声说道："贝寒将军什么文件也不需要。"

莫莉一愣，不解地看着他。

第十四章

针锋相对

“他现在根本就不在这里，不在休假地。”尤利安不顾莫莉的惊讶，继续说道，“莱恩长官从这里返回波斐克的途中突然失踪，贝寒将军怀疑他是被改造人劫走的，已追往战区。”

难怪自从那日办公室见面之后，她就再没见到过贝寒，原来他竟然早已不在这里。可更叫莫莉惊讶的是莱恩被劫，她简直不敢相信自己的耳朵：“改造人劫持了莱恩？”

他们此刻远离战区，深处猎户旋臂腹地，改造人竟能在这里劫走联盟军总司令部的情报处长，这简直太荒谬了。

尤利安显然清楚莫莉的疑问，又解释道：“就因为远离战区，又是临时起意前来驻地，莱恩长官并未使用护卫舰，防卫力量很弱。”

莫莉的反应也很快，立刻问道：“既然这样，他的行程又怎会被改造人得知？”

这件事疑点重重，她都能觉察出不对，贝寒不可能看不出来。

果然，就见尤利安笑了笑，道：“你所疑虑的，贝寒将军都想到了。那名学员对贝寒将军的指控，联盟特别调查组的到来，莱恩长官的失踪……这一切，显然在某人的控制中。”

“那他还要追去战区？”莫莉不觉有些急躁，“如果这正是敌人为他设置的圈套怎么办？”

尤利安很平静，沉声道：“没有办法，就是圈套也得去。且不论莱恩长官和将军的私交，莱恩长官掌握着司令员和贝寒将军的一切秘密，任由他落入敌手，一旦有所差错，带来的灾难将是无法预估的。”

所以，明知道是坑也要跳下去吗？莫莉皱眉，隐生不祥之感。

尤利安笑了笑，又安慰她道：“请相信将军的实力，不论遇到什么情况，他都有全身而退的能力。”

贝寒的战斗力与应变能力莫莉毫不怀疑，想之前在帝都阿德旺斯，雷奥被关押在皇家科学院，看守那样严密，贝寒一样能够救出他并将其带回联盟。贝寒被誉为联盟最锋利的剑，他是无坚不摧的，这个宇宙里还没有谁可以拦下他。

可不知为何，莫莉却仍然不能放心，仿佛有个声音在跟她说：“这事不是那么简单，有些东西，可能大家都忽略了，而这……将是致命的。”

这个时候，再怎样担心忧虑都是无用的，她尽力地调整着自己的心绪，冷静地问道：“我们现在能做些什么？”

“等待。”尤利安回答，停了一停，像是要说给自己听，又再一次强调，“我们现在能做的只有等待，等待将军的归来。”

次日一早，特别调查组组长金女士再一次对莫莉进行询问。

事发突然，莫莉几乎毫无准备，直到与金女士面对面时，都还有些稳不住心神。与上一次的客气友善不同，这一次，金女士的神色称得上严厉，问出的问题更是直接。

“据我们所知，你在阿德旺斯时，曾与改造人的第二皇子伊诺尔有所接触。”金女士紧紧盯着莫莉的眼睛，眼神犀利如刀，“也许给他换个名字你会更熟悉一些，许辰宇——潜入天狼基地的新训部学员许辰宇。”

“是。”莫莉坦然承认，“我在阿德旺斯见过他。”

“只是见过？”金女士逼问。

一味防守并不是最好的办法，莫莉决定适当地发起反击，以免一直被金女士掌控节奏，她毫不客气地反问金女士：“不然呢？您想得到一个什么样的回答？我，天狼战队基地新训部特勤人员，在阿德旺斯不只见过已经恢复了帝国第二皇子身份的许辰宇，我还想着勾引他，妄想与他发生一些桃色韵事吗？”

莫莉唇角带着鄙夷的微笑，眼睛里却似在冒火，声音更是冷硬锋利，隐隐透出怒意：“金女士，您在侮辱我，您在侮辱一名联盟军人。许辰宇毁掉了天狼基地，我有无数的战友死于那场袭击，您却在怀疑我仍对他垂涎不已。”

莫莉的强硬出乎金女士的意料，她略略有些愕然，尝试着解释：“莉莉丝，你误会了。”

“我希望这真的只是我的误会。”莫莉语气依旧僵硬，又冷声说道，“否则，即便您位高权重，我依旧会向联盟政府提出抗议。”

金女士有些尴尬地扯了扯嘴角，试图重新掌握主动：“我想我们应该先回到刚才那个问题，你在阿德旺斯见过伊诺尔，不止一次，甚至，据说他还曾经想买回你。为什么？”

“为什么？这个问题不应该由伊诺尔来回答吗？从我的理解，或许是为了羞辱？又或是如他所说的，只是因为我们算是相识，而他又善心大发，不忍看我为奴。”莫莉讥诮地笑笑，浑不在意地耸了耸肩膀，“谁知道呢！”

金女士又问：“你原本的主人是叫希瑞尔，对吗？”

来了，终于来了！莫莉想这恐怕才是金女士今天突然再次询问她的原因，他们的目标从来就不是伊诺尔，而是希瑞尔，是贝寒将军！

“是。”莫莉点头。

金女士深深地看了她一眼：“他对你很好是吗？为了你甚至不惜得罪伊诺尔。”

莫莉微微冷笑，没有直接回答金女士的问题，反问道：“请问您此次来驻地的目的是什么？”

金女士不动声色，回答：“调查贝寒将军叛国通敌一事。”

“那和我在阿德旺斯的遭遇有何关系？”莫莉言辞尖利，表情不善，“至于我在阿德旺斯都遇到了些什么，又遭受了些什么，这些问题我在联盟舰队总部进行隔离审查时都已经回答过。如果您感到好奇，可以去调阅当时的资料，我不想再回忆那些经历，这是对我的二次伤害。”

金女士这一次没有被莫莉打乱了思路，她淡淡一笑，继续说道：“改造人在通缉希瑞尔，他们声称他是联盟特工。”

莫莉神情依旧镇定，反问：“所以？”

“一个联盟特工，为了你假作宇宙大盗希瑞尔，身携重金，冒险潜入帝都阿德旺斯……只为了救出你吗？”金女士眼中闪烁着狡黠的光芒，“莉莉丝，你能否告诉我，这是为了什么？”

“我不值得被这样对待，是吗？”莫莉反问。

金女士没有回答，可目光里的不屑已经表明了她的态度。

莫莉轻声嗤笑，嘲道：“看来改造人说的也不全为错，联盟远不是表现出来的那样民主、平等、自由，所谓的人人平等，不过是政客们挂在嘴边哄骗民众的广告词语。金女士，您可真是一名优秀的政客。”

这样的赞许令金女士面露尴尬。

莫莉直视着她：“很抱歉，您的这些问题我都无法回答。希瑞尔到底是不是联盟特工，改造人又为什么要通缉他，您该去问联盟舰队总司令部，或者去问改造人，而不是我。”

金女士不以为意地笑笑：“莉莉丝，现在的情况和之前不一样，我们完全有理由怀疑你与改造人关系暧昧，从而凭此向舰队总司令部提出申请对你进行问讯。”

一旦问讯，也就是可以使用一些强硬手段了。

金女士在观察着莫莉的神情，似是想看出她是否会露出破绽，很可惜，莫莉的表情淡然无波，甚至，她还轻轻地扯了扯唇角，从容地说道：“这是您的权力。”

询问不欢而散。

莫莉从会议室走出后，心跳半天不能平缓，形势越来越严峻，而她除了嘴硬，再无别的应对方法。贝寒仍是不见踪影，听不到任何消息。她只能自我安慰，没有消息也算是一种好消息。

尤利安听到消息匆匆赶来，关切地问她：“怎样？”

莫莉微微摇头，又道：“金女士说要向舰队总司令部提出申请对我进行问讯。阿德旺斯已经发出了对希瑞尔的通缉令，联盟也开始追查希瑞尔的身份。”

尤利安是知道希瑞尔的真实身份的，闻言不由面露惊讶，奇道：“调查突然换了方向，他们一定是得到了什么新的消息。”

莫莉倍感焦虑：“那怎么办？”

说实话，尤利安也不知道该怎么办，不过，他认为这个时候自己有必要安慰一下莫莉。他笑笑，答道：“联盟特工也分很多种，希瑞尔是隶属舰队总司令部的特工，那些绝密级的特工人员，除了莱恩长官之外，不会再有第二个人知晓他们的具体资料。”

换句话说，在没找到莱恩之前，关于希瑞尔，金女士他们什么也查不到。

可莫莉总觉得哪里还有问题，神色不见丝毫轻松。

“是在担心问讯的事吗？”尤利安误以为她在忧愁“问讯”之事，又出言安慰道，“即便金女士真的向总司令部提出问讯申请，也不见得就能得到批准，总司令员不会任由事态失控的。”

“不是，不是这个。”莫莉摇头，她抬眼看向尤利安，“你有没有发现另外一个问题？”

“嗯？”尤利安不解。

“只有莱恩掌握着希瑞尔的资料，金女士他们为了追查希瑞尔，必然要去找莱恩。”莫莉一边说一边整理着自己的思路，心中的那个疑点终于亮了起来，“而莱恩，他现在失踪了。”

论智商，尤利安是远高于莫莉的，之前忽略了也就罢了，可经莫莉提醒，他不仅顿时想通了所有的关节，甚至比莫莉考虑得更远。“他们很快就会知道莱恩长官的失踪，同时，贝寒将军几日不曾露面，必然也会引起他们的怀疑。他们……”

莫莉紧张地盯着尤利安，问：“他们会怎样？”

“他们会先来确定贝寒将军到底还在不在这里。”尤利安沉声答道。

“现在能联系上贝寒吗？”莫莉又问。

尤利安缓缓摇头：“我们只能等待他的归来，同时，尽可能地拖住调查组，给将军争取更多的时间。”

这几乎是不可能的事情。

与林挚不同，不管怎样林挚都属于战队成员，军人服从命令乃是天职，纵使他心中再多怀疑，也不能违反军令直接冲进贝寒的住所。可联盟特别调查组前来这里便是调查贝寒的，完全有正当的理由要求贝寒露面。

果不其然，才刚刚过了午后，特别调查组便提出对天狼战队指挥官贝寒将军进行问询。这也表明调查组不仅仅是怀疑贝寒不在驻地，他们应该有了十足的把握，才会采用这样直接而粗暴的试探方式。

作为指挥官办公室的行政秘书，莫莉不得不第一个站出来面对金女士。“贝寒将军一直拒绝使用简易通讯器，所以我必须先联系上尤利安副官，征询过将军的意思之后，再来为您安排问询。”

金女士还未讲话，站在她身后的一名年轻男子就先出了头，冷漠说道：“女士你搞错了，我们不是求见贝寒将军，我们是以联邦特别调查组的名义对他进行问询。不论他是否同意，都必须接受。”

莫莉微微冷笑，不卑不亢地答道：“我很清楚你们是联邦特别调查组，如果你们有抓捕令，尽可以直接冲进将军的住所对他进行提审。可如果想通过我这里，就必须遵照天狼战队的规矩。”

那男子还想再辩，却被金女士抬手拦下。金女士微微一笑，和莫莉说道：“请你联系尤利安副官吧。”

莫莉没法拖延，只能使用通讯器呼叫尤利安，通话刚一接通，她便开门见山地说道：“尤利安，联盟特别调查组要见贝寒将军。呃……”她停了下，抬眼瞥了瞥金女士，沉声说道，“金女士他们此刻就在办公室等着。”

尤利安的反应非常快，几乎没有任何思索，直接回答道：“将军这两日旧疾发作，状态十分不好，现在刚刚睡下。你请金女士先回去，等将军醒后我会立刻请示将军，安排见面之事。”

莫莉直接把通讯器开了外放，尤利安的声音清晰地透了出来。她抬眼看向金女士，客气说道：“金女士，你也听到了，还请您耐心等待一下。”

“可以理解。”金女士面露微笑，说着却转身吩咐身后的助手，“我们这许多人都守在这里影响不好，而且还会打扰莉莉丝小姐的正常工作。不如这样，我留在这里等贝寒将军，你带着人去贝寒将军的住所，将军一旦醒来，马上通知我过去。”

那助手应了一声，立刻转身就走，完全不给莫莉阻拦的机会。

金女士仍笑眯眯地看着莫莉，又道：“工作忙吗？如果不忙，我们聊一聊？”

贝寒都被停止一切工作了，作为他的行政秘书的莫莉工作怎么可能忙！可除非她疯掉了才会回答说自己不忙，然后陪着金女士聊天。莫莉抬眼看向金女士，克制地问她：“还要进行问询吗？”

“哦不，只是闲聊。”金女士回答。

莫莉微微摇头：“那抱歉，我还有文件需要整理。”

这回答似乎已在金女士预料之内，她只是扬了扬眉梢，不以为意地说道：“那好，你忙你的，我不会打扰你。”说着，她竟然就在办公室一侧的休息椅上坐了下来，好整以暇地翻看起电子报刊来。

莫莉心急如焚，却不敢露出分毫，只能坐在办公桌后装模作样地摆弄着为数不多的几份文件，文档打开再关上，关上再打开。同时，脑子里快速地思考着，怎样才能摆脱眼下的困境。

思考的结果竟就是无法摆脱！

贝寒人都不在这个星球上，她和尤利安再怎么费尽心思，也不过是施行拖延战术，无法凭空变出一个贝寒将军来！

窗外天色渐暗，而金女士却毫无告辞的意思，如此看来，贝寒住所那边的人应该也还在“坚守”。贝寒不可能一直“睡”下去，尤利安也不能以此为理由一直拒绝调查组进入将军的住所。

就在莫莉心急如焚却无计可施时，桌上的虚拟显示屏上却突然悄无声息地弹出了一条信息，莫莉本没在意，随意瞥了一眼过去，身体不由顿时僵住。不远处的金女士看似在读报，实则却一直在暗中留意着莫莉，见状立刻问道：“怎么了？莉莉丝小姐。”

“没什么，不小心误删了份文件。”莫莉眉头紧皱，表现得有些不耐烦，又抬起头看向金女士，似笑非笑地问道，“您是在等我一起吃晚饭吗？”

这分明就是一种讽刺，可金女士却像没有察觉，想了一想，竟然点头道：“好啊。”

不想莫莉也并未像金女士预料的那般恼羞成怒，她竟然翘了翘唇角，向着金女士露出一个甜美的微笑，应道：“那您得再耐心等我片刻，我还有一些工作需要收尾。”

她说着不再理会金女士，重新又把目光投向了面前的虚拟显示屏，那条突然弹出来的消息还静静地留在那里，内容很简单——我回来了，在会议室内。

它来自隔壁会议桌上的一个智能终端，那里是贝寒一贯坐的位置。

莫莉有意控制着呼吸，竭力压抑住自己转头看向会议室门口的欲望，面容淡漠地回复了信息：金女士在我旁边，她助手带着人在你住所守着。

消息很快就又传了回来：我知道，林挚也在那里。

莫莉暗暗心惊，立刻问道：我能做些什么？需要过去引开林挚吗？

贝寒回复：你现在过去，但什么也不用做。

第十五章

分道扬镳

现在过去，却什么也不用做？莫莉不解这个指令，心中更是有千言万语想跟贝寒说，可她又深知此刻时间宝贵，容不得自己多说半句废话。

她什么也没说，只简单地回道：好！

消息发出后，很快就又得到了他的回应，这一次却只敲了两个字过来：想你。

这样紧张的时刻，莫莉却忍不住地想要微笑，她怕被金女士发现，赶紧抬手握拳轻轻地抵了抵唇，偷偷回他道：我也是。

莫莉关闭显示屏，站起身看向金女士，问："我要下班了，不过在吃晚饭之前，我需要先送一份文件到尤利安副官那里，以便将军醒来可以第一时间看到。您是先自己去餐厅，还是……"

"我跟你一起过去吧。"金女士打断她的话。

莫莉笑笑，起身率先往外走，打开房门后又礼貌地谦让金女士先行，两人一前一后地出了办公室，待走到楼下时，莫莉很是自然地打开了耳侧的便携式通讯器，吩咐道："请帮我联系作战室主任林挚。"

通讯很快接通，仿佛林挚一直在等着莫莉的通讯："莉莉丝，什么事情？"

莫莉面不改色，语气轻松地问道：“嗨，林，你结束工作了吗？要不要一起吃晚饭？”

通讯器里有片刻的沉默，片刻后，林挚才答道：“我有事要见贝寒将军。”

战队里并无军情，这个时候要求见贝寒，显然就是别有用心。莫莉故作惊讶，问得另有所指：“你也要在这个时候见贝寒将军？你确定吗？”

“是。”林挚回答。

莫莉的心往下沉去，沉默了一下，这才说道：“好的，我明白了。”

说话间，她已是拐入了小径，一眼就看到了贝寒的住所，矮矮的栅栏门外肃然默立着不少人，尤利安、林挚以及金女士的助手等，莫莉不动声色地扫了一眼，发现金女士手下的人还少了几个，想来应该是暗暗守在房子周围。

她的脚步声很快引起了众人的注意，林挚的目光落到她身上时，神色微微有些愣怔，不过很快就又恢复了正常，唇角上噙着浅浅的笑，饶有趣味地注视着她。

莫莉没有理会旁人的注视，直接拿出莉莉丝的做派，摆着腰肢袅袅娜娜地走向尤利安，将手中一份纸质文件向他递了过去，道：“这是将军之前下令找的一份文件，等将军醒来你记得交给他。”

尤利安眼中闪过疑惑，但很快就掩饰下了，应道：“好的。”

莫莉环视了众人一圈，挑了挑眉梢，向尤利安调笑道：“怎么？都还在等着见将军吗？那你惨了，晚饭都吃不上了呢。”

尤利安微笑：“没有办法，职责所在。”

他们两个谈笑风生，而旁边等了大半下午的联盟调查组成员却都不耐烦了，尤其是金女士的那名助手，他不顾金女士的压制，直接上前问尤利安道：“请问贝寒将军到底要睡到什么时候？”

尤利安不卑不亢："这个我也不能确定。"

旁边的林挚看看尤利安，再看向莫莉，像是突然想到了什么，径直上前跨过了栅栏围墙往房子里走。事发突然，众人一时都有些愣，待尤利安反应过来扑过去拦时，林挚已是到了门廊下，抬脚用力往大门上踹去。

作为度假之地，这里的建筑都是仿古风格，那门虽看着厚重却不过是木制的，根本无法承受林挚这一脚，就听得一声巨响，那门就整个地往内扑倒了过去。尤利安一把拽住林挚的后领，将他用力往后甩去，怒道："你做什么？"

林挚这时反而平静下来，轻松地摊开双手示意自己不会做出任何攻击，只是说道："尤利安，以贝寒将军的能力，即便是进入深度睡眠，当门外站了这么多人时，他也早就被惊醒了，而不会这么久都没有反应。"

金女士反应最快，立即接道："快！进去看看贝寒将军是不是出了什么意外！"

话音一落，顿时有几名联盟调查员起身往院内扑去。

贝寒一向不喜欢警卫人员离自己过近，因此他住所附近并未设岗，这个时候就显现出弊端来了，只尤利安一个人，纵使他格斗技能极为出色，也不过只一双拳脚，又怎么可能同时拦下这么多人！

两名联盟调查员突破了尤利安的防线，脚踏着木门冲入房内。莫莉看得恼火，立刻使用通讯器呼叫警卫人员，可不等呼叫接通，却见那冲在最前的两名调查员竟然有些慌乱地倒退了出来。

还在院中的人都怔住了，齐愣愣地看向门口，唯有莫莉隐约猜到了些什么，心中不由狂喜，她一时有些控制不住自己，情不自禁地往前走了几步，目不转睛地盯着门内。夜幕早已低垂，房子里没有亮灯，因此那身影显得有些模糊，可只一眼，莫莉就认了出来，那是贝寒。

他像是刚刚从床上爬下来，衣装瞧着有些凌乱，可那身姿却仍是挺拔，一步步地往外走了来，闲庭信步一般，只在抬脚踩上那破门板时略略顿了下，剑眉似是微微皱了一皱，抬眼扫向众人，漠然问道：“这是什么意思？”

没有人敢接他的话。

不论是金女士还是林挚，他们几乎都已经确定贝寒不在此处了，却不料贝寒会突然从房内走出来。

尤利安松开手中一直钳制着的那个调查员，愤然看向林挚。

林挚淡淡一笑，说道：“将军，大家都很担心您的安危，尤利安副官却一直阻拦大家见到您。”

“想见我，就要踹门而入吗？”贝寒淡淡问道。

林挚肃了面容，微微欠身，沉声答道：“形势所迫，情非得已，请您原谅，我愿意接受您的一切处分。”

金女士见状，忙就站了出来：“贝寒将军，我们需要对您进行问询。”

贝寒根本不理会她，只转头看向莫莉，淡淡吩咐道：“莉莉丝，给他记大过处分，禁闭三天。”

这是他们多日未见后的第一次目光交汇。他面容淡漠，眼中却似有耀眼的光芒一闪而过。而她却是心跳欲狂，深吸了口气才能平稳地发出自己的声音，清脆响亮地应道：“是。”

金女士这样被贝寒忽略，面上不觉露出些尴尬之色，旁边的助手倒是很机灵，见状立刻就高声重复道：“贝寒将军，请你立刻准备接受调查组的……”

贝寒闻言转头看去，凌厉的视线如刀似剑，骇得那助手立刻噤声，再不敢多说半个字。贝寒微微勾唇，又看向金女士，问道：“调查组要对我进行问询？”

金女士不是没经历过大场面的人，身为联盟安全委员会高官，她甚至曾在联盟议会上与数位政敌同时对峙，以唇为枪、以舌为剑，打得敌手毫无反击之力。可此刻，贝寒的目光却叫她感到心惊肉跳，那是人类对于强大的掠杀者本能的畏惧。

她硬着头皮，态度表现得很诚恳："将军，我们需要您配合我们调查。"

"我不想配合。"贝寒拒绝得简单粗暴，丝毫没有回旋的余地，"你们大可以向联盟军总司令部提出申请，也对我进行问讯。"

金女士被这话差点儿砸了个跟头，好一会儿不知道说什么好。她无奈地摊摊手，强笑道："那好吧，我很遗憾。"

事已至此，再多说下去也没什么意义，金女士忍下了心中怒火，冷着脸带人离去。林挚跟在后面离开，走过莫莉身边时脚下一顿，转过头似笑非笑地瞥她，挑眉问道："莉莉丝小姐，还要和我一起吃晚饭吗？"

莫莉抿了抿唇角，僵硬地答道："不用了。"

林挚轻轻一哂，转身大步离去。

看着他渐行渐远的背影，莫莉心中一时五味杂陈。她与他曾经一同受训，一同战斗，对他从最初的厌恶躲避，到后来的欣赏与信任，却不想还会有今天的分道扬镳。

小院里很快就没有了外人，莫莉生怕旁处还有眼睛偷窥，不敢轻举妄动，只盯着贝寒看。贝寒也在看她，看着看着，眼中就流露出了笑意。他向着莫莉抬了抬下巴，轻声道："过来。"

莫莉稍稍迟疑，偷偷瞥了尤利安一眼。

尤利安耸了耸肩，一本正经地说道："是在叫你，将军从来不会用这个语气跟我说话。"

莫莉顿时羞了个大红脸，一时接不上别的话来，赶紧转移了话题，埋怨尤利安道："你之前为什么不叫警卫过来？你再厉害，自己又怎么能够挡住他们这么多人！”

她一边说着，一边若无其事地往门口走，才到贝寒近前，就被他一把抓住了手臂。

“是我不允许尤利安叫警卫的，我离开这事越少人知道越好，而且有警卫在，我更不好潜回。”贝寒解释，身形突然微微晃了一晃，莫莉顿时察觉到不对，赶紧伸手扶住了他，急声问道：“你怎么了？”

贝寒向她笑笑，若无其事地答道：“逃离敌舰的时候受了点小伤。”

莫莉才不信这话，若只是点“小伤”,强大无比的贝寒将军绝不会是这种表现，想当初在波斐克岛，他一只手臂都骨折了，却依旧可以带着她单臂游过岬角，逃过改造人的追击。

很显然尤利安也是这样认为，他上前看一眼贝寒，急忙交代莫莉说道：“你先扶将军回房间，我去拿治疗仪。”

莫莉点头，用力撑住贝寒的身体，想把他往卧室里扶。贝寒走了两步，却是回头叫住尤利安，沉声吩咐道：“你不用管我这里，先去指挥部，莱恩还在我办公室里。”

不要说莫莉，就连尤利安也一时愣住。

“他在你办公室？”莫莉奇道，想了一想，顿时明白过来，“是在小会议室里吗？”

“是的，我带着他无法潜回这里，只能先把他放到会议室。”贝寒回答，转头又去吩咐尤利安：“莱恩受了伤，行动不便，你设法先带他去医疗部治疗，他需要大型治疗机。”

尤利安却显得有些迟疑，道：“东真纪小姐前天已经正式归队，就职担任指挥部医疗室的主治医生，而她和林挚……”

这里是度假地，大型治疗机只有几台，根本无法与之前的天狼战队基地相比。若想不惊动治疗室的工作人员，几乎是不可能的事情。而且既然需要用到大型治疗机，可见莱恩的伤势颇重，这就更需要专业医师的诊治，治疗机上的医疗参数绝不可以胡乱设置。

东真纪和林挚关系匪浅，林挚刚刚已经用行动表示了，他是金女士那边的人，那么东真纪，她又将会如何选择……

贝寒略略思量一下，沉声道："莱恩的伤势无法再拖，你先设法将东真纪调开，再找别的医生给莱恩治疗。"

这的确是眼下唯一的办法。

莫莉将贝寒扶入卧室，将他在床上安顿好，又问道："便携式治疗仪放在哪里了？我去拿过来！"

贝寒却是轻轻摇头，道："不用。"

"不用？"莫莉惊讶，"可你受伤了啊！"

"治疗仪不管用。"贝寒抬手触了触自己肋下，透过白色衬衣，那里已是隐隐显出些血迹来，"对方用的是特殊子弹，上面涂有生物毒剂，简单的治疗仪根本无法进行处理，只能通过开腹手术，人工清除。"

莫莉听得惊住，僵了一僵后，猛地一下子站起身来："我去找医生！"

"现在不可以。"贝寒一把拉住她，他仰起头看她，唇边带着浅浅的笑，"为了提高战力，我之前喝了酒，酒精的影响还没过去，现在做基因测试会有问题。"

这还是他第一次与她正面说酒精对他的影响。

莫莉记得很清楚，当初在改造人帝都阿德旺斯的时候，他几乎总是酒不离身，身上一直带着淡淡的酒气。她微微抿唇，犹豫了一下，小声问他道："你喝了酒，基因就会显示出改造人的特征，是吗？"

贝寒的动作微微一滞，沉默了片刻之后，才轻声问她道："你会害怕吗？"

"怕什么？"莫莉问，她盯着他的眼睛，眨都不敢眨一下，只怕自己给他造成一点点误会。

贝寒笑笑："天狼战队的指挥官，被誉为军中利剑、联盟之星的贝寒将军，他身上竟然携带着肮脏的、低级的、永远都无法清除的动物基因。这种基因沾酒就会显露，告诉我，莫莉，你会害怕吗？"

"我要害怕什么呢？"莫莉又问，她顽皮地翘了翘嘴角，"害怕你沾了酒就会变得更强大，更敏捷，更有魅力吗？告诉我，贝寒，你觉得我该害怕什么？"

他明白她的意思，眼中不觉有些潮湿，轻声答道："你与我结合，可能会被拖累，我们甚至不能生育子女，因为你纯正的基因会被我污染，生下像我这样的怪物，既不能容于联盟，也无法存于帝国，一生都要遮掩自己的身份。"

莫莉贴近他，抬手抚上他的脸颊，那里已经冒出了青色的胡茬，硬硬的扎人掌心。"你还记得吗？第一次你从研究中心带我来战队的时候，在船舰上，你曾问过我一个问题，你说，'莫莉小姐，你的智商真的达到119了吗？'"

她故意冷着脸，眼中露出不屑，模仿他当时的表情。

贝寒忍不住也笑了。

莫莉又问他道："智商也会遗传的，这样低的智商，你会不会嫌弃？"

贝寒不说话，只静静地望着她，那目光已胜过了千言万语。

他的神色太过专注，太过温柔，又太过热烈，竟令莫莉觉得难为情起来，她忙移开了视线，故作镇定地说道："虽然不能清除生物毒素，可外面的伤口还是要先处理一下，起码可以镇痛。"

贝寒也似觉得这个时候不适合太激动，更该控制自己的情绪，他垂下了眼帘，应她道："好。"

简单的战地救治是新训部的必修课程，看着那血肉模糊的伤口，莫莉虽然心惊胆战，动作却是有板有眼，她先手工清理了贝寒肋下的伤口，这才用便携式治疗仪修复伤口。

“其实不用这么麻烦，用不多久还要再破开伤口。”贝寒神色淡漠从容，瞧见莫莉鼻尖上渗出细密的汗珠，又打趣她道，“你动作太慢，这样一个伤口清洗竟然耗时三分多钟，战地急救的成绩及格了吗？”

莫莉第一次面对血淋淋的伤口，紧张得手都要发抖了，听见他打趣自己，忍不住翻了他一个白眼，埋怨道：“你伤成这样就该早跟我说，我可以找个借口把林挚引开，你也可以潜入得更轻松些！”

“就凭他的身手，还挡不住我。”贝寒低哼一声，神色略显不屑，又道，“我也绝不会叫你去接近任何一个男人，不管是为着什么目的，不管是为了谁，都不行。”

这话的酸味简直都能溢出来，莫莉颇有些哭笑不得，抬眼看了看他，故意问道：“那你叫我赶过来做什么？”

贝寒答她道：“我已经告诉你了。”

“嗯？”莫莉诧异，不由挑眉，又问，“什么时候？”

他淡淡地瞥她一眼：“就之前在办公室的时候。”

莫莉愣了一愣，才突然记起来他打的那个“想你”，脸颊不知不觉就红了。

贝寒又不紧不慢地说道：“因为想你了，所以想在第一时间看到你。”

所以，才会叫她往这边来找他。

莫莉微垂着眼帘，不自觉地咬起了唇，就听得他低声说道：“联盟星际舰队法第492页。”

他贴她很近，温热的气息围绕着她，害她心跳加速，紧张得快要喘不过气来。莫莉觉得自己脑子钝钝的，傻了一下才反应过来，顿时羞了个面红耳赤，恼恨地把他推开，嗔道：“你又欺负人！”

贝寒顺着她的力道躺倒在床上，看着她只是轻笑，问：“我又怎么欺负你了？”

莫莉恼羞地瞪他，刚要开口说话，贝寒却突然抬手捂住了她的唇。他稍稍偏着头，一动不动地盯向门外，似是在侧耳倾听着什么，片刻后，用口型向她说道：“有人。”

莫莉心惊，立刻远离了贝寒，下一刻也就听到了有人上楼的声音。那人并未刻意掩饰自己的行踪，脚步声里透出些许的犹豫和迟疑，踏上走廊没多远便停下了。

第十六章

敌友难辨

“将军？贝寒将军？”东真纪的声音从外传了进来。

莫莉与贝寒对视一眼，都从彼此眼中看到了一丝意外。贝寒眉头微皱，从床头将衬衣扯过来穿上，目光在屋内转了一圈，最后落到旁边贴着墙的衣橱上，便向那里偏了偏头，示意莫莉躲进去。

莫莉愕然，不由瞪大了眼睛，藏衣橱里？被发现怎么办？

贝寒起身把她拉过去塞进了衣橱里，临关门前又倾身在她唇边轻轻啄了一下，压低声音说道：“别出动静，等我。”

他轻轻掩上了橱门，走向卧室门口拉开房门，漠然看向走廊里的东真纪。东真纪听到动静转过头来，忙快步上前，略显紧张地看向贝寒，叫道：“您好，贝寒将军。”

东真纪的父亲在就任执政官之前曾是联盟首席财政官，一向位高权重，贝寒只是性子孤傲冷僻，却不是不通人情世故，因此对东真纪虽不热络，却也多少给些情面，现听她打招呼，便略略点了下头，问道：“什么事？”

东真纪似是犹豫了一下，这才说道：“我刚才在医疗室看到莱恩长官了。”

这么看来，尤利安送莱恩去治疗时并未躲过东真纪的眼睛。

贝寒不动声色："然后？"

东真纪抬眼直视他，镇定说道："莱恩长官的伤我看过了，很严重。他的伤有很大一部分是在船舰爆炸解体时受到气波冲击所致，而以他的伤情来看，与他同船舰的其他人员也必定受伤严重。"

贝寒神色淡漠如初，依旧惜字如金："所以？"

东真纪深深地吸了口气，继续说道："将军，我没有任何恶意。身为一名医生，我想帮助所有需要帮助的伤病员，不论他是谁，不论他身处哪个阵营，不论他为谁服务。这是我的职业操守。"

贝寒沉默不语，冷冷看她两眼，才又说道："东真纪医生，你的职业操守令人动容，不过我想你更应该记住，你首先是一名军人，是天狼战队的一员，你隶属于联盟星际舰队。"

这话听起来并不好听，东真纪面色微红，嗫嚅道："将军……"

"而且，我也不需要你的服务，我没有受伤，请你离开这里。"贝寒说道。

东真纪抬起头来打量他，神情变得出人意料地坚定："将军，虽然我并不知道您为何要对我隐瞒伤情，但您的面色已无法欺骗一名专业医师，您不但受伤严重，而且还非一般伤情，如果我没有猜错，对方应该使用了星际禁用的生物毒剂。"

贝寒眉头微皱，抿唇不语。

东真纪又继续说道："这绝非普通的清创可以解决的，毒素不但会令您的创口一直无法愈合，还会进一步污染您的脏器。这种伤耽误不得，时间越久，需要剔除的肌体组织就越多。贝寒将军，请您相信我，我是一名医生。"

贝寒久久打量着东真纪，半晌后侧身让开了门口，沉声道："进来。"

东真纪愣了一愣，一时有些反应不过来。

贝寒已是转身往内走去，他将医疗箱从床头拎到了窗前的小圆桌上，自己往旁边的躺椅上一坐，一面解着衬衣扣子一面说道："冲击波并没有使我受伤，但是劫匪的散弹射中了我。"

他肋下的伤口已经被治疗仪修复了一部分，皮肉呈现出的却不是肌体刚刚愈合时该有的粉嫩，而隐隐透着些黑灰，仿佛很快就会从内腐败一般。贝寒抬眼看向愣在一旁的东真纪，问道："二十分钟开腹手术，剔除子弹并清理毒素，可以做到吗？"

东真纪抿唇沉默片刻，毅然道："没问题，二十分钟，我可以做到。"

贝寒点头，瞥一眼桌上的医疗箱，淡淡说道："那开始吧。"

东真纪上前，打开医疗箱先做了手部消毒，陆续取出手术刀、手术剪等器械摆好，这才抬眼看向贝寒，轻声问道："您准备好了吗？"

"等一下。"贝寒却突然抬手，他起身，将躺椅转了一个方向，重新背对着窗户坐下，这才说道，"开始吧。"

这样一换，他面朝的方向正好一眼看到衣橱，而东真纪则变成了背对衣橱。莫莉躲藏在衣橱内，透过门上的缝隙看得清清楚楚，甚至，感觉都能碰触到贝寒的目光。

那里面有安抚，还有浅浅的、温柔的笑意。

莫莉不敢发出半点声响，只怕惊动东真纪。贝寒的心思她能猜得到，他怕她会担心，更怕她会误解他与东真纪的关系。她现在的确很担心，但是，她不会误解他，这是给予爱人的最基本的信任。

身为医生，东真纪的医疗技术极为娴熟精湛，才不过刚刚一刻钟的时间，她就将沾染了毒素的组织与血肉都清除干净，手术眼看着就要收尾。

忙碌之中，她抬眼扫一下贝寒的神色，却见他唇角微翘，竟似含着几分笑意。东真纪不觉一怔，怀疑自己看花了眼。果然，等她再定睛看去的时候，贝寒面色淡漠如初，哪里有过什么微笑。

贝寒沉声问道：“怎么了？有事？”

“哦，没事！”东真纪回答，动作略显慌乱，在收拾手术用具时，竟然把手术刀掉在了地上。她不觉有些尴尬，连忙蹲身去捡，又抬眼看向贝寒，勉强笑道，“您瞧，在您面前，联盟最优秀的医生都会紧张。”

贝寒看了看她，回应她道：“谢谢你的帮助。”

“能为您服务是我的荣幸。”东真纪站起身来，把手套摘下来扔进旁边的垃圾桶内，“这些医疗垃圾还是您自己来处理吧，”她说着又往四处打量，问，“便携式治疗仪呢？您放在哪里了？我帮您拿过来。”

她已是看到了放在床上的治疗仪，不等贝寒回答，自己径直走过去拿。莫莉藏身的衣橱就在床边不远，见东真纪突然往自己这边而来，心中顿时一惊，吓得立时屏住了呼吸，紧接着又闭上了眼睛。

可即便这样，她还是感觉到东真纪的脚步似是顿了一顿。

贝寒突然出声叫她，声音波澜不惊：“莱恩大概需要多久才能恢复？”

东真纪被问得一愣，片刻后才转回身看贝寒，想了一想，答道：“需要二十个小时左右。”

“能不能提前？”贝寒似是感觉到了伤口的疼痛，剑眉微皱，他抬手指了下床上的治疗仪，示意东真纪拿过来，口中继续解释说道，“总司令部的船舰明天上午就要过来。”

东真纪面色凝重，答道：“只十二个小时，伤口虽然可以愈合，但是细胞修复还不能完成，组织十分脆弱。莱恩长官即便能出了治疗机，也只是看起来与常人无异而已。”

“已经够了。”贝寒点头，又道，“还请你赶过去安排一下。”

东真纪把治疗仪的参数重新设置好，放在了贝寒的伤口上：“您先休息，我现在过去看看莱恩长官。”她起身告辞，临出门前又回身问道，“将军，您楼下的大门是否需要通知后勤部派人来修？”

“不用，尤利安来通知就可以了。”贝寒答道。

东真纪微愣，随即反应过来，这种事情理应是副官的工作，如果由她出面来处理，一定会引起他人怀疑。她面上略显尴尬，解释道：“抱歉，是我一时没有考虑周到。”

贝寒淡淡一笑，反倒谢她道：“今天辛苦你了。”

贝寒将军的微笑极为难见，而今天她竟然看到了两次，虽然那第一次的微笑并不是给她的。东真纪心情一时有些复杂，甚至有股冲动想转头去看一眼床边的衣橱，可到底是忍耐住了，只向着贝寒点了点头，抿了抿唇角，毅然转身离去。

房间里一片寂静，足足过了三五分钟，贝寒才开口问道：“你打算什么时候出来？”

莫莉这才敢从衣橱里钻出来，她长长地吐了口气，后怕道：“你都不知道我刚才有多紧张，我总觉得她好像是发现衣橱里有人了，刚刚她的脚步明显是滞了一下。多亏你叫住了她，不然我真怕她会突然来拉开橱门。”

“她的确是已经发现了。”贝寒说道。

莫莉大吃一惊，十分不解：“真的发现了？可我一直屏住呼吸，甚至连眼睛都闭上了，她为什么还可以发现我？”

贝寒向莫莉勾勾手指示意她过去，指了指她的脑袋。

莫莉更是糊涂：“什么意思？”

贝寒却是微笑，道：“头发，头发暴露了你，你的发质很好，很有光泽，即便是透过窄窄的缝隙，随着位置的变化也可以看到光泽的不同，我想东真纪应该就是发现了这一点，才确定衣橱内藏着人，而且是位女性。”

莫莉手抚着头发，颇有点哭笑不得，咧了咧嘴角，干笑道：“可东真纪并没有揭穿我们。”

“她是一个聪明人。”贝寒神色微凝，停了一停，又道，“而且还懂得克制自己。”

说实话，莫莉有些想不通东真纪为何会这样来帮助贝寒，她怀疑东真纪的动机，心中隐生不安，可又怕这只是自己的嫉妒心在作祟，说出来反而会叫贝寒看轻。

莫莉换了话题，问贝寒道：“你的伤怎么样了？”

贝寒微笑：“我的自愈能力比正常人要快很多，只要清除了生物毒剂，恢复起来就快了。”

莫莉小心地查看他的伤口，瞧着确实已经无事，这才放下心来，她抬眼看向贝寒，又问道：“这到底是怎么回事？是谁劫持了莱恩？真的是改造人吗？”

贝寒答道：“的确是改造人劫持的，我饮酒就是为了能够混入敌舰。”

“可改造人怎么会得到莱恩的行程？”莫莉问出了心中的疑问。

按理说他们处于联盟的大后方，如果没有得到确切的情报，改造人是绝不能如此精准地劫走莱恩的。莱恩可是联盟军总司令部军情处处长，论起情报，全联盟没有人能比他知道得更多，而他竟然被改造人劫持了。

这简直令人不可思议。

“联盟中有人向改造人透露了消息。”贝寒语气平淡，眼中却似凝结了一层薄冰，寒气迫人，“改造人伪装成联盟商队进入猎户旋臂，等在了赫勒星到这里的路上。虽然他们极力假冒宇宙劫匪的模样，可实际上却来自改造人军方，并且，绝非一般部队。”

这事情就更加蹊跷了，莫莉心中的不安越发强烈：“他们为什么非要劫走莱恩？莱恩身上有什么是改造人如此迫切想要的？”

“他们是为我而来，可惜未能如愿。”贝寒答道。

果然这一切都是为着贝寒而来的！

这与莫莉之前所料不差，早在尤利安告诉她莱恩被劫之时，她就觉得此事疑点重重，先是那名学员对贝寒将军的莫名指控，联盟特别调查组的到来，莱恩的意外失踪……这一切，显然都是别有目的。

他们想要抓的人不是莱恩，而是不得不赶去救援的贝寒！指控和调查都是铺垫，而莱恩只是诱饵，只有贝寒才是改造人的真正目标！

“你太冒险了。”莫莉忍不住嗔怪贝寒，他显然是早就看清形势的，却依然去救莱恩，实在是太过冒险了。

贝寒毫不在意地向她笑笑，安抚道：“好了，你现在只是我的行政秘书莉莉丝，这些事情不用你去担心。”

她的担心确实无用，莫莉点点头，忽又想起一事来：“金女士说要申请对我进行问讯，怎么办？”

“总司令部不会通过这个申请，只要莱恩还在，只要司令官还在位上，只要……”贝寒抬手轻抚莫莉的脸颊，声音温柔而坚定，“我还在。”

只要他还在。

当初在阿德旺斯，他还是联盟特工“希瑞尔”时，她就曾问过他一个问题，如果她即将落入改造人手中，他是否也会像雷奥那样将她人道消灭？而他的回答是：“抱歉，我从不考虑我死后的事情，那在我的能力之外。”

不一样的回答，却表露着同样的一份真心。

莫莉鼻腔微酸，眼睛却现出了笑意。

贝寒也不禁微笑，他的手慢慢下滑，拇指抚上她的唇细细摩挲着，那是人间最美好的事物，细腻如丝绸，艳丽似花瓣，它饱满而红润，柔软且芬芳，诱惑着人不知不觉就凑上前去……

时光静谧，温存无声。

正是情浓时候，莫莉贴在耳边的通讯器却突然响了起来，“嘀嘀”的蜂鸣声吓了她一大跳，如同被针扎到一样，立时从地上蹦了起来，差点把悬在贝寒腰侧的治疗仪都带翻了过去。

贝寒先惊后愣，到后面却忍不住低笑出声。

莫莉红着脸从地上爬起来，恼羞地瞪了一眼贝寒，手指摁下通讯器的开关，刻板的电子音提示是警卫室米亚来电。莫莉赶紧把手指放在唇前示意贝寒噤声，这才接通通讯：“米亚？什么事情？”

“刚刚听到指挥中心说你之前有呼叫警卫，遇到什么事情了吗？还需不需要我过去？”米亚以一种公事公办的口吻问道。

莫莉呼叫警卫还是在调查组人员想要强行闯进贝寒住所的时候，不过因为贝寒现身随即就又取消了呼叫，这都过去了好半天，米亚却才来问此事，可见是听到什么消息了。

莫莉回答：“不用，已经没事了。”

米亚不肯罢休，又问：“莉莉丝，你在哪里？”

莫莉自然不敢说自己还在贝寒的卧室里，犹豫了一下，回答道：“在回宿舍的路上。”

“那正好，我过去等你，有事要和你说。”米亚说道，不等莫莉有所回应，便挂掉了通讯。

之前肖泽恩刚刚提醒过，不许她们两个走得太近，以免别人看出端倪来，不想才没两天，米亚就把他的警告抛到脑后去了。莫莉有些无奈，抬眼看向贝寒，解释道：“我得回去，米亚有事找我。”

楼下的大门还坏着，又是这个节骨眼，贝寒确实不敢大意，他心中已为刚才的放纵后悔不已，现听莫莉这样说，便点了点头：“好。”

莫莉还有些不放心他的伤口，仔细地看了看，瞧着并无大碍，这才起身离开。米亚已在宿舍门口等她，见她回来赶紧迎上前来，问道："你这是从哪里回来，怎么这么久？"

莫莉打开房门让她进去，避过她的问题，只问道："找我什么事情？"

米亚神色严肃，盯着她问道："调查组的人今天是不是硬闯将军住所了？莉莉丝，你不要试图隐瞒了，这事我们警卫室的人都已经知道，大家都很愤怒，这不仅是对将军的冒犯，更是对我们警卫室的羞辱。"

"米亚，这事和你们警卫室没有关系。"莫莉解释，试图安抚米亚，"大家都清楚贝寒将军日常根本不需要警卫，也不喜欢警卫在他住所附近出现，更重要的是，谁也想不到调查组敢做出这样的事。"

米亚那里却仍是愤愤不平："不管怎样，叫几个联盟调查员轻松闯入将军住所，这就是我们的失职。联盟调查组也实在过分，是我们太过纵容他们，才会叫他们如此猖狂行事。莫莉，我们已经商量好，要给他们一点颜色看看。"

莫莉听得吓了一跳："你们想做什么？"

虽然贝寒日常根本不需要警卫的保护，可指挥部警卫室里那些人都是从战队各部挑出的佼佼者，个人格斗能力极为出色，如果他们想要做点什么，那几个联盟调查员绝对不是对手。

"这个不需要你操心。"米亚微微勾唇，又道，"莉莉丝，我们只需要你帮一个小忙。"

"什么忙？"莫莉小心地问道。

说实话，她心里对调查组那帮子人也是很反感，如果能有一个机会叫他们吃点苦头而又不会惹出大麻烦，她很乐意配合。

米亚压低声音说道："你查到调查组成员所住的具体房间号，然后告诉我。"

特别调查组一共来了十一名成员，就住在离着指挥部不远的招待所里，只是并未聚在一起，而是分散在不同的楼层里。莫莉犹豫，迟疑道："房间号我可以查到，但是你们要做什么得先告诉我。"

不想米亚却是难得地狡猾，她笑了一笑，答道："不能说。不告诉你不是为了瞒你，而是事情发生后你的表现才能真实，因为你是真的什么都不知道。"

莫莉不得不承认她说得很有道理，她沉吟片刻，抬眼盯向米亚："不能出人命，不可以太过火，只要教训他们一下就可以了。否则，这事不好收场，甚至有可能会激化舰队与联盟政府的矛盾。"

米亚点头："这个你放心，我们有数。"她嘿嘿一笑，又道，"我会去找肖泽恩来设计此事，他的精密你完全可以放心。"

如果此事由肖泽恩来筹划，那的确可以叫人放心了，他可是能替代贝寒来指挥一场战斗的人。莫莉咬了咬牙，低声道："你先回宿舍等我，我去查一下他们的房间号。"

她又悄无声息地回了指挥官办公室，将金女士等人的房间号码抄录到一张纸上，揣在衣兜里给米亚带了回来。不想米亚看到那张纸面露嫌弃，嘲笑她道："莫莉，就这么点信息你还要记在纸上！哦，你的字真丑！"

莫莉有些无语，忍不住翻了个白眼给她："要不要？不要就还给我。"

"要，要！"米亚忙低头去看房间号码，只简单扫了一眼，就把内容全部记住了，又将纸条还给莫莉，嘿嘿笑道，"你只需去销毁这个证据，别的事情都不用你费心，就等着瞧热闹吧！"

她说完整理了一下衣装，打开后窗径直跳了下去。

第十七章

以牙还牙

莫莉不敢大声喊她，忙追到窗口去看，可哪里还能见得到她的人影。莫莉隐约觉得有哪里不对劲，路过肖泽恩房间的时候，忍不住停下敲了两下房门，待敲过了又觉得自己可笑，这个时候肖泽恩自然应该是在给米亚他们出谋划策才是。

她笑笑，转身走开，不想没走两步却听见身后门响，回头一看不觉愣住，肖泽恩正手扶着房门看她，面无表情地问："什么事？"

莫莉大惊，赶紧反身回来，小声问道："你没有和米亚在一起？"

肖泽恩皱眉，抬腕看了一眼手表，反问她："现在是晚上十一点三十七分，我为什么要和她在一起？"

莫莉顿时明白米亚骗了她，赶紧挤进房间里，把刚才的事情都和肖泽恩说了，焦急道："米亚会不会闯祸？我们得赶快去阻止她。"

肖泽恩脸色有些难看，略一思量，说道："米亚的事交给我来处理，你先回去，今天晚上不要再出门，也不要在私底下联系任何人，包括我和米亚，尤其不要使用通讯器。"

他说一句，莫莉就点一下头，应道："我明白。"

肖泽恩探出身去看了看走廊左右，瞧着四下无人，这才把莫莉推了出去："回你的房间去。"他低声说道，随即就又关上了自己的房门。

莫莉猜到他也要如米亚那般通过窗子出去，她不敢耽搁，赶紧回了自己宿舍，从内把门都关好了，这才稍稍松了口气，关掉了照明灯，躺在床上凝神听着外面的动静。

谁知却是一夜安静。

很可能米亚还没来得及做什么，肖泽恩就赶到并阻止了她。这样一想，莫莉心中稍稍踏实了些，待天快蒙蒙亮时，终于扛不住疲惫迷迷糊糊睡了过去。好像也就是刚刚一闭眼的间隔，她突然被窗外的声响惊醒。

莫莉愣了一愣，瞬间从床上弹了起来，冲到窗边去看外面的情况。

声音就是从招待所的方向传来的，隔着高大的树木丛，仍隐约看得见火光和冲天而起的黑烟。莫莉大惊失色，她以为米亚所说的教训只是一些无伤大雅的恶作剧，万万想不到米亚会去纵火！

那可是联盟安全委员会特派的调查组，若是在这里有个什么闪失，将直接牵连整个军方！

莫莉顾不上多想，赶紧往外跑去，刚出门口差点和人撞了个正着，抬眼一看，不料却是米亚。莫莉一怔，又看看紧随其后的肖泽恩，顿时有些发蒙，就听得米亚夸张地叫道："莉莉丝，你也是看到招待所着火了吗？快点，我们赶过去看看！"

米亚说完就往前跑去，眨眼就没影了。跟在后面的肖泽恩看了莫莉一眼，淡淡提醒道："注意安全。"

莫莉满腹疑问，忙也追了过去。

招待所外已是聚了不少人，除却救火人员和医护人员，最显眼的就是金女士和她的调查组成员，几乎个个都是脸上沾灰，身上滴水，瞧着极为狼狈。

"为什么会起火？"莫莉忍不住问道。

米亚转头看她，一脸无辜："我哪里知道，可能是线路老化引起的，毕竟在我们进驻之前，这个破地方不知多久没住人了。”她说着又摆手，不耐道，“嘿，莉莉丝，调查火灾原因不是我们的工作。你看金女士像是受到了不小的惊吓，你不要过去慰问一下吗？”

莫莉犹豫了一下，拨开人群走上前去，礼貌地询问金女士道：“请问有什么需要我做的吗？”

金女士不及开口，她旁边的那名男子却先发了声，怒道：“这事你们战队必须给一个解释，为什么偏偏是招待所，为什么偏偏在这个时候会发生这样的火灾！这到底是一场意外，还是别有用心的阴谋？到底是谁在纵火？”

莫莉定睛看去，这才发觉说话的竟是金女士的助手，此人虽满脸愤怒，却是干净整洁，与调查组的其他人员截然不同，竟叫她一开始没有注意到。

“火灾的原因一定会调查清楚。”贝寒的声音突然从后面冷冷传来。

莫莉闻声回头看去，就见后面的人群不知何时让开了一条通道，贝寒从容而至，凌厉的目光径直落向金女士的助手，寒声道：“在这之前，这位先生，也请注意你的言辞。”

他说着，又转而看向金女士：“我也认为这所有的一切都是一场阴谋。既然是阴谋，就早晚有败露的一天，您说是不是？金女士。”

他的话明显是若有所指，金女士眼神微闪，避开了他的视线，只说道：“我的人需要休息。”

“好。”贝寒冷声应道，转头看了一眼莫莉。

莫莉立刻心领神会，赶紧说道：“我来通知后勤部，叫他们立刻为调查组安排新的住所。”

驻地虽然老旧，住所却是不缺的，很快后勤部就为金女士等人安排好了住所，并派人带了他们过去。唯独金女士的助手不肯离开，坚持要留在现场监督火场勘察工作，又嚷嚷道："没有监督的调查过程无法令人信服！"

贝寒冷眼瞥了瞥他，吩咐莫莉道："请作战室主任林挚少校过来主持调查工作。"

从昨天的事来看，林挚和调查组必有合作，由他来调查火灾之事自是最好。

那助手虽心有不甘却也无话可说，提步欲走时却被贝寒拦下。贝寒嘲弄地笑笑，又道："你也先不要走，还是继续留在这里监督调查过程吧，万一调查结果出来不合贵方心意呢？"

不论是那助手还是金女士都面露尴尬，讪讪地说不出话来。

场面正尴尬着，尤利安从外匆匆而来，走上前把手中的通讯器递给贝寒，恭声说道："将军，塔台传来消息，有舰队总司令部的船舰靠近行星大气层，请求降落。"

贝寒接过通讯器，静静听了两句塔台汇报，淡淡说道："允许降落，我这就去降落场迎接。"

金女士等人立刻被这句话吸引了注意力，齐齐看了过来。

贝寒冷冷一笑，又问金女士道："金女士，要不要和我一起去接一下莱恩长官？"

金女士现在一身狼狈，根本没法去迎接莱恩，她面露不悦，沉着脸拒绝："不用了，还是等回头再见吧。"

贝寒轻轻扯了下唇角，吩咐尤利安道："那就送调查组先去休整。"他说着转身离开，又似漫不经心地命令莫莉："你跟我过来。"

莫莉急忙跟上，路过肖泽恩身边时，却又忍不住慢了一慢，心怀担忧地看向他。肖泽恩面无表情，倒是他身边的米亚向着莫莉咧嘴笑了一笑，偷偷用手比了一个"一切安好"的暗号。

远处的天空已是能隐约看到船舰编队，除了一艘主舰之外竟还配了五艘护卫舰，阵势显得颇大。莫莉心里还惦记着米亚纵火一事，瞧着近处无人，忙小声和贝寒说道：“招待处的火极可能是米亚他们放的，会不会惹下麻烦？”

“只要肖泽恩肯给她收拾残局，就不会有问题。”贝寒说道。

米亚是昨天夜里出去，而招待处那边直到黎明才突然起火，这期间时间不短，足够肖泽恩来筹划安排此事。以他头脑的精密，纵使是林挚来调查，也应该不会查出什么来。

莫莉心中石头落地，顿觉浑身轻松，眼看舰队已在空中盘旋准备降落，这才突然想起莱恩来：“莱恩怎么办？是不是需要提前把他送进船舰里做个样子再出来？”

贝寒侧脸瞥她一眼，唇角微弯，不置可否。

轰鸣声渐近，硕大的主舰缓缓降落在场地中央，片刻后舱门打开，率先走出的是一名青年军官，其身材高大挺拔，走路姿态却似有些散漫，还离着老远就笑嘻嘻地叫道：“嘿！莉莉丝小姐，在这里能第一眼看到你真是太叫人高兴了！”

莫莉微微张着嘴，几乎难以遮掩自己的惊愕。她转头去看贝寒，待看见他眼中隐藏的笑意，这才确定那从远处走过来的真的是莱恩本人。原来他们竟已神不知鬼不觉地把莱恩送去了太空，现在想来应该就是招待处着火众人一团忙乱的时候，难怪贝寒与尤利安没有在第一时间出现在火场！

莫莉难得地情绪外露，快步上前给了莱恩一个热情拥抱：“莱恩，欢迎你。”

莱恩有些受宠若惊，张开双手一时都不敢落下，好一会儿，他才轻轻抱了一下莫莉，凑到她耳边低笑道：“快放开，贝寒将军会找我决斗的！我现在可打不过他。”

莫莉下意识地回首去看贝寒，见他面色并无变化，唇角上甚至还挂着一丝浅浅的笑意，这才意识到莱恩是在戏弄自己。她不由得横了他一眼，无奈道："莱恩长官，你真是……"

莱恩笑笑，忽又大力地抱了一下她，低声道："能再见到你，我也很高兴！莫莉！"

后面的随从俱已出舱，莱恩松开莫莉，径直走向贝寒，先与他碰了碰拳，才又重重握住了他的手掌，嘿嘿笑道："谢谢。"

贝寒淡淡一笑。

莱恩敛了笑意，严肃说道："贝寒将军，我这次来带有总司令部的军令，联盟需要你，需要天狼战队。"

联盟与改造人的战争全面爆发之后，由于改造人帝国战前准备充分，很快便占据了战场主动，帝国军一路高歌猛进，直攻打到猎户座旋臂的夜枭星云区域才暂停脚步。随即，联盟发动了全面反击，帝国军战线有所收拢，双方在英仙座旋臂MF-21战区僵持下来。

这一僵持便是月余时间，直到不久前，帝国军统帅伊诺尔皇子派军暗中绕过MF-21战区潜入猎户座旋臂，突然出现在联盟军背后。联盟军腹背受敌，节节败退，不得已只能放弃了MF-21战区，全面回防至猎户座旋臂。

至此，联盟战场优势尽失，无数星外基地暴露在帝国军攻击范围之内，一时间告急信号无数。

联盟需要反击，联盟军需要天狼战队这柄利剑再次出击。

临时会议就在指挥官办公室里的小会议室内举行，会议由莱恩主持，除了作战室主任林挚因需调查招待所失火案而缺席之外，天狼战队其余高级将领均都到会，金女士作为联盟安全委员会特别调查组组长也被特邀参加。

金女士刚刚换过了衣服，尚来不及休息就被尤利安请了来，进门看到一众将领正襟危坐不由一愣，转而看向莱恩，迟疑道："这样的会议，貌似不该叫我参加。"

"必须有您。"莱恩微笑，伸手示意金女士入座，"接下来我要宣布的事情和您有关。"

金女士目露狐疑："和我有关？"

莱恩点头，站起身来，沉声宣布道："联盟舰队总司令部决定即日起恢复贝寒将军的所有职权，天狼战队即刻中止休整，进入一级战备状态，随时待命准备出击。"

众将领闻言都又惊又喜，唯有金女士却是微微色变。

莱恩又看向她，道："总司令部已经与联盟安全委员会有过沟通，您那里估计很快就会收到消息，所有调查都暂时中止，一切都以联盟安危为重。"

金女士抿了抿唇，像是在极力克制着个人情绪，只道："我会带我的人离开这里，不过，必须是在正式接到联盟安全委员会通知之后，在这之前，所有的调查都不会停止。"

莱恩无所谓地耸了耸肩，微笑道："我很理解您的决定。"

金女士瞥一眼远处默然不语的贝寒，不冷不热地说道："可惜我却不大理解舰队总司令部的决定。"

贝寒面容淡漠，并不为金女士的话所激怒。

这反应令金女士郁闷无比，却也无可奈何，只能继续冲着莱恩发泄怒气，她忍不住微微冷笑，又道："莱恩长官掌管军情处，不辞辛苦前来此地就是为了充当一名传令官吗？"

"哦，当然不是，我来自然还有别的更重要的事情。不过……"莱恩说到这儿有意停了停，咧开嘴角露出一个客气的微笑，才又继续说道，"这属于军方机密，您无权旁听，还请您回避一下，我们要开会了。"

桌上顿时有将领失笑出声，就连旁边进行会议记录的莫莉都差点忍不住要笑起来，吓得她忙低下了头，紧紧地抿住了唇角。

金女士的脸色一阵红一阵白，一时难看至极。她死死地咬住齿关，黑着脸站起身来，僵直着脊背往外走去，将会议室的房门摔出“哐”的一声巨响。

“真是太失态了。”莱恩一本正经地表示惋惜。

“莱恩，”贝寒淡淡开口，沉声说道，“说正事吧。”

莱恩点头，严肃了神色，道：“总司令部决定对帝国军实施斩首行动。”

这是星际舰队总司令部的无奈之举，帝国军进攻势头太猛，正面战场已经无法遏制其前进的步伐，唯独剑走偏锋，令天狼战队深入敌后进行斩首行动，以期能够打乱帝国军的节奏。

“要进入阿德旺斯吗？”贝寒冷静地问道。

莱恩闻言愣了一愣，有些哭笑不得，忙道：“不不，没有那么凶残，总司令部只是想打掉他们的前线指挥部，扰乱他们的作战计划，给我军以喘息之机。”

他这样一说，刚才还都目露兴奋的将领们立刻就显得有些兴趣缺缺，其中一个铁塔一般的壮汉更是忍不住抱怨道：“前线指挥部还需要用得到我们天狼战队出手吗？星际舰队什么时候都沦落到这般境地了？”

贝寒不动声色地瞥了那壮汉一眼，那壮汉立刻就收了声，正襟危坐，严肃不语。贝寒重新看向莱恩，沉声道：“我需要帝国军的一些资料，他们近期的进攻方向、重点以及前线部队的兵力部署等。”

“没问题。”莱恩很干脆地做出保证，“军情处会把目前掌握的所有情况都移交给你们。”

贝寒微微颔首：“好。”

莱恩等了一会儿，不见他再说什么，忍不住问道：“没有别的要求了吗？”

“没有。”贝寒答道。

这种回答简直能把别人噎死过去，所有精心准备的话语都要派不上用场！莱恩无奈地咧了咧嘴角，只能自顾自地说下去：“天狼战队新基地一直在加紧赶造中，可是时间实在太短了，不可能再达到之前的标准。”

天狼战队基地在上一次的改造人偷袭中尽数损毁，仅贝寒带出去的战队主力保存了下来，也正是因为没有基地充当补给站，战队才会一直停驻在这颗小行星上休整。

贝寒淡淡说道：“这次行动我不需要基地跟随。”

“不要基地跟随？”莱恩忍不住惊讶，“那你拿什么补给？”

贝寒回答：“战场已经被伊诺尔推进到猎户座旋臂，这里原本是我们的大本营，哪里有能源补给、哪里可以临时停驻，如果这些都搞不清楚的话，那这场战争也不需要再打下去，趁早向敌人投降的比较好。”

莱恩长久以来从事情报工作，只顾着把目光放到敌人身上，还真忽略了己方的信息。他耸了耸肩，笑道：“既然这个不成问题，那就更没有什么问题了。好了，我的任务完成了。司令部等你们的具体计划。”

制订具体计划不只是贝寒的事情，还是作战指挥室的工作。贝寒微微抿唇，没有应声。

临时会议就此解散，众军官起身离开，会议室内很快就剩下了莱恩他们几个。莱恩看一眼尤利安和莫莉，并未叫他二人回避，只平静地与贝寒说道：“这次任务，你不能把林挚踢出去，这不利于维护星际舰队和联盟政府的团结。”

贝寒垂着眼帘，漠然不语。

尤利安面露激愤，欲言又止，他看了看贝寒，还是没能控制住情绪，向莱恩控诉道："林挚是联盟政府的人，他们把他安插进指挥部就是为了监视和取代将军的！"

"那又怎样？"莱恩反问，面色极为冷静，"这并不代表他会出卖战队。"

尤利安忍不住反驳："可是……"

"尤利安！"贝寒喝住他，转而看向莱恩，说道，"你放心，我会以公正客观的态度看待林挚，身为指挥部作战室主任，他享有他一切应有的权利，也将承担相应的责任。"

贝寒不是那种阳奉阴违、两面三刀的人，他既然这样说，就不会给林挚穿小鞋。莱恩像是服了一颗定心丸，终于满意地笑了笑，赞道："贝寒，我就知道你不是一个以公谋私的人！"

不知为何，莫莉听到这话突然特别想笑，一时没忍住差点儿喷笑出声，只好掩饰地咳嗽了两声。另外三人都往她这里看了过来，莱恩与尤利安都是目露诧异，唯独贝寒反应不同，他似是猜到了莫莉在笑什么，脸上竟然有些不自在。

第十八章

斩首行动

“可爱的莉莉丝小姐，你在笑什么？”莱恩问莫莉，压根儿不给她解释的机会，“嘿，不要狡辩，你就是想笑。笑我的话吗？我刚刚说什么了？哦，我说贝寒将军不是一个以公谋私的人。难道不对吗？”

他开头说得还算正经，越到后面却有些玩笑起来，向着莫莉挤眉弄眼：“他是不是以公谋私了？”

莫莉不善玩笑，再加上本来就心虚，不禁有些尴尬。

贝寒沉了脸，问莱恩道：“你现在很闲吗？”

“哦，不闲，不过也不是很忙。”莱恩轻笑着回答。

贝寒起身从座位上站起，冷声说道：“你可以选择重新躺回治疗机内，或者，直接乘船舰回总司令部。哦，对了，需要我派出战舰护送你吗？我可不想再去救美。”

莱恩对于自己被比作“美人”丝毫不以为意，反而夸张地张大了嘴巴，惊讶地问尤利安道：“天啊，尤利安，你听到了吗？你们的贝寒将军竟然在和我开玩笑！他在讲冷笑话！”

尤利安面露尴尬，干巴巴地咧了咧嘴角，睁眼说瞎话道：“将军一直是个很有幽默感的人。”

“尤利安！”莱恩惊叫，抬手捂住自己的心口，痛心疾首地问道，“你的良心不觉得痛吗？”

贝寒终于忍不住黑了脸，冷冷扫了莱恩一眼，大步往外而去。莱恩向尤利安和莫莉撇了撇嘴角，一面往外走一面玩笑道：“没关系，你们去做自己的事，贝寒将军就交给我来安抚吧。”

莫莉有些忐忑，尤利安瞧了出来，不由笑了笑，安慰她道：“莱恩长官一向喜欢和贝寒将军开玩笑，不用在意。我们去做自己的事情，我想总司令部很快就会传一些交战资料过来，你的工作量会变得很大。”

这的确是莫莉作为秘书分内的工作。

“我会时刻关注着总司令部的消息。”她点头应下，又忍不住问道，“贝寒将军和莱恩长官那里呢？”

尤利安笑笑：“他们应该还有别的事情要谈。”

果然还是尤利安更了解情况，莱恩还真有事情要和贝寒谈，关于军医东真纪的。贝寒能够对东真纪说出伤情，并接受她的手术，这实在是出乎莱恩的意料。

“你真的这样信任东真纪？她可是东隽野的女儿。”莱恩问。指挥部顶楼的小露台上，贝寒与莱恩两人并肩而立，莱恩脸上全无之前的嬉笑，看起来反而有些严肃，“司令官对东隽野此人极为忌惮，对他的评价是‘深不可测’。”

贝寒微微抿唇，沉默片刻，说道：“当时没有别的办法，毒素侵蚀太快了，出乎我的意料。”

莱恩缓缓点头表示理解，他转过头仔细打量贝寒面容，突然一笑，凑近了他低声问道：“你老实告诉我，东真纪是不是对你有意思？”

贝寒抬眼，冷冷看他：“你的正经永远无法保持三分钟以上，是吗？”

莱恩却不怕他这副神情，笑嘻嘻地说道：“我认为你可以趁机与东真纪小姐走得更近一步，要知道司令官一直希望你可以与东真纪小姐发展出战友情之外的东西，联姻远比其他关系更能促进两种势力的融合。”

贝寒不说话只盯着莱恩看，直把莱恩都看毛了，这才忽地讥诮地扯了扯唇角，说道：“请回去转告司令官，我只能为他卖命，不能为他卖身。”

“嘿，嘿，贝寒你别误会。”莱恩有些尴尬，试图进一步解释，贝寒却抬手止住了他的话，嘲道，“或者你在这里多留几日，趁机与东真纪小姐发展一下其他感情，就凭莱恩长官的魅力，没有女人可以拒绝你，不是吗？”

莱恩干巴巴地扯了扯嘴角，应道：“你说的也很有道理，不过……”

“不过什么？”贝寒轻笑着反问，“是想承认自己的能力不如我吗？还是说你在波斐克太过放纵，身体虚空了？”

莱恩有些哭笑不得：“贝寒啊贝寒，你这张嘴要是毒起来，真是能气死人。好吧，我现在去找东真纪小姐联络感情，顺便叫她安排我进治疗机再躺一会儿，早上战斗舰升空的时候，负荷差点压得我吐血。”

他向贝寒挥挥手，脚步轻快地离去，过不一会儿，身影就出现在了楼外，沿着小径往西拐去，正是去医疗部的方向。

时值正午，由于这颗小行星自转角度的原因，火红的恒星并未悬挂在头顶，而是落在了偏南的天空，给花园中的树木打出修长的身影。这身影随着时间的流逝而慢慢东移，等到傍晚时分终于达到了最长。

一天当中景色最为瑰丽的时刻终于到来了。

光影交错中，一名青年军官自远处快步而来，径直步入指挥部大楼，那是新晋的作战室主任——林挚。

他是来汇报招待所失火一事的调查结果的。

失火的原因十分简单，供电线路老化引起的自燃，火最早从金女士助手的房间燃起，却没有立刻触发警报系统，直待火势蔓延到隔壁房间，这时消防系统才开始起作用，可惜此时火势已大，只能借助外面的救援力量才得以扑灭。

一切看起来都很平常。

火灾刚起时，金女士的助手恰恰不在房内，也正是由于这个缘故，他没能第一时间发现火情。至于深更半夜他为何不在屋内，据他给出的解释是当晚房间内的新风系统突然失灵，他一觉睡醒后觉得气闷，便独自起床穿衣去了海边，直到后来看见起火才赶回来。

此事调查到这里实在是出乎所有人的意料，原本叫嚷最凶的金女士助手被这个结果堵得哑口无言。

林挚看他一眼，继续说道："可根据现场勘察，其房间内的新风系统并无出现故障的迹象，经过对同楼层其他居住人员的询问，也证实昨夜招待所的一切措施都运转正常，不论是新风系统还是消防警报系统。"

这个结果等于变相证明金女士的助手在撒谎。

金女士的助手微微一愣，突然愤怒地喊道："这是陷害！这绝对是一场陷害！"

他的反应显然太过失态，会议室里众人不免愕然，不只军方的人，就连联盟特别调查组的成员都不由面露尴尬，金女士轻咳两声，提醒他道："请冷静一下，阿兰特。"

"组长，他们这分明是针对我们来的！"助手愤然道。

"谁？"坐在首位上一直默然不语的贝寒突然发声，问道，"谁在针对你们？"

助手梗着脖子欲要开口，金女士却厉声喝止了他，又道："阿兰特！你所有的、毫无证据的指责都可以看成是对天狼战队的控诉，请你控制自己的情绪，想清楚再说话。"

阿兰特僵了一僵，终于紧紧闭上了嘴。

林挚看看双方人马，咧嘴笑了笑，道："好的，我的汇报完了，我查到的所有事实都会形成正式的报告交于指挥部和特别调查组。至于判断这场火灾到底是意外还是陷害，又到底是谁在陷害谁，抱歉，这不该是我的职责范围。"

金女士点头表示同意，她又看向贝寒："贝寒将军，我认可林挚少校的调查，同时，也认为这份报告不该是交于你我之手，而是应该交于舰队总司令部和联盟安全委员会。"

贝寒表现淡漠，只道："好。"

"我已收到联盟安全委员会通知，暂停对天狼战队的调查工作，即日返回波斐克。"金女士说道，她转头看向莱恩，又道，"莱恩长官，不知您什么时候返回舰队，如果可以我想和您一起回去，这样可以更安全些。"

她语气平静，完全不见了早前的激愤与偏激，又恢复成温和客气的模样，就像是已经认可并接受了这件事。别说旁人，就连莱恩都觉得意外，听闻她想和自己搭伴回去，简直有些受宠若惊，忙道："没问题，我明天一早就走，不过早晚都不碍事，看您的方便。"

金女士微笑："就按您的既定计划吧。"

形势突然急转直下，快得叫人都有些不大适应，金女士的助手有些发傻，愣愣地叫她："组长，可……"

金女士打断他的话："火灾一事联盟自会有公平的决断，要相信联盟政府的公正和客观，古老的东方有一句话说得非常好——清者自清。"她说着看向贝寒，又若有所指地问道，"将军，您说是不是？"

贝寒微微抿唇，莱恩却抢着替他答道："正是！清者自清！"

金女士笑笑，再没说什么。

双方数天的对峙就这样结束了，在莱恩的建议下，尤利安微笑着去安排晚宴，就在指挥部的餐厅里，为特别调查组一行人举行了欢送仪式。

“这真像个笑话！”米亚端着杯红酒从餐厅里出来，找到躲在花园藤架下贪清静的莫莉，抱怨道，“我看调查组那帮子人就是欠收拾，只这么一场小火就把们都吓住了，也不叫嚣着对贝寒将军进行问讯了，只抱着莱恩长官的大腿求一同回去！早知如此，这火就该……”

“米亚！”莫莉低声喝止她，吓得恨不能去捂她的嘴，“你不要乱说话！”

米亚吐了吐舌头，突然起身跳到高处往四下里看了看，复又下来和莫莉说道：“放心吧，周围没人，不会被人听到的。”

莫莉略略放心了些，却还是说道：“咱们还是小心些好。”

“必须要小心。”米亚应和，又忍不住拍了拍莫莉的肩膀，笑道，“你少说我，你自己就够粗心大意，竟然使用指挥官办公室特权给我查招待处的资料，得亏泽恩考虑周到，先侵入系统把你留下的痕迹抹除了，不然你非得被林挚揪出来不可！”

莫莉才知道自己曾经犯下过这么严重的错误，不觉后怕，若非有肖泽恩善后，就凭她和米亚两个，非得捅大娄子不可。“这种事情以后决不能再做了！”

米亚安慰她道：“没事，没事，都已经过去了。对了，还没问你，这次莱恩长官来做什么？我们天狼战队是不是要有新任务了？”

莱恩来天狼战队不是秘密，可天狼战队要去执行“斩首”行动却是高度机密，除却战队几位高级将领之外，其余人等都还不知道。莫莉面露为难：“米亚，你知道的，我要遵守保密守则。”

米亚有些失望，却也没有继续为难莫莉，只耸了耸肩膀：“好吧。”

“对不起，米亚。”莫莉感到有些抱歉。

“你没有错。”米亚大咧咧地摆了摆手，很快就又振作起来，道，“莫莉，我想离开警卫队，去特别行动队！”

“去特别行动队？为什么？”莫莉感到意外。

米亚答道：“我来天狼战队就是为了进特别行动队的，那里有我向往的一切，热血，刺激，与敌人直面而对，短兵相接！”米亚神色兴奋，眼中闪着惊人的光彩，“我是天生的战士，我的身体就是为了战斗而生的！”

当初在新训营时，进入特别行动队就是米亚的目标，不想后来却阴差阳错来了警卫队。

米亚又道：“而且我也认清现实了，贝寒将军根本就不需要任何警卫人员。我就是在这里也吸引不到他，不如利剑斩情丝，去自己向往的战场，凭借实力扬名立业。”

“可是肖泽恩怎么办？”莫莉忍不住问她，“你要去特别行动队，肖泽恩呢？”

以肖泽恩的天赋，他本该进入联盟科学院那样的机构，他却为米亚参了军，又跟着她从第三舰队进入最艰苦的天狼战队新训营，最后来到指挥部成为一名作战参谋。他一路都在追随着她，现在好容易找到了一个最适合自己的位置，米亚却又要离开指挥部去特别行动队了。

他该怎么选择？是继续追随着米亚，还是就此与米亚分道扬镳留在指挥部？

“泽恩？”米亚面露诧异，奇道，“我去特别行动队和他有什么关系？他要是喜欢留在指挥部就留下，要是也喜欢特别行动队，只要他体能达标也可以去啊？在那里我可以继续罩着他。”

莫莉为米亚的不开窍有些着急，忍不住提醒她道：“不管喜欢不喜欢特别行动队，他为了你……”

“莉莉丝！”肖泽恩不知什么时候找了过来，适时打断了莫莉的话，“尤利安在找你，我想应该是有事。”

莫莉忍了忍，识趣地闭上了嘴，应道："好吧，我这就去找他。"

她起身离开，没走出几步，就听得米亚在身后问肖泽恩道："泽恩，你要不要跟我一起去特别行动队？"肖泽恩一直沉默，直到莫莉走远，都没有听到他的回答。

莫莉回到小餐厅时，宴会还在进行当中，她还没找到尤利安，却被莱恩一眼看到了，他笑嘻嘻地向她招了招手，叫道："莉莉丝小姐，请这边来。"

莫莉躲不过，只能摇曳着腰肢，风情万种地走过去，拿着腔调问他："您找我有事吗？莱恩长官。"

莱恩很自然地上前挽住莫莉的腰肢，将她拉到东真纪面前，坏笑着说道："来给你们相互介绍一下，这位是东真纪小姐，全联盟最棒的医生。这位是莉莉丝小姐，呃……天狼战队最有魅力的姑娘。"

莫莉脸上笑吟吟的，心里却在控制不住地骂街。

东真纪浅浅一笑，视线落在莫莉头上时略略一顿，目光微闪，向着莱恩说道："长官，我和莉莉丝本来就认识的，我们曾经一同在新训营共事过。"

"哦？这样吗？"莱恩故作惊讶，又做出大大松了口气的模样，"那太好了。我得和莉莉丝小姐道个歉，今天晚上不能去找您了，我已约了东真纪小姐共度良宵。"

莫莉还没做出什么反应，东真纪却已是面露尴尬，向着莫莉解释道："请别误会，莱恩长官是在开玩笑。他说自己患了太空综合征，一会儿要跟我去医疗室做一下治疗。"

正说话间，金女士也凑了过来："说到病症，可能是昨天夜里有些受凉，我今天感到有些头疼，正想找些药物吃一吃。"

即便是这里条件落后，好好的夜里受凉也是极少见的，金女士昨夜里受了惊倒是更有可能一些。在场的几人都心知肚明，微笑不语，唯独东真纪礼貌地笑了笑，说道："这里昼夜温度相差很大，夜里稍不小心就会受凉，一会儿您也来医疗室找我吧。"

"那真是太好了。"金女士大喜，忙道，"一会儿晚宴结束我就去找你。"

莫莉在旁边听着，忍不住笑了一笑，侧过头低声与莱恩玩笑道："长官，看来您的良宵要泡汤了。"

莱恩摊了摊手表示无奈："好吧，我只有接受这个结果。"

翌日一早，由金女士带队的联盟特别调查组随同莱恩一同离开天狼驻地，也是在同一天，米亚正式向战队提出申请，申请调离警卫队进入特别行动队。

莫莉因之前就听她说过，所以看到她的申请并不觉意外，叫她感到吃惊的是肖泽恩竟然没什么反应，他没有同米亚一起提出调离申请。午间的休息时间，她忍不住和贝寒提起这事，奇道："肖泽恩不走了吗？"

"为什么要走？"贝寒反问她，"指挥部作战室才是肖泽恩最能施展特长的地方。"

肖泽恩智商出众，他脑中几乎装了整个银河系，堪比最先进的智能系统。

他还具有相当的指挥才能，当初贝寒化身于希瑞尔潜入阿德旺斯救援莫莉和雷奥上校，就是他易容为贝寒，代替贝寒指挥了战俘营救行动。他更适合在后方对战役进行掌控，而不是到最前线去直面敌人，去特别行动队对他来说是一种浪费。

莫莉理解贝寒所有未说出的理由，可她却认为这些都不是肖泽恩留在指挥部的原因。肖泽恩没有再追随米亚离开，不是这众多理由中的任何一个。

莫名地，莫莉情绪有些低落。

贝寒近来虽然忙于制定“斩首”行动，但仍敏锐地察觉到了莫莉的异样，待得知缘由，却真心觉得无法理解。

他私下里特意拿此事请教尤利安，尤利安听了也是抓头，吭哧了半天之后，回答道：“将军，虽然这种观点说出来会受到人权组织的指责，会被认为是过时且错误的，但实际上，种种研究表明，男性和女性的大脑的确存在着很大的差异，这一点不仅仅体现在对于事物的感知……”

“说重点。”贝寒提醒他。

尤利安眨了眨眼睛，直言道：“不要试图去搞懂女人的想法，您搞不懂，这太难了！”

贝寒微微皱眉，又问：“有多难？”

“比把改造人赶出猎户座旋臂，并攻下其帝都阿德旺斯还要难一百倍！”尤利安真诚地答道。

正说着，莫莉端着咖啡从外推门进来，见他们两个齐刷刷地看向自己，不觉有些奇怪，疑惑道：“怎么了？有什么问题吗？”

“没有。”贝寒微微摇头，神色自若地吩咐尤利安道，“你去作战室找林挚和肖泽恩，叫他们做出‘斩首’行动的具体计划来，明天交给我。”

尤利安略显迟疑：“林挚他……合适吗？”

贝寒抬眼，平静说道：“用人不疑，敌军当前，联盟利益为重，所有的私人恩怨都应该抛却一旁。我相信他也能做到这一点。”

莫莉听得动容，尤利安更是肃立应道：“是。”

尤利安立刻去作战室传达命令，第二天林挚如期上报了“斩首”行动的计划。为着保密起见，指挥部放弃了可能会被入侵的网络系统，开始使用最原始的纸质文件。

第十九章

双人之旅

一沓子厚厚的作战计划书，经由莫莉的手转交给贝寒，贝寒只匆匆扫了一遍，便将其交还给莫莉，吩咐道：“销毁吧。”

莫莉愣了一愣，怀疑自己听错了话：“什么？”

“销毁它。”贝寒重复。

莫莉心生不解，却又不好问为什么，她只是行政秘书，贝寒做什么事情都无须向她解释，哪怕他们私人关系已经十分亲密。这里是办公室，所有的私人情感都该摒弃，一切都该公事公办，遵守规矩。

她应了一声，拿着厚厚的文件去销毁。

贝寒却似看出了她的疑惑，淡淡解释道：“我要林挚出计划，只是想看看其他人的作战思路，好借此来修正自己的计划。”

莫莉想了一想，这才明白过来：“你其实早已有作战计划了？”

贝寒反问她：“不然你以为我这几天在忙什么？”

莫莉不觉有些兴奋，忍不住问道：“那什么时候行动？真的可以打掉改造人的前线指挥部吗？”

“打掉改造人的前线指挥部并不困难，难的是如何在打掉他们之后战队还能全身而退，这也是我一直考虑的事情。不只进攻要提前谋划，撤退的方式与路径也都要有足够的准备才行。”贝寒回答。

改造人的前线指挥部虽然已深入猎户座旋臂，可仍在帝国军的重重保护之下，若是没有一个周密详尽的计划，即便可以打掉帝国军前线首脑，天狼战队也会立刻遭到帝国军围攻，极可能有去无返。

尤其是当他们的对手是伊诺尔的时候。

莫莉看得出来，贝寒对于这一次行动十分谨慎，哪怕他曾多次率队深入敌后进行特种作战，并始终保持着不败的战绩。

贝寒将军或许孤傲冷漠，但是他从来不会骄傲自大。

作战会议开了一个又一个，作战计划一直被不断完善，就在假日前的最后一个晚上，一切准备工作终于都已就绪。

晚饭时候，贝寒没有单独用餐，而是选择了与林挚等将领在一起聚餐。众人围桌而坐，贝寒举杯以水代酒，道："出征在即，本该以酒壮行，可我部不同其他，头脑必须时刻保持清醒，所以这酒就先不喝了。等战队得胜归来，总司令部自会为我们庆功。"

众人应诺，齐齐饮尽杯中之水。

林挚略一迟疑，问道："什么时候开始行动？"

贝寒看他一眼，淡淡回答："具体行动时间还需要等待总司令部的命令，此次行动需要得到联盟舰队的配合。"

这次"斩首"行动不同以往作战，甚至与上次天狼战队奇袭改造人的第四大聚集地华伦特还不一样，那次虽然也是深入敌后，可到底是非战区，各种风险都要小得多。而这一次，天狼战队是要在帝国军的重重防御之下，打掉他们的指挥部。

林挚默然不语，过得片刻，才又突然说道："出奇才能制胜，我认为天狼战队既然要做一支奇兵，必须要有出人意料之处，且不仅仅是出乎敌人意料，更要出乎自己人的意料。"

众人的目光都被他吸引了去。

林挚从容不迫，唇角带着些许轻慢的笑意，继续说道："将军，总司令部可不比我们这里，用‘人多眼杂’来形容都是好的，万一消息有个泄露……”

“林挚。”贝寒冷冷打断他的话，“当士兵不能信任他的长官，前锋部队无法相信它的指挥部，那么这场战争也没有再继续下去的必要了。你现在既然可以怀疑总司令部，并视之理所应当，那么行动开始后，特别行动队是否也可以怀疑作战室下达的每一条作战指令？”

林挚愣了一愣，哑口无言。

贝寒缓缓扫视众人一圈，一字一句地说道：“诸位，我也希望大家记住一句话：战场上，你最信任的那个人不该是自己，而是你背后的战友。”

“即便会被出卖？”林挚又问。

贝寒面容冷漠，眼神却锐利无比，沉声回答他道：“是，即便会被出卖。”

当夜，莱恩通过特别加密频道与贝寒进行了通讯。

“贝寒，司令官要求你在行动前回波斐克一趟，他有重要事情要与你交代。”莱恩神色稍显凝重，“目前战况对联盟很不利，司令官承受了很大的压力，他对你寄予厚望。”

即便战线离这里还有上千光年的距离，这个时候来往波斐克也是有一定风险的，改造人最擅长伪装、暗杀、劫掠，这是整个银河系都知道的事实，种族赋予他们的优势往往令人防不胜防。

贝寒抿了抿唇角，问道：“需要秘密回去吗？”

“这倒没必要。不过为着途中安全起见，还是有护卫舰护送比较好，你不要再单独行动。”莱恩答道。

贝寒点头：“好，我明天一早赶回去。”

“那明天傍晚就能到波斐克了。”莱恩笑了笑，又恢复成往常的性子，开玩笑道，“你先去见司令官，晚上我来给你接风，也叫你好好见识一下波斐克姑娘们的热情。嘿，可比你那柴火妞棒太多了！”

眼瞅着莱恩越说越不像话，贝寒不由得捏了捏眉心，打断他道：“莱恩，这是加密频道。”

“对，不错，加密频道。”莱恩不以为意，笑道，“所以聊起天来才安全嘛。”

贝寒没理会他，只又问道：“司令官还有别的命令吗？”

“没有了。”莱恩答道。

“那就再见吧。”贝寒干脆利落地掐断了通信。

第二天就是假日，莫莉十分罕见地偷了懒，直睡到天色大明才从床上爬起来。她抱着日历表默默看了一会儿，顿觉得头大无比，不出意外，今天晚上还有一场假面舞会要她去应付。

哦，天狼战队这个所谓的“传统”真是太奇葩了！

莫莉正恼恨着，通讯器突然响起，却是来自贝寒的通话。他声音平淡，言辞简洁，直接说道：“穿好军装，过来起落场，立刻。”

莫莉愣了一愣，下意识地问道：“为什么？”

“出差。”贝寒淡淡回答，顿了一顿，又轻声道，“和我一起。”

明明是很普通正经的几个字，听入莫莉耳中却品出了缱绻的味道，她感到莫名地欢喜，不敢多问，只低声应道：“好。”

指挥部后的起落场上有一艘轻型战舰在等候，贝寒身穿戎装，独自默立在登舰口处，静静看着莫莉从远处匆匆过来，直待她走到近前才转身进了船舰。

莫莉小跑几步冲进舱门，第一件事就是先开口道歉：“对不起，我迟到了。”

话说出口，她却是不禁愣了下，偌大的舱内空荡荡的，除了贝寒与她，竟然再无旁人。贝寒已在前舱驾驶位上坐下，回手把驾驶头盔向她递过来：“太空驾驶你们应该早就学过了，过来给我做副手。”

莫莉还有些发蒙，接过头盔来默默给自己扣上，见贝寒已经开始做飞行准备，终于忍不住问道：“就我们两个吗？”

贝寒好整以暇地瞥她一眼，反问她：“你还想有谁？”

莫莉嘿嘿笑了一笑，不理会他的小矫情，又问：“我们去哪里？”

“波斐克，总司令部所在地。”贝寒示意莫莉扣好安全装置，又解释道，“司令官要在行动前再见我一面，我本来想自己去，但是又怕把你独自留下的话，你会胡思乱想，不如就带你一起去。”

莫莉心里甜滋滋的，口中却是赶紧声明：“我可没有胡思乱想。”

“我会。”贝寒淡淡接道，神态自然无比。

莫莉被他噎了一下，有点哭笑不得。幸好这时战舰已经开始启动，从起落场上腾空而起，一飞冲天，很快就突破了小行星的引力束缚，进入广袤无垠的天空中。

人类步入太空时代已有数百年的时间，各个聚集点之间的星际航线基本都已确定，只要设定好飞行程序，驾驶船舰进行太空飞行并不困难。但由于目前正处战时，为着安全起见，贝寒并未选择常规航线，而是走了一条颇具挑战的隐秘航线。

这叫第一次驾驶战舰进入太空的莫莉颇感紧张，即便她只是第二驾驶员。

“别紧张，就当这只是一节太空飞行模拟课。”贝寒出声安慰她，顿了一顿，又道，“有我在，你怕什么？”

“我不怕，我可是成功驾驶着密闭逃生舱逃过改造人追击的人！”莫莉口中这样说着，眼睛却紧紧地盯着面前的飞行显示仪，关注着上面每一项数据细微的变化，双手不停地调整着飞行参数。

贝寒不由笑了，主动将一部分操作转到了主驾驶位上，又寻找话题缓解莫莉紧张的情绪。“和我说说回归岛吧，那到底是个什么样的地方？”他突然问道。

莫莉被他问得一愣，反应了片刻才明白过来。他有要了解她的想法，这是好事，只是他问的这个问题她实在无法回答。莫莉想了想，回答道：“说实话，我也不知道。”

贝寒诧异扬眉，但是很快就又想起有关她的资料：“黑洞实验后发生解离性失忆，失去了过去所有的记忆，重塑了新的人格，是这样吗？”

莫莉不知该如何向他解释，思考了一下，说道：“我自己也不大清楚这到底是怎么回事，总之我在研究中心醒来时就是现在的自己了。对于之前的那个莫莉，我一无所知。我不知道作为珍稀的回归岛人，她为什么要参加那么危险的实验，又为什么要坚持进入战队。所有的选择都是她做出的，而我只是来承担结果。”

贝寒缓缓点头，沉默不语。

莫莉转过头看他，犹豫了一下，还是问道：“如果说有一天，现在的我突然消失，之前的那个莫莉又回来了，你会怎么办？”

关于解离性失忆症莫莉曾经查过很多资料，这是解离症的一种，往往发生在重大变故之后，比如战争、灾难等，病人会抛弃旧有的记忆，创建一个全新的“自我”。可是，这并不代表旧有的“自我”已经完全消失，此病患者往往具有多种人格，“她”不知何时，借着什么契机就会再次归来。

也许有一天，莫莉再次醒来的时候，就已不再是他熟悉的那个她。“她”可能依旧会崇拜他，爱慕他，就像无数联盟少女一样，视天狼战队的贝寒将军如同偶像。可是，“她”却已不再是她。

他会怎么办？还会爱她吗？

贝寒默默看着莫莉，半晌没有言语。

莫莉忽然觉得自己这个问题很无聊，向着贝寒尴尬地扯了扯嘴角，试图把话题转移到别处去。“到波斐克需要多久？这条航线安全吗？”

“航行时间是五个小时，到波斐克的时间是当地的下午四点。”贝寒回答，顿了一顿，又道，“航线要穿过一块风暴地带，除却那里有可能存在危险，其余地方都很安全。”

“要经过风暴地带？”莫莉失声叫道。

“既然要抄近道，就只能这样。”贝寒轻轻点头，过得片刻，突然没头没脑地说道，“我可能无法再爱上她。”

莫莉一怔，转过头去看他。

他也正看着她，目光平和：“我承认，你回归岛人的身份是吸引我的一个方面，这源自我基因深处对于‘纯正’的渴望，我不能否认、也不想否认这一点。但是，这不是我爱上你的缘由。回归岛人再罕见稀少，却也不只是你一个，而我爱的你却是独一无二的。”

莫莉眼圈有些发红，鼻子也有些囔囔的，问他：“那你爱我什么？”

这是恋爱中的傻女人最爱问的傻问题，贝寒却微微侧了头，用手指托着额侧，认真地思考着，过了好一会儿，才诚实地回答道：“不知道，说实话，你的优点真的不多。”

莫莉不禁破涕而笑：“嘿，贝寒将军，你真是太诚实了！”

贝寒笑笑，突然指了指前面的显示屏，道：“还有三分钟就要进入风暴区，这次由你来驾驶，权当新训部的结业测试吧。”说着，不等莫莉答应，就把主驾驶画面切给了她。

风暴区内情况复杂难辨，航行极为危险，随时都会遇到任何状况，或许是旋涡，或许是辐射，甚至还会有突然飞过来的大小行星……莫莉愣了愣，差点要从座椅上跳起来，忙叫道：“不行不行！这太危险了！”

贝寒那里却已是摘下了飞行头盔，放松地往后倚靠过去，轻飘飘地说道："不试一下怎么能说不行呢？注意，行星群马上就要出现在你视野内，集中精神，躲避碰撞。"

下一刻，数个密密麻麻的小行星果真就出现在莫莉的视野内，她连喊"不行"的精力都没有了，只全神贯注地盯着飞行舱外，快速而又小心地躲避着每一颗迎面而来的小行星。

"注意左侧。"贝寒突然出声提醒。

莫莉依言看过去，赫然发现一颗比战斗舰还要大的小行星正从左侧飞来，若不进行闪躲，极可能要擦到战舰侧翼。莫莉急忙转动手柄，令战舰瞬间旋转了九十度，将将避过了那颗小行星。

她还来不及松一口气，就听得贝寒说道："不错，反应正确。但是要尽快回正角度，不然你将偏离航线。"

莫莉依言行事，却还是慌得手忙脚乱。也不知道过了多久，像是很长，又像是只有一瞬间，战舰终于冲出了风暴区域，之前一直"嘀嘀嘀"响个不停的警报总算停了下来。

莫莉紧张得手心里都是汗水，她长长地吐出一口气来，带着几分骄傲和挑衅看向身旁的贝寒："怎么样？水平还可以吗？"

贝寒笑笑，不置可否，只把飞行头盔重新戴好，温声对她说道："去后舱休息一会儿吧，这里交给我。"

"不，我不累。"莫莉精神还兴奋着，并未感到太深的疲惫，"还是你去休息吧，这里交给我来驾驶。到了波斐克你还有工作，而我则可以休息。"

贝寒深深看她两眼，才不紧不慢地说道："后面的飞行难度将是刚才的数倍，你确定自己可以完成吗？"

难怪他敢在战时选择不使用护卫舰，自己驾驶战舰独来独往。难怪他刚才能放心大胆地叫她来驾驶船舰穿越风暴区，原来在他看来这种飞行都称不上危险……

莫莉明白过来，一时很是有些无语。

贝寒还在看着她，问：“你要继续驾驶吗？”

莫莉横了他一眼，干脆利索地摘下头盔，起身往后舱走去：“我累了，先去睡一会儿。”

贝寒轻轻地嗤笑了一声，回应她道：“扣好安全装置。”

后舱的座椅要比驾驶舱舒服许多，莫莉调整好座椅角度，又暗戳戳地选择了屏蔽模式，一旦船舰遇到变故发生快速翻转，座椅就会自动产生相反作用力与之相抗，这样一来，乘坐体验将会大大改善。当然，缺点就是乘坐者不能实时得知外部情况，这对于战斗舰驾驶员来说简直是不能忍受的，所以后舱这个座椅基本是个摆设，大多作为重伤员专用。

莫莉可没有这个心理障碍，她美滋滋地躺了进去，本想着趁空思考一下人生，可不知是不是因为之前的驾驶耗费了她太多的精力，她才刚刚躺倒下去，疲倦便席卷而来，裹挟着她进入了沉睡。

再睁眼时，贝寒就站在她的座椅旁，手扶着椅背，颇有些无奈地看着她，问道：“你是打算一直睡到波斐克吗？”

莫莉吓了一跳，急忙起身：“已经到了吗？”

“很快就要降落了，坐到前面来吧。”贝寒说道。

莫莉匆匆整理了一下仪容，坐回到前舱的副驾驶位上去。果然，不大一会儿工夫，那颗最像人类母星的赫勒星便出现在了她的视野之中。战斗舰取得了联盟舰队的允许之后，这才进入大气层，又顺着赫勒星自转的方向调整飞行轨迹，最后稳稳降落在波斐克岛的军方基地里。

一辆磁悬浮车停在起落场边上，莱恩倚靠着车身，懒散地向贝寒挥着手臂，待瞧见莫莉跟在贝寒身后出舱，明显地愣了一愣，这才起身往这边迎过来，离着还有老远就张开了双臂，夸张地叫道：“哦，亲爱的莉莉丝小姐，您是专程来赴我的约会的吗？”

莫莉早已习惯了他的油嘴滑舌，闻言只是笑而不语，而莱恩张开的双臂也没落到她的身上，而是转去给了贝寒一个热情的兄弟抱。“走吧，我今天可是特意挤时间来接你，司令员临时抽派我去第二舰队办事，是我偷偷往后错了两个小时，就为着见你一面。”

“我们前不久才刚见过面。”贝寒不冷不热地说道。

“哦，贝寒，请你不要这样，那都是十天前的事情了！”莱恩大叫，又回头去看比他们落后半步的莫莉，问道：“莉莉丝小姐，你们贝寒将军一直都这样不懂情调吗？”

莫莉弯起唇角，答道：“莱恩长官，您应该比我更了解将军的为人。”

莱恩闻言愣了一愣，下一秒放声大笑起来。

三人走到磁悬浮车旁，贝寒欲要上车时却又突然停下，抬头望向天上。莱恩见状不觉有些奇怪，也下意识地仰头张望，问道：“怎么了？”

贝寒未答，唇角却渐渐抿紧了。

第二十章

遭人出卖

很快，天空中传来引擎的轰鸣声，数十艘战斗舰结成网状阵形从天而降，将起落场上空罩得严严实实。紧接着，又有十几辆特种作战车从场边飞驰而来，直至近前才猛然停下，数扇车门几乎同时打开，装备了机甲的特种战士从内涌出，将贝寒等人团团围在中央。

莫莉心中一惊，不自觉地往贝寒身旁偎傍了过去。贝寒反手握住她的手掌，将她护在身后，只冷眼看向那些机甲战士。

几辆加厚型磁悬浮车从远而来，金女士在两名宪兵军官的陪同下出了车门，径直走过来，将手中的逮捕令向贝寒亮了一亮，沉声说道："贝寒将军，你因间谍罪和威胁联盟安全罪被联盟安全委员会拘捕，放弃抵抗，跟我走吧。"

贝寒静静看着，漠然不语。

莱恩也收了平日里的嬉笑模样，冷声喝问道："金女士，这里是联盟舰队，你有什么权力来这里抓人？"

金女士轻蔑一笑，将手中逮捕令展示给他看："莱恩处长，请你看清楚，逮捕令上不仅有联盟政府的签章，还有联盟舰队总司令员的签字，我能来这里抓人，自然是有人给了我这样的权力。"

莱恩面色微变，一把将那逮捕令扯了过来，细看那上面的签字，试图找到什么可疑之处。

“那不是伪造的。”贝寒突然说道，他声音很是平稳，透着淡淡的凉意。

天空中悬停的战斗舰和地面上的机甲战士都是联盟舰队特种部队的，没有司令员唐纳德的命令，谁也无法调动。所以，逮捕令上的签字不会是伪造的。是司令员设计把他调回，也是司令员在联合逮捕令上签下了名字。

莱恩显然也能想到这些，却是仍然有些无法接受，他们所敬仰的、钦慕的司令员会出卖自己的学生、自己的爱将。“这不可能，司令员不会这样做。”他低声喃喃，像是在说给自己听。

“我想唐纳德司令员也是满心悲伤和无奈的。”金女士突然开口，冷冷说道，“他也绝对想不到自己全心信任的‘联盟之星’竟然会是一名改造人。岂止是他，整个联盟怕是都没人能想到贝寒将军会是改造人。你藏得太深了，从不饮酒的贝寒将军！”

莫莉呼吸一窒，紧紧抓住了贝寒的手。

贝寒回握了她一下，很快就又放开了，然后坚定地、一点点地从她的掌心抽离出去。“跟着莱恩，”他唇微动，声音几乎微不可闻，“等我回来。”

他说完，不等莫莉回应，便决然地推开了她，提步向着金女士走去。

莫莉一僵，下意识地想跟上，莱恩身形微闪，不露痕迹地挡在了她的身前。“莉莉丝！”莱恩低喝，“听他安排！”

这名字叫莫莉瞬间冷静下来，她咬紧牙关，僵站在那里，眼看着贝寒一步步远离自己。

贝寒的每一步前进都叫对方如临大敌。

整个联盟几乎没有人不知道贝寒将军，不论是个人格斗还是战舰驾驶，他都是联盟中的佼佼者。所以，他们才会动用战斗舰和机甲部队，就只为抓捕他一个人。包围圈随着贝寒的前进在缓缓移动，金女士倒是有些胆色，硬挺着站在远处没有挪动，冷声问道：“你要做什么？贝寒！”

贝寒唇角微勾，挑上一抹讥诮，问她道：“跟你去哪里？”

金女士生硬地答道：“联盟安全委员会。”

“那走吧。”贝寒笑笑，率先往那辆大型磁悬浮车处走去，走了几步却发现其他人等都没反应。他眉梢不觉微挑，随即便明白过来，唇角处的讥诮就又浓了几分，从容地向着旁边宪兵伸过双手去。

那宪兵反而目露迟疑，低下了头，飞快地说了一句“抱歉”，这才把他的手腕、脚腕都用特制的电磁手铐铐住了。

贝寒不以为意地笑笑，继续往车子处走去，直到临要上车前身形才突然停了一停，似是想要回头，可不知什么原因，他终究没有回头，只一低头往车内钻了进去。

坚固的车门紧紧闭合，金女士等人都不觉露出些如释重负的表情，几人相互看了看，各自上了来时的车子，扬长而去。很快，空中的战斗舰群护卫着地上的车队离去，起落场上只剩下了莱恩和莫莉。

莫莉强撑到此时已经快要到了极限，双膝一软，人就不由自主地往地上跪了下去。幸亏莱恩就在她身旁，见状急忙伸手扶住了她：“怎么了？”

莫莉抬头看莱恩，咬牙说道：“他那么信任你们，而你们却出卖了他！”

莱恩有些难堪，辩解道：“没有，没有人出卖他。”

莫莉面色涨得通红，愤怒异常，质问道：“大战在即，是谁把他骗来了这里？是谁在逮捕令上签字？是谁调来了机甲战士来抓捕他？又是谁知道他喝了酒基因就会产生变异？”

每一个问题都尖锐得叫莱恩难以回答，就算司令员没有出卖贝寒，可他总归是抛弃了贝寒。莱恩用力地晃了晃头，似是想要把一切无用的情绪都抛出脑外，以免影响自己的判断。

“这是一个圈套，一场筹划已久的阴谋。”莱恩自言自语，整理着自己的思路，“我们不能自乱阵脚。”

莱恩拽着莫莉上了自己的悬浮车，一面驾驶离开，一面分析道：“司令员不会自断臂膀，所以他不会主动出卖贝寒，是有人设计好这一切，迫使他不得不放弃贝寒。你先不要愤怒，冷静下来仔细想一想，除了你，还会有谁可能知道贝寒的身份？”

贝寒叫她相信莱恩，她要相信贝寒的判断……莫莉深深吸气，努力平息胸腔中的惊慌与愤怒：“肖泽恩，我觉得肖泽恩其实什么都知道。”

“贝寒去阿德旺斯救你的那段时间，是肖泽恩假扮他指挥着天狼战队，不错，那小子有可能猜到了什么。”莱恩应和，又问，“还有谁？还有谁知道这事？和他在一起的那个米亚知道吗？”

“米亚不知道。”莫莉缓缓摇头。

“那林挚呢？”莱恩又问，“他最近有没有表现奇怪之处？”

“林挚在暗中调查纪念日晚宴惨案的真凶，他好像听说了什么，很怀疑贝寒。”莫莉回答，又忍不住说道，“可我觉得他应该还不知道贝寒的身份。”

“你确定？”莱恩剑眉紧皱，“如果他什么都不知道，为什么会突然怀疑贝寒？”

莫莉不能确定，林挚突然怀疑贝寒绝不会无缘无故，可她并不知道缘由。

莱恩突然说道：“我现在必须要去见司令官。”

“司令官已经抛弃了贝寒！”莫莉忍不住喊道。

“莫莉！请你冷静一下！”莱恩喝住莫莉，无奈说道，“要想洗脱贝寒的罪名，我们必须取得司令官的帮助。”

莫莉竭力控制着情绪，沉声说道：“我现在很冷静，正是因为冷静，所以才认为你的司令官不会帮助我们。”

“你不了解司令官。”莱恩试图说服她。

莫莉打断他的话：“可我了解人性！”

谈话已经无法进行下去，莱恩抿紧了唇，虽然没有再和莫莉争辩，可那神色明摆着他还在坚持自己的观点。在他的驾驶下，车子开离军用基地，直接驶向舰队总司令部的驻地。

“停车！我不要去司令部！”莫莉突然说道。

莱恩有些不耐，忍不住冷声问道：“那你说要去哪里？除了司令部，你现在还能去哪里？”

作为黑洞实验唯一成功的实验品，莫莉自有意识以来就一直处在军方的控制和保护之下，她所认识的人，所结交的朋友，都是属于军方的。除了继续求助于军方的庇护，她别无出路。

这是她现在必须面对的现实！莫莉忽地沉默下来，半晌说不出话。

见她这般反应，莱恩也意识到自己有些过分了，抱歉地说道：“对不起，是我一时失言了。”

“你说的不过是事实。”莫莉勉强地扯了扯唇角，坚持道，“可是，不管怎样我都不要去司令部，那里绝不会安全，这是我的直觉，我必须要去一个更安全的地方。”

莱恩想了一想，说道：“我送你暂时去别的地方。”

他修正了目的地，载着莫莉直接去了波斐克的商业区，两人在最繁忙的地段弃车步行，在高楼大厦中穿梭，等再回到人群中时，莫莉已经变成了一个普通男孩的模样。

莱恩领她钻进小巷，七转八拐到了一处小小院落：“这里是我早些年为联盟特工预备下的安全屋，预警系统完备，除却前门和后门，地下室还有一条很隐秘的地道可以通往另外一条小巷。”

莫莉仔细打量着屋子，问道：“没有人知道这里？”

“几乎没有。”莱恩又把一张芯片身份证递给她，交代道，“这是我一个线人的，你先用着，暂时不会有人查到他身上。我现在回司令部，有消息立刻通知你。”

他转身要走，莫莉突然喊住了他，犹豫了一下，又道：“有句话我还是要和你说，司令官既然可以抛弃贝寒，那他也可以抛弃你。”

“我知道了，放心吧。你自己也要注意安全，如果万一遇到什么情况，就从地下室逃走。”莱恩笑笑，停了一停，才又说道，“贝寒那里，只要我还有命在，就一定会救出他。”

他说完，毅然转头离去。

莫莉默默站了片刻，深吸了口气，提起精神去查看房子的情况。房子不算很大，储备却很丰富，除却一些必需的生活物品，橱柜里还放着许多武器。莫莉仔细看了看，选了一把小巧轻便的激光枪随身携带。

她简单吃了些东西，守在监控室的屏幕前面，开始等待莱恩的消息。时间从来没有过得像现在这般缓慢，从夜里十一点到翌日傍晚时分，不过短短二十来个小时，于莫莉来说却像是过了整整一个世纪。

房间内的通讯器一直静默，莱恩再没有联系过她。

天色快要黑透时，监控器里突然发出刺耳的蜂鸣警报，莫莉本已昏昏欲睡，闻声顿时惊醒，监控报警系统已是响起机械的电子音：“三队人员同时接近安全屋，请迅速撤离。”

几台显示器上已有了隐约的影像，不只前、后门所通的巷子有人员在急速地靠近，就连空中也有飞行器在无声地盘旋着。

莫莉有些蒙，这个时候，她在新训营接受的那些魔鬼训练显露了效果，她的肢体反应远比头脑更迅疾，大脑还没想清楚，人已是下意识地往地下室跑去。那里藏有通往外界的暗道，是她现在唯一有机会逃脱的出路。

地下室狭窄逼仄，暗道黑暗幽深，莫莉手摸着墙壁跌跌撞撞地往前跑着，也不知道跑出去多远，这才看到了一丝朦胧的光亮。地道的出口开在了一座大厦的后巷里，伪装成检修井的模样，她费了很大力气才将那钢制盖板推开，人刚钻出地面，突然就被人从后一把搂了过去。

莫莉一僵，本能地曲肘反击，只听得身后传来一声闷哼："莫莉！是我，雷奥！"男人低呼，莫莉转头看去，见他果然就是研究所主持"黑洞"实验的雷奥上校。

"快跟我走！"雷奥上校拉着她往小巷另一头跑，同时解释道，"是莱恩叫我在这里接应你，快点，车子停在路口，我们必须赶在追兵赶过来之前离开这个街区。"

莫莉将信将疑，问："莱恩呢？"

"被司令员关押了。"雷奥回答。

拐角僻静处停靠着一辆小型的悬浮车，灰扑扑的车身简直要和夜色融合在了一起，雷奥拽着莫莉钻进车里，摁下了启动按钮，车子悄无声息地腾起，紧贴着地面迅速地离开。直到逃出好几个街区，雷奥才似松了口气，他转过头看身侧的莫莉，勉强笑了笑，说道："莫莉小姐，对于上一次的事情，我想先和你说一声抱歉，你知道我只是听命行事。"

莫莉戒备地盯着他，突然问道："那你这一次呢？又是来人道消灭我的吗？"

"哦，不！"雷奥尴尬地笑笑，忙道，"这一次我受莱恩之托前来救你。他被关押，一时无法脱身，只能托我过来接应你。"

"为什么会是你？"莫莉又问。

有那么多的人，为什么莱恩偏偏会托到了雷奥那里？

这个问题叫雷奥一时有些难以回答，他默了默，说道："军方一直没有放弃'黑洞'实验，可在实验品上，再没有一个能够像你一样清醒过来，哪怕是你的克隆品。"

他的话叫莫莉感到阵阵发冷，联邦有法律明文禁止克隆人类，可军方为了实验竟然还是克隆了她，而且听雷奥的意思，克隆品不止一个。

"所以呢？"她颤声问。

雷奥看向她，答道："所以，军方想要完全重现当时的实验条件，以验证到底是哪里存在问题。报告早就打了上去，可司令员一直不肯批准，直到昨日贝寒被捕。莱恩回到司令部后即被扣押，我奉命前去询问你的下落。"

到了这个时候，莫莉反而意外地镇定下来，她盯着雷奥，手不露痕迹地往身侧摸去，口中问道："他什么都告诉你了，是吗？"

不想雷奥却一眼看穿了她的举动："莫莉，收起你的激光枪。你就算有枪，也打不过我。莱恩的确把什么都告诉我了，前去阿德旺斯救我的人不是别人，正是贝寒，而你很好地配合了他。坦白说，这令我感到羞愧。"

他将悬浮车停在了一条小巷口，又转头看她："抱歉莫莉，我只能送你到这儿，我不能消失太久，必须尽快赶回去。莱恩叫我转告你，他要你去找盖斯夫人，想法取得她的庇护。"

"盖斯夫人？"莫莉诧异，思量了一下才反应过来，"同情改造人的那位盖斯夫人？"

她记得独立日晚宴上有一位盖斯夫人，据说是很有名的社会活动家，多年来一直致力于缓和联盟与改造人的关系，晚宴上，还曾不留情面地责问贝寒为何要在华伦特大肆屠杀改造人。

"是的，就是那个老太太。"雷奥回答。

莫莉有些糊涂了："可她一直对军方存着偏见和敌视，莱恩竟然要我去找她寻求帮助？”

雷奥摊了摊手，无奈道：“我也不懂莱恩为什么会这样安排，当时情况紧急，我也不方便问他太多。”

莫莉沉默，思量片刻后说道：“好，我去。”

雷奥把盖斯夫人的住址递给她，又道：“莫莉，我建议你扔掉你的武器，手无寸铁的人反而更能取得别人的信任和帮助。”

莫莉看他两眼，把衣兜里的激光枪掏了出来，丢给了他。

“自己要小心。”雷奥又嘱咐道。

莫莉点头，钻出悬浮车，毅然往小巷深处跑去。

和阿德旺斯的野蛮生长不同，早在移民之初，波斐克的城市架构便得到了完善的规划，各个功能区布局合理，密度适中，交通极为便利，是个先进而又秩序井然的城市。出得小巷便是整洁干净的林荫小道，路边有小巧的交通站台，有数种交通工具可供人选择，只要你出示个人身份信息便可免费使用。

莫莉迟疑了一下，还是放弃了就近乘坐交通工具，又匆匆往前走去。

到达盖斯夫人住处时已经是半夜时分，莫莉饥寒交迫，模样颇为狼狈，她擦了擦额头的汗水，深深吸了一口气，这才上前摁响了盖斯夫人家的门铃。过了好一会儿，才听得盖斯夫人略显尖厉的声音从门后传了出来：“什么人？”

莫莉心中一喜，忙道：“您好，盖斯夫人，我是莫莉的朋友。您还记得莫莉吗？天狼战队里的那个回归岛人。”

盖斯夫人似是在门后打量着她：“你是一位女士。”

“是的。”莫莉摘掉了头上的帽子，向着门上的电子眼仰起面庞，“我叫莉莉丝，莫莉在战队的朋友，是她叫我前来找您的。”

“莫莉……”盖斯夫人似是在回忆着什么，声音略略缓和了些，

“我记得那姑娘，她有一副好口才。不过，她不是已经在战争中丧生了吗？怎么可能叫你来找我？”

天很冷，莫莉快被冻僵了，她必须尽快取得盖斯夫人的信任，这样才能获得帮助。“是她临终前叫我来找您的。”

“找我做什么？”盖斯夫人追问。

“夫人，可以让我进去说吗？外面实在太冷了。”莫莉的声音已经发颤，微微仰起的面庞在暗夜里更显苍白，越发惹人怜惜。

盖斯夫人犹豫了一下，终于打开了房门：“你进来吧。”

莫莉谨慎地往身后看了看，这才飞快闪身进去，随即关上了房门。门厅里亮着一盏小灯，穿过空荡荡的客厅，昏暗的楼梯上，围着一张厚披肩的盖斯夫人正在默默打量着她。

第二十一章

呼之欲出

“您好，盖斯夫人。”莫莉小心翼翼地向她打着招呼。

盖斯夫人没有回话，只略略点了下头。

房子里比外面竟然暖和不了多少，这实在是出乎莫莉的意料，她瑟缩了一下身体，又请求道：“夫人，可以把室温调高一些吗？我真的是有些太冷了。”

盖斯夫人从楼梯上走下来，说道：“请跟我来。”

她把莫莉领到厨房，自己动手倒了杯热水放到桌子上，又将一张薄毯递给了她。待看到莫莉眼中的惊讶，这才淡淡解释道：“再多的能源也有耗尽的一天，人类应该学会珍惜和克制，而不是不停地侵略与抛弃。”

这话对莫莉的触动很大，科技的进步扩展了人类的活动范围，整个银河系都已经在人类的掌控之中，可能源依旧很紧张，永远赶不上人类需求的增长。人类的欲望没有尽头，在这上面，自诩进步的联盟比改造人帝国还不如。

而所有战争的根源无外乎生存空间的争夺，当对外扩张的脚步受阻，人们便会转过身来对付自己的同类，往久远里说，母星上曾爆发的一次又一次世界大战，而近处的，则是联盟与帝国之间的争夺。

莫莉的沉默叫盖斯夫人感到意外，她探究地打量莫莉，问道："你是在思考我的话吗？"

"是的。"莫莉诚实地点头，感叹道，"物质的极度丰富反而暴露了人性的贪婪，人们已经逐渐忘记了节俭是一种美德。"

"你不像是一名联盟人。"盖斯夫人似是对莫莉刮目相看，态度缓和许多，"好了，说出你的来意吧。"

莫莉深吸了口气，问道："夫人，您为什么要帮助改造人？"

"帮助改造人？"盖斯夫人挑了挑眉梢，摇头道，"不，我只是帮助无辜的人，不论他来自哪里。"

"如果她来自联盟呢？您也会帮助吗？"莫莉追问。

"为什么不？"盖斯夫人反问，淡淡一笑，又道，"姑娘，我想你对我有些误解，我同情改造人并不代表我憎恨联盟人，我自己就是联盟人。"

这个回答叫莫莉稍稍放心，她暗中做了一下心理建设，这才说道："夫人，我叫莉莉丝，是一名军人，曾在天狼战队新训部从事勤务工作。我受到了军方的迫害，所以逃了出来，想寻求您的帮助。"

盖斯夫人一时没有说话，只盯着莫莉上下打量着，锐利的视线简直可以看透人心。"军方为什么要迫害你？"她突然问。

"因为基地沦陷时我曾被俘，被改造人掳到阿德旺斯为奴，因此受到军方的歧视和迫害。"莫莉沉声答道。

"不对。"不想盖斯夫人却是缓缓摇头，又道，"据我所知，天狼战队基地被俘人员有八百余人，营救回来后，都受到了军方严密的隔离审查，但凡有污点或者疑点的都已退伍，你既然能够留在军中，那就不可能遭受歧视和迫害。"

灯光下，盖斯夫人目光犀利异常："姑娘，你在撒谎。要么你已经不是一名军人，要么，你就根本没有受到什么迫害。"

“不！我没有撒谎。”莫莉急忙为自己辩解。

“那为什么？你到底是因为什么才会受到军方的迫害？”盖斯夫人逼问。

盖斯夫人的问题尖锐而犀利，叫莫莉简直无法躲避，她提前准备的借口不能说服盖斯夫人，除了暴露她是“黑洞实验”唯一幸存者的身份，似乎别无选择……她突然灵机一动，问盖斯夫人道：“夫人，您相信爱情吗？”

“爱情？”盖斯夫人一愣。

“是的，爱情。”莫莉的思路越来越清晰，话语逐渐顺畅起来，“我知道绝大多数的联盟人是不相信爱情的，大家崇尚自由，个性解放，只把‘爱情’看作激素刺激下的生物程序。您呢？也对男女之情不屑一顾吗？”

“提问”永远比“回答”更能吸引人的注意力。

盖斯夫人果然被莫莉转移了注意力：“改造人才注重这些传统的东西，而我们联盟人已不大在意这个，神经递质、多巴胺、去甲肾上腺素等这些化学物质都已可以人工干预，当‘爱情’可以制造和消除，再执着于这个就有些可笑了。”

莫莉抿了抿唇，下了很大的决心，这才能厚着脸皮说道：“许辰宇，也就是改造人帝国第二皇子伊诺尔，他潜伏在天狼战队新训营时曾和我关系不错，呃……确切说是我曾经追求过他。”

“你追求过他？”盖斯夫人眉梢高高挑起，露出惊讶之色，不过，她很快就意识到不妥，又解释道，“哦，对不起，我没有别的意思。”

莫莉不以为意地笑笑：“听起来的确有些不可思议，是的，我曾经追求过他，因为当时觉得自己爱上了他。”

盖斯夫人沉默了一会儿，问道：“就是这个原因，所以即便你通过了军方的审查回到天狼战队，却还是受到了其他队员的歧视和迫害，是吗？因为你曾经追求过伊诺尔，战队的仇敌，是吗？”

莫莉赶紧顺坡就下：“是的。”

盖斯夫人又问道：“那你来找我做什么？帮助你回到伊诺尔身边吗？”

“不是！”莫莉急忙说道，她可不想弄巧成拙，再和伊诺尔搅和到一块去，“我只是不想再继续留在军中遭受迫害。我是偷逃出来的，需要一个藏身之所躲避军方的搜寻。莫莉曾经和我讲述过您的正直和善良，我这才冒昧前来寻求您的庇护。”

“原来是这样……”盖斯夫人了然地点了点头。

莫莉有些紧张地看着盖斯夫人，小心地问：“可以吗？”

盖斯夫人一时没有回答，只盯着莫莉打量，过了一会儿，忽地问道：“你有没有想过站出来指控军方？”

莫莉一愣：“指控军方？”

“是的。”盖斯夫人身体微微前倾，眼中似有光芒闪现，“为什么不站出来指控军方？你明明通过了军方的审查，他们却纵容士兵歧视与迫害你，这是多么过分的事情！你完全可以向联盟最高检察院控告他们。”

事情发展的方向有些不大对，这位盖斯夫人好像不放过任何怼军方的机会。莫莉勉强笑笑：“我需要好好考虑一下。”

盖斯夫人倒没有逼她立刻做决定，闻言点了点头，说道：“也好，你好好考虑一下，毕竟躲藏不是长久之计，人总要生活在阳光之下。如果你想指控军方，我可以给你提供援助，什么都不需要你做，只要你肯站出来。”

她说着站起身来，又道：“跟我来吧，我看你也很疲惫了，不如先去休息一下。”

盖斯夫人领着莫莉出了厨房，沿着楼梯往楼上客房去，楼梯一侧的墙壁上挂着许多相框，引得莫莉下意识地转头去看，照片几乎都是合影，人数或多或少，看起来都很年轻。

“在我丈夫去世前，我曾经是一名老师，”走在前面的盖斯夫人突然说道，她摁亮了楼梯上的灯，也转头去看那些照片，面上有骄傲闪过，“这些都是我曾教过的学生。”

莫莉有些意外，忍不住慢下脚步细看，待视线扫过一张异常熟悉的面庞时，脚下不由得停了下来。那是一张年轻的、洋溢着热情的秀美面庞，少女微微弯起的唇角上挂着浅浅笑意，目光清澈而明亮，像是夜空中最闪亮的星。

莫莉一时有些不敢确认：“这是……”

盖斯夫人瞥了一眼那张照片，面色微沉，淡淡说道：“没错，那是东真纪。听闻她一直在天狼战队做军医，你应该认识她吧？”

“她也曾是您的学生？”莫莉惊讶地瞪大了眼睛，有点不敢相信。她记得很清楚，独立日晚宴上东真纪和盖斯夫人坐在同一桌，可当时并未看出这对师生有任何亲密之处。

盖斯夫人叹息道：“想不到是吗？我也没想到。明明读书的时候她是最善良博爱的好姑娘，一心要促进改造人和联盟之间的融合，却不知道什么时候突然就变了，我本以为她能够成长为我的伙伴，我的同行者。”

莫莉惊愕得简直说不出话来。

盖斯夫人叹了口气，失望地摇了摇头，转身继续往楼上走去，快到楼口处才察觉到莫莉还愣在原处，不由挑了挑眉毛，奇道：“怎么了？”

“哦，没事。”莫莉急忙应道，快步追了上去。

客房在三楼，房间很大，各种设施一应俱全。“你可以冲一个热水澡，我知道现在很流行回归原始。”盖斯夫人临走前建议，顿了一顿，又道，“呃，洗完记得关闭热水器，以免不必要的浪费。”

莫莉应下，送盖斯夫人出门，眼瞧着她走下了楼梯，这才关上了房门。她背靠着房门做深呼吸，却依旧压不下胸口的惊涛骇浪。

东真纪竟然是盖斯夫人的学生，她竟然曾经很同情改造人！

这一发现给了莫莉启发，叫她感觉之前所有的疑点都渐渐清晰起来：

嘉奖日前夜，林挚前去指挥部见的人应该是东真纪，所以在那之后，林挚态度突变，似是认准了贝寒就是晚宴袭击案的策划者。

尤利安送莱恩去医疗室治疗，明明已经调开了东真纪，却依旧被她发现，而她对贝寒受伤有着超乎寻常的关注，并亲自给他实施手术，接触到了贝寒的血液。

金女士在离开战队驻地前，也曾经去找过东真纪……

再往远处的宴会袭击案，东真纪当时就在现场，还曾邀她去后面的小楼休息，很凑巧地躲过了宴会大厅的爆炸，又是东真纪救下了重伤昏迷的林执政官，好巧不巧地躲进了机要室。再后来，东真纪以父亲受伤为由请假没有归队，又很是巧合地躲过了基地沦陷。

最最重要的，东真纪自己是军医，而她的父亲又身居政府高位，她完全有机会掌握贝寒的个人信息……

答案呼之欲出，仿佛就在她的眼前。

莫莉越想越心惊，不知什么时候起，后背上已是冷汗淋漓。

有没有一种可能，东真纪从来没有改变过，她一直都是盖斯夫人记忆中的那个“善良博爱”，一心要帮助改造人回归联盟的“好姑娘”？她进军队、做军医，不过都是另有所图？！

窗外天色渐明，莫莉却没丝毫睡意。

上午十点钟的时候，盖斯夫人请莫莉下楼去用早餐，见她过来，瞥了一眼，问道：“一直都没睡吗？”

莫莉轻声答道：“心里一直乱糟糟的，睡不着。”

盖斯夫人缓缓地点了点头："可以理解。"她伸了伸手，示意莫莉可以随意享用桌上的食物，又道，"我给你的那个建议，你可以慢慢考虑，不用急于做决定。"

"谢谢。"莫莉向她表示感谢，默默地吃起早餐来。

餐桌上很安静，饭到一半的时候，盖斯夫人接到了一个通讯，听了两句后倏地抬头，目光如炬地向着莫莉看了过来。

莫莉心中一惊，下意识地停下了手上的动作。

过了一会儿，盖斯夫人结束了通讯，面色不善地盯向莫莉："莉莉丝小姐，你欺骗了我，你根本不是天狼战队新训部的勤务人员，也不是因为受到军方迫害才逃离军队。"

莫莉掩饰着慌乱，问道："您在说些什么？"

盖斯夫人微微冷笑："我的朋友都告诉我了，天狼战队指挥官贝寒将军已被联盟安全委员会拘捕，而他的行政秘书——莉莉丝，却在被押往舰队司令部的途中逃走了。"

莫莉不想这事竟然这么快就暴露了，可事到如今，反而没有什么好顾虑的了，她挺直了脊梁，沉声问道："夫人，那您的朋友有没有告诉您，联盟安全委员会是以什么理由逮捕贝寒将军的？"

盖斯夫人一时没有回答。

莫莉接着说下去："是间谍罪和威胁联盟安全罪，他们说晚宴袭击事件是他策划的，天狼战队基地也是他出卖的，是他在暗通着改造人，出卖联盟机密，害得联盟在与改造人的战争中节节败退！"

"您相信吗？相信那个曾被誉为'军中利剑'，曾被您骂作刽子手的人，他真的会犯有这些罪吗？"莫莉嗓音嘶哑颤抖，眼中迸出泪水，"我不相信！这是诬告，这是陷害！这是某些人别有用心的谋划！"

盖斯夫人似是受到了触动，沉默良久之后，才问道："贝寒将军是改造人，这是真的吗？"

莫莉情绪虽然有些失控，可戒心仍在，闻言摇了摇头："我不知道，我只知道贝寒将军是被冤枉的。"

盖斯夫人微微皱眉："你有证据吗？"

莫莉想说她自己就是证据，独立日晚宴发生爆炸之后，她一直和贝寒在一起，能够证明他与改造人并无关系。可是，这就需要她公开自己的真实身份，"黑洞实验"也将暴露在世人面前。

她不畏艰险，可怕他们不会给她发声的机会，不论是军方还是联盟执政府，甚至面前的盖斯夫人，她都不敢完全相信。

莫莉颓然地低下头来，没有回答。

许是她这种可怜巴巴的模样打动了盖斯夫人，盖斯夫人没再追问什么，反而伸手过去拍了拍莫莉的手臂，好言开解她道："你还是个小姑娘，能做到现在这样已经很不容易，不要多想了，先在我这里住下，好好调整一下自己。"

莫莉点头，又央求盖斯夫人道："可不可以请您的朋友帮忙打听一下贝寒将军现在的情况？"

盖斯夫人犹豫了一下，应她道："好吧。"

不料还不等盖斯夫人有所动作，贝寒涉嫌伪造身份而被联盟安全委员会逮捕的事情就经由媒体爆出来了，这个消息实在是太过惊人，以至于整个联盟都震惊了。

新闻热度堪比上一次战俘营救事件，跟进调查一直滚动播出，内容不但详尽细致，甚至还拍到了贝寒身处安委会监控室的图像。那颗"联盟之星"已经脱下了军装，只穿着普通的衬衣长裤，唯有面容冷峻淡漠，一如往常。

"这是有安委会的授意和纵容，否则，不会是现在这个局面。"盖斯夫人分析道。

惊怒之余，莫莉也感到了疑惑和不解："他们为什么要这样做？

军方为什么会允许他们这样做？帝国舰队已经打到了家门外，他们不想着如何抗击敌人，却要先来折断自己手中的利剑，他们到底想要做什么！”

这个问题盖斯夫人也无法回答，但很快雷奥就给莫莉带来了答案。

雷奥穿了便装，假装成联盟生物医学会的人员前来拜访盖斯夫人，待骗进门后，才突然提出要见莉莉丝。盖斯夫人虽然心生不满，却还是很有风度地把莫莉叫了出来，叫他二人得以见面。

雷奥丝毫没有避讳盖斯夫人的意思，当着她的面便与莫莉说道：“此事由媒体曝出绝非偶然，很显然有人在暗中推波助澜，而军方则是将计就计，意欲假借此事迷惑改造人，暗中实行‘斩首’计划。”

“暗中实行‘斩首’计划？难道抓捕贝寒只是烟幕弹吗？”莫莉不觉又惊又喜。

雷奥沉默了一下，这才答道：“行动将由别人负责指挥。”

莫莉一时僵住，问：“谁？没有贝寒，还有谁能带领天狼战队，能指挥这次行动？”

“林挚，林挚带队。”雷奥回答，停了一停，又补充道，“还有肖泽恩，作战室参谋肖泽恩。”

盖斯夫人听到此刻终于忍耐不住了，冷声问道：“什么斩首行动？你们军方到底在搞些什么鬼？”

雷奥看向她，无奈地笑了笑：“很抱歉夫人，我只是一个传话的，他们到底在搞些什么，我也并不清楚。不过，莱恩也有话要我捎给您。”

“捎话给我？什么？”盖斯夫人问道。

雷奥回忆了一下，答道：“他请您防备您的学生，也就是现任执政官的女儿，东真纪小姐。莱恩让我转告您，说：世事多变，人心难存，盖斯夫人还是那个盖斯夫人，而东真纪却早已不是那个东真纪了。”

莫莉十分意外，惊愕道："莱恩已经知道东真纪才是幕后真凶了？"

"说实话，我真的是什么都不清楚。"雷奥摊了摊双手，抱怨道，"莱恩是一只狡猾的狐狸，嘴又严实，他不想说的事，没人能问得出来。他只要你安心待在盖斯夫人这里，等着他的消息。"

盖斯夫人眉头刚刚皱起，还没来得及开口，雷奥已经转头看过去："哦，他还说您听到这话一定会皱眉，但是不要紧，不管您多么厌恶军方，以您的善良和正义感，都不会赶走莉莉丝。您顶多会鼓动她去指控军方。"

盖斯夫人愣了一愣，嘲弄道："他倒是真了解我。"

雷奥笑笑，站起身来准备告辞，又与莫莉说道："我只是一名科研工作者，从不介入任何的军事和政治斗争，不管是出于愧疚还是报恩，我能为你和贝寒做的只有这么多了。"

他转头示意盖斯夫人留步，又道："莉莉丝小姐来送我出门就好了。"

莫莉送他往门口走，快到门口时，忽听得雷奥很小声地说道："莱恩说一定会寻找机会救出贝寒，你安心等待，千万不要冲动做傻事。"

她微微一怔，抬眼看向雷奥。

雷奥咧嘴笑了一笑，又道："保重吧，我的姑娘。"

他说完便大步离去，上了门外一辆悬浮车，悄无声息地消失在街角。莫莉定定看了一会儿，这才赶紧关上了房门，反身回到了客厅。盖斯夫人还等在那里，直直地看着她，问道："莉莉丝小姐，你不觉得应该对我更坦白一些吗？"

第二十二章

将计就计

对于盖斯夫人，莫莉心存愧疚，他们利用了盖斯夫人的善良，却没有给予她基本的信任和尊重。莫莉犹豫了一下，问盖斯夫人道：“夫人，您会相信我的话吗？”

盖斯夫人微微皱眉，反问她道：“你想说什么？”

莫莉抿了抿唇，答道：“我想说的确有人暗中私通改造人，策划宴会袭击案，出卖天狼战队基地，可不是现在被囚在安委会监牢里的贝寒，而是您曾经的学生、现任执政官的女儿——东真纪。”

盖斯夫人良久没有说话，半晌之后才盯着莫莉说道：“这只是你的推测。”

莫莉不由得愤然：“他们抓捕贝寒就有什么证据吗？就因为他疑似改造人吗？”

盖斯夫人面色平静无波，并不被莫莉的愤怒而影响，说出的话冷静而又无情：“莉莉丝小姐，我理解你的感情，但是，这是一个讲究法律的社会，他们能抓捕贝寒，首先是因为有人出面指证他，然后调查得知他确有无法解释的嫌疑。而你们有什么？你们只有推测，你们甚至连出面指证东真纪都没做。”

莫莉无法辩白，唯有沉默。

“你们想的，只是怎么逃走，不是吗？”盖斯夫人翘了翘嘴角，露出一丝冰冷的讥诮，“那位莱恩长官叫你藏在我这里，不就是等着寻找机会救出贝寒，然后送你们逃离波斐克吗？你们打算逃往哪里呢？就算联盟战场失利，可猎户座旋臂仍有大半在其掌控之中，你们要逃往英仙座旋臂吗？贝寒可是杀了数以万计的改造人，他们早已恨他入骨，会收留你们吗？哦，我忘记了，你说你曾和第二皇子伊诺尔关系不错，那是真的吗？他会不计前嫌给予贝寒庇护吗？”

盖斯夫人的话简直针针见血，把莫莉他们以后将要面对的一切现实都摆在了她的面前。偌大的银河系，竟没有她与贝寒的落脚之处。

莫莉垂着眼帘，身体隐隐发抖，一句话也说不出来。

盖斯夫人又嘲弄地笑了笑，起身离开了客厅。

第二天，莱恩那里没有任何消息，媒体还在播报贝寒的新闻，有消息称联盟安委会已经委托联盟医学会对贝寒做了详尽而又精准的基因检测，证实其基因掺有非人类基因，虽与一般改造人不同，但绝非纯正的联盟人。

联盟第一大媒体“每日新闻”特意邀请了几位著名的遗传学专家进行座谈。

“早在二十世纪，人类便发现细胞分裂时复制产生错误，或者受化学物质、辐射或者病毒的影响，细胞中的遗传基因可能会发生改变，即基因突变。这种突变会导致细胞运作不正常或死亡，但同时，也被视为物种进化的‘推动力’。”

“没错，往久远里说，如果没有基因突变，就没有母星生命的大爆发。”

“如此看来，贝寒将军代表了人类进化的新方向吗？”

“哦，当然不是，我认为他代表的不是人类，而是改造人。他身上的基因受到酒精刺激后，所显现出来的特征是改造人基因所具备的，这种基因带有很大的隐蔽性，能叫改造人更完美地隐藏在人类社会中。所以，这不是人类的进化，而是改造人的进化。这对于人类来说是极为恐怖的。”

“不不不，我不同意路易教授的观点，我认为人类这个范畴里是包括改造人的，改造人是人类的一个分支，改造人、联盟人加起来才能代表整个人类。”

“可他们身上带有极不稳定的动物基因，他们可能会繁殖出怪物！”

“那是以前！路易教授，你必须要用发展的眼光看待问题。改造人建立政权已经有数百年，他们现在的科技并不比联盟落后，甚至在某些方面可能还要优于联盟！”

“那又怎样？改造人疯狂崇拜原始，他们拒绝基因干预，他们生出什么来全靠运气，是怪物就抛弃，正常的婴儿才会抚养长大。这种所谓的‘放生’，是多么残忍且没有道德的一件事情！”

“难道联盟的基因选择就不残忍吗？生命被从哪个阶段放弃，有什么本质上的区别吗？”

“两位教授！两位！请先暂停一下讨论，我这里刚刚又收到最新一条消息，鉴于贝寒将军现在还是军籍，军方提出将其带回军事法庭受审，安全委员会已经答应，正准备将他移送给军方。”

电视画面一转，又回到了贝寒身陷联盟安全委员会监牢的镜头。即便是在牢房之中，他的手上脚上仍戴着电磁镣铐，但凡稍有异动，那镣铐便会瞬间将束缚力提到最大，令贝寒失去行动能力。

莫莉的心在滴血，明天就是预定实施“斩首”行动的日子，而贝寒此刻却身陷囹圄，失去了对天狼战队的指挥权，她心中似乎有个声音在嘶喊着：“站出去，把所有的一切都公布于世，和他们拼个鱼死网破！”

可莱恩说要她安心等待，千万不要冲动做傻事。

什么叫傻事？站出来指控东真纪，拼死也要为贝寒洗清罪名，哪怕暴露她的身份，哪怕牺牲自己也在所不惜……这些算是傻事吗？

莫莉不敢确定，一时进退维谷。

晚饭时候，盖斯夫人突然说道："东真纪回来了。"

莫莉愣了一愣，这才反应过来，惊愕地看向盖斯夫人："她回波斐克了？"

"是的，听说是今天早上才到的。"盖斯夫人点头，淡淡地瞥莫莉一眼，又道，"我已经给她送了信，邀请她过来一聚。"

"为什么？"莫莉惊愕。

盖斯夫人笑了笑，答她道："因为我不想做一个胆小鬼，因为不想做一个任由事情发展却无动于衷的懦夫，因为不想怨天尤人，不想畏首畏尾……原因有很多个，就如同你的借口一样多。"

话音刚落，门铃声突然响了起来，莫莉转头看去，东真纪的虚拟影像出现在门禁显示板上，其礼貌而动听的声音透过扬声器传了出来："请问盖斯夫人在家吗？"

盖斯夫人没有应答，只是去看莫莉，问道："你需要藏起来吗？"

明知道她这只是激将法，可莫莉还是挺直了脊梁，微抬着下颌，冷声答道："不用了，谢谢。"

盖斯夫人满意地笑笑，示意家中的智能工人前去开门。

片刻后，东真纪便被工人领了进来，她穿着便装，手中提了个十分精致的礼品盒子，笑容满面地说道："记得老师以前最喜欢这一家的糕点了，来的路上就买了些来，不知道还是不是以前的味道。"

正说着，她神色一怔，忽然停住了话。莫莉从角落的沙发里站起身来，沉默地看向她。东真纪反应很快，脸上的惊愕一眨眼就变成了诧异，她和莫莉打招呼，奇道："莉莉丝？你怎么会在这里？"

莫莉没有说话，盖斯夫人替她回答道："她在波斐克执行任务，正好过来探望我。”

东真纪挑了挑眉梢，似是有些讶异，不过却也没说什么，只转身把礼品递给了身旁的智能工人，又向盖斯夫人说道：“看到老师的信真是又激动又伤感，我曾以为老师再不会认我这个学生了。”

“过去的事不必再提，人总要往前看。”盖斯夫人神色平和，引着东真纪往餐厅走，“晚餐早已经准备好了，就等着你。”她走几步回头，看到莫莉还站在原处，便又叫莫莉道：“还愣着做什么？快过来，你不是还有事情要请东真纪帮忙吗？”

东真纪愣了一愣，随即笑道：“老师真能开玩笑，我有什么能帮到莉莉丝的？”

盖斯夫人却停下身来，看着她认真地说道：“你有。”

东真纪神色有些不自然，看看盖斯夫人，又转头去看莫莉，生硬地扯了扯嘴角，道：“我尽力吧。”

餐桌不大，菜品也很简单，莫莉与东真纪坐了个对面，抬头就可以直视对方。盖斯夫人似是丝毫没觉察出什么不妥之处，吃不两口便开门见山地问东真纪道：“你是在天狼战队服役的，对吧？”

“是的。”东真纪点头，又补充道，“我在那里担任军医。”

“你们的指挥官，贝寒将军，他已经被捕了，你知道了吗？”盖斯夫人又问。

东真纪闻言停下动作，抬头看了莫莉一眼，这才应盖斯夫人道：“在战队里消息是封锁的，我回到波斐克之后才听说此事，很意外，一时有些无法接受。您可能不大清楚贝寒将军对于天狼战队的意义，他几乎是所有指战员的‘神’，而现在，神像突然崩塌了。”

她说着，把皮球踢给莫莉：“莉莉丝，你怎么看？你是跟贝寒将军一同来波斐克的吧？这到底是怎么回事？”

莫莉费了好大力气才能松开一直紧扣的齿关，不动声色地回答道："我认为贝寒将军遭到了陷害，你不这样认为吗？"

"我也不认为他会出卖联盟，毕竟他是天狼战队的指挥官，曾带队歼灭了那么多的改造人。不过，"东真纪顿了一顿，神色显得有些凝重，"目前的证据对他很不利。从联盟医学会那里得来的消息，贝寒将军的基因确有问题，鉴定结果更倾向于改造人。"

莫莉盯着她，径直问道："那是谁泄露了贝寒的秘密？金女士是从谁那里得到的线索？是谁利用贝寒的信任，却背叛了他？"

东真纪沉默着看莫莉，脸上的温柔一点点敛起，最后只剩下陌生的淡漠与冷酷："莉莉丝，有一件事我想你应该记住，我是一名联盟军人，我所效忠的是联盟舰队，是整个联盟，而不是你们的偶像——贝寒将军。"

"所以呢？"莫莉微微冷笑，反问她，"所以你配合金女士，趁着给贝寒手术的机会取得了他已经变异的血液基因，是吗？"

东真纪抬着下颌，脖颈挺直，并未否认莫莉的指控，只淡淡说道："配合安全委员会的调查是每一名联盟公民应尽的义务。莉莉丝，做伪证的是你们，试图掩盖真相的也是你们，而不是我，你没有任何资格在此指责我，更无权力审问我。"

她说着，转而去看盖斯夫人："老师，这就是您请我过来的目的吗？我原本以为您是想重拾我们的师生之谊的。"

盖斯夫人表现得很淡定，和莫莉说道："莉莉丝小姐，我理解你现在的心情，不过，你这可不是求人帮忙应该有的态度。"

莫莉猜不透盖斯夫人的心思，更不知她所谓的求人帮忙到底是什么事，闻言只得抿了抿唇，垂下眼帘来示弱。

东真纪嗤笑一声，自嘲道："我有什么能帮莉莉丝的？老师不要开玩笑了。"

盖斯夫人回答道："她想见贝寒将军一面。"

“很抱歉老师，这个忙我帮不上。”东真纪拒绝得很干脆，简直不留丝毫活口，她又瞥了莫莉一眼，眉梢微挑，讥诮道，“莉莉丝为什么要见贝塞将军？我记得你调去指挥部也没有多久，之前在新训营的时候，不是还一直在追求伊诺尔吗？”

这话说得就有点难听了，甚至可以说刻薄，实在不符合东真纪娴静舒雅的形象，别说莫莉感到不习惯，就连盖斯夫人似乎都觉得意外，诧异地看了看她。

东真纪也很快发现了自己的失态，掩饰地端起杯子抿了口水，再抬头时，重又恢复成了平日里那个温柔和气的女军医。“对不起，莉莉丝，你应该清楚，这是不可能的，你自己现在都还被通缉着，怎么可能再去见贝塞将军。”

“通过你父亲，假借执政官的名义也不可能吗？”盖斯夫人又问。

东真纪露出为难的模样，道：“首先父亲绝不允许我这样做，其次，听说军方要将贝塞将军引渡过去，由军事法庭来审判他。贝塞将军在安委会待不了多久的，而一旦进入军方的控制，我父亲也不好插手了。”

盖斯夫人认同地点了点头，也来劝莫莉道：“既然这样，你这个念头就先放一放吧，好不好？”

直到现在，莫莉也没摸清盖斯夫人到底是什么套路，唯有沉默以对。

盖斯夫人不以为意地笑笑，转过头去和东真纪闲聊：“你这次回来是休假吗？能待多久？”

“不是休假，是总司令部调我回来，一些工作上的事情。”东真纪回答。

盖斯夫人又随口问道：“那天狼战队接下来的军事行动你还会参加吗？”

东真纪一怔：“什么军事行动？”

“你不知道吗？”盖斯夫人面上露出些意外，奇道，“不是说接下来要进行‘斩首’行动……”

“夫人！”莫莉突然喝断了盖斯夫人的话。

盖斯夫人和东真纪同时往莫莉身上看了过来，两人神色却截然不同，一个是迷惑和不解，另外一个则是掩饰不住的震惊。

刹那间，莫莉福至心灵，突然就明白了盖斯夫人的用意，她为什么要请东真纪过来，为什么要编造一个子虚乌有的理由，为什么要把话题引到“斩首”行动上去。再往远处想，莱恩为什么会要她来盖斯夫人这里避难，雷奥为什么要将“斩首”行动这样绝密的军事行动泄露给盖斯夫人……

所有的一切，其实是早有谋算！一群玲珑心肝的人拿着设定的剧本演着戏，唯有她是个傻子，全靠本色出演着。

“怎么了？莉莉丝？”盖斯夫人的问题打断了莫莉的思考。

莫莉故意露出恼怒却又不得不苦苦忍耐的模样，沉着脸说道：“盖斯夫人，我还是想见一见贝寒将军，有些话我必须告诉他。”她说着抬头去看对面的东真纪，面露隐忍之色：“东真纪小姐，刚才是我情绪失控了，有些口不择言，请您原谅。”

她越是这样表现，反而越是引得东真纪生疑。

东真纪秀眉微皱，不耐之色已快藏不住：“莉莉丝，我已经说过了，我真的无法帮你，以现在的情形，我不去告发你就已经是看老师的面子了。”

“莉莉丝，东真纪说得没错，你就不要再强人所难了。”盖斯夫人也这般说道。

莫莉难掩失望，默然不语。

东真纪又转头去看盖斯夫人，试图再把话题转回到刚才去：“老师，您刚才是要说‘斩首’行动吗？请问您是怎么知道的？这样的军事机密是绝不可以随意泄露的，是谁告诉您天狼战队要执行这一行动？这是要被送上军事法庭的。”

盖斯夫人先看了看莫莉，才又去看东真纪：“抱歉，我不太了解你们军方的事情，就当我刚才什么也没说过好了。”

盖斯夫人的反应成功地误导了东真纪，使她相信这一切都是莫莉透露给盖斯夫人的。“是莉莉丝告诉您的吗？”东真纪追问，“她还和您说了些什么？”

“我什么也没说！”莫莉急忙辩解道。

“你说了！你告诉老师天狼战队接下来要执行‘斩首’行动！你知不知道，你这样做会害了老师？”东真纪面罩寒霜，气势凛然，“老师是个爱好和平的人，最看不得战争和流血，你把这样血腥的计划告诉她，目的何在？”

“东真纪，莉莉丝没有恶意的。”盖斯夫人插话，替莫莉解释道，“她只是在闲聊的时候提了提这事，也只是为了贝寒将军抱不平，毕竟作战计划都是贝寒将军制订的，而胜利的果实却要任由他人摘取了。战队出发之时，怕是他正在军事法庭上受审，就算天狼战队真的能够偷袭伊诺尔成功，也与他无关了。”

看似无意的解释，而实际上该透露的消息都已经说出去了。

莫莉听着这些话，简直忍不住要为盖斯夫人叫一句好，更深刻意识到盖斯夫人虽然看起来刻薄直接，可其心机头脑却都样样不缺，难怪她怼了军方这么多年，却能一直安然无恙，反而成了有名的社会活动家。

果然，东真纪那里面色微变，已然上当。她心神明显有些不宁，勉强应付道：“这也是没有办法的事情。”

盖斯夫人叹息一声，适时地结束了这个话题：“答应我，东真纪，不要再追究这件事情了，就当刚才我什么也没有说过，我不想自己的无心之举给莉莉丝带去麻烦。”

东真纪心不在焉地点了点头，应承道：“好吧，我听老师的。”

接下来的时光乏善可陈，晚餐结束之后，东真纪也未多做停留，借口还有约会便起身告辞了。

盖斯夫人和莫莉一同送她出门，等大门关上，显示屏上东真纪的身影匆匆消失在街道一端，盖斯夫人才轻声感叹：“东真纪果然已经不是我认识的那个东真纪了。”她转过身来看莫莉，又道，“好了，我的任务完成了，接下来就看你的莱恩长官能不能抓到她的尾巴了。”

莫莉犹豫片刻，还是忍不住问道：“您为什么要帮我们？”

“帮你们？”盖斯夫人挑眉，笑了一笑，摇头道，“不，我帮的不是你们，而是无辜的人。”

第二十三章

缠绵不言

莫莉有些不解。

盖斯夫人看她一眼，淡淡说道：“宴会袭击案死伤了很多人，不只是政客、军人，还有许多社会人士，他们当中有科学家、学者、音乐家，甚至还有被抽中的普通民众。基地沦陷时，天狼战队也死了很多人吧？”

“遇难者三千五百八十一人。”莫莉答道。

“三千五百八十一人……都是风华正茂的年轻人。”盖斯夫人脸上露出怜悯，轻声道，“即便他们都是军人，也不该死于出卖和背叛。”

莫莉心生感动：“盖斯夫人您……”

“不要用这种眼神看我。”盖斯夫人没好气地瞥了她一眼，嫌弃道，“我还是很讨厌军人的，尤其是你们天狼战队，还有那个什么联盟之星，都是些人形武器！”她说着往楼上走，又不忘交代莫莉，“哦，对了，记得把厨房收拾干净，不要使用智能工人，你总不能白白住在我这里。”

“好吧。”莫莉努力弯起唇角，露出一个甜美的微笑，忙又叫住盖斯夫人，问道，“需不需要通知一下莱恩，他会不会不知道我们已经把消息透露给东真纪了？”

盖斯夫人回头，讥诮道："联盟军总司令部的情报处长，会不知道东真纪今天晚上来过我这里吗？你信不信？外面一定有他埋下的眼线，正在全天候地监视着我们的一举一动，你现在打开大门喊一声，没准能喊出好几个人来！"

莫莉尴尬地笑了笑，无言以对。

盖斯夫人扯着嘴角无奈地摇了摇头，继续往楼上走，路过有东真纪的那张合影照片时却停了下来，驻足看了片刻，发出一声低低的叹息。她回头，见莫莉仍站在楼下看自己，不由得皱了皱眉头："还有事？"

莫莉犹豫了一下，试探着问道："真的没有办法可以见贝寒将军一面吗？"

盖斯夫人转过身来，居高临下地打量莫莉，忽地问道："你喜欢他？"

莫莉下意识地想要否认，可对上盖斯夫人那犀利而睿智的目光，已经到了舌尖的谎话却无法说出口来。盖斯夫人微微笑了笑，再一次说道："你喜欢他。"

这一次，不再是疑问。

盖斯夫人饶有兴趣地看着莫莉："实不相瞒，我也托人调查过你。莉莉丝·米尔，现年27岁，五年前由联盟第二舰队选拔进天狼战队，三个月的新训营训练过后，未能通过考核而转为基地勤务人员，因其性格活泼、作风豪放，被称为新训营的大众情人，一向受到男性学员的追捧……这可一点儿也不像你。姑娘，你到底是谁？"

莫莉越听越是心惊，她原以为盖斯夫人与莉莉丝毫无交集，无从得知莉莉丝的为人，便不自觉地放松了警惕，却不想看似尖酸刻薄的盖斯夫人心思竟会如此缜密细腻，轻轻松松就看穿了她的伪装。

莫莉下意识地挺直了脊背，摆出迎敌的姿态，镇定地说道："夫人，每个人都不会是一成不变的，在经历了某些事情，或者在目睹了什么之后，他们可能会变成一个完全陌生的人，就如您的学生东真纪。”

“伶牙俐齿。”盖斯夫人笑笑，似乎并不恼火，“好了，随便你怎么说吧。不过想要见贝寒将军，我怕是无能为力，不如耐心等一下，他很快就要被交还给军方了，到时你可以找军情处长帮忙。对了，不要忘记收拾厨房。”

莫莉有点无语，不过还是点头应下：“好。”

翌日，莱恩那里依旧是没有任何消息。

就在这一天，联盟安全委员会正式将贝寒移交给了军方。媒体对这一过程进行了不间断的直播，通过虚拟屏幕，莫莉眼看着贝寒戴着镣铐从监牢中走出，上了一辆堪比装甲战车的悬浮车，由多辆战车护送至联盟军总司令部，交给了宪兵处。

节目里，各路专家都快吵成一团了。有安全专家对军方接收贝寒的目的提出了质疑，认为他们有可能会袒护他，还有人觉得军方只是想掩盖这个丑闻，更有甚者，猜测贝寒本身就是军方暗中进行的一个邪恶实验，他们有意把改造人的基因与人类基因相混淆，以便得到超能战士。

“贝寒将军很配合嘛，淡定平和，从容不迫，表现得相当体面，难怪你们这些小姑娘会迷恋他。”盖斯夫人罕见地给了贝寒一些正面评价，又好奇地问莫莉，“据说他武力联盟第一，你说他要是想越狱，能不能成功？”

莫莉不禁满头黑线：“我不知道。”

都说贝寒武力值极高，除却她曾在基地训练场上见过一次他与米亚的格斗比赛之外，莫莉却几乎从未见过他动手。

“也有可能是被神化了，实际上并没有那么厉害。”盖斯夫人又道。

“怎么会是神化！”莫莉忍不住替贝寒反驳，“贝寒将军从十六岁夺取了联盟单人无辅助格斗的冠军之后，十三年时间里，参加的正式的格斗对决一共一千一百七十九场，无一败绩。”

盖斯夫人惊讶地看向莫莉，却不是因为贝寒的战绩：“你很了解嘛！”

莫莉自己说完都惊呆了，这些还是在米亚和贝寒格斗前伊诺尔曾对她说过的一段话，不想她竟能记得这样清楚，就像刻入了大脑一般，每个字都是清晰的。她掩饰地笑笑，向盖斯夫人解释道：“这在天狼战队是人人都知道的事情。”

盖斯夫人明显有些不信：“是吗？”

“是的，您知道的，贝寒将军在天狼战队是‘神’一般的存在，所有进入战队的人都会被要求背诵贝寒将军的伟大战绩。”莫莉睁眼说着瞎话，却又怕盖斯夫人再追问什么，赶紧站起身来，借口休息逃回了自己房间。

当天夜里，大概睡到两三点钟的时候，有人突然敲响了她的房门。

莫莉本来睡得就很警醒，几乎在第一声敲门声的时候就惊醒了，她从床上一跃而起，稳了一稳心神才低声问道：“谁？”

“是我。”盖斯夫人的声音从外传来。

莫莉有些诧异，抬手看了看腕表，走近房门却没急于开门，只问道：“盖斯夫人？有什么事情吗？”

“有人找你，莉莉丝。”盖斯夫人回答道。

莫莉这才开门，见盖斯夫人穿着整齐地站在门外，面上神色很是有些古怪，深深打量了她一眼，道：“你跟我下来，有人在楼下等你。”

莫莉愣了愣：“是雷奥上校来了吗？”

这个时候能够来这里找她的，十有八九是来传递消息的雷奥上校了，只不知道是贝寒那里的消息，还是东真纪的。莫莉暗暗思忖着，在门后随手扯了张大披肩裹住自己，急忙从后追了上去。

盖斯夫人没有回答，人却站在楼梯拐弯处等着她，向外侧了侧头，示意她先下楼。

莫莉心生疑惑，脚下不由自主地显出迟疑，往下走了几阶楼梯便停下了，手扶着围栏微微弯腰往下看去，就见客厅当中正站了一人，身穿戎装，笔直挺拔，正是今天刚刚被押送至联盟军总司令部的贝寒将军。

他似是听到了莫莉的脚步声，微微抬头看了过来，待目光落在莫莉身上时，似是被春风拂过，冷意一下子便散去了，只余温和的笑意。

莫莉先是愣怔，随即身体早于大脑做出了反应，她奋不顾身地往楼下冲去，一下子扑到贝寒身上，紧紧地抱住了他。

“贝寒！”她低声欢呼着，尾音里却透出了哽咽。

贝寒轻轻地拥了一下莫莉，下意识地抬头看了眼已经惊在原地的盖斯夫人，面上显露出少许的不自在，紧接着，他却似忽然抛却了一切顾虑，猛地将莫莉从地上抱了起来，紧紧地拥入怀中，低头吻了下去。

情人之间的拥吻，热烈而又缠绵，令人忘却了周遭的一切。

盖斯夫人开始还忍耐着，但等了半天不见他们有结束的意思，只得轻声咳嗽了两声。莱恩吊儿郎当的声音突然从门口处响起，透着隐隐的笑意：“呃……两位，请先暂停一下，好吗？请注意一下影响。”

莫莉率先惊醒过来，这才意识到自己的失态，一时窘得满脸通红，挣扎着从贝寒怀里跳了出来。贝寒倒是镇定自若，先淡淡瞥了莱恩一眼，又转身朝向盖斯夫人，微微欠身致意，道：“盖斯夫人，感谢您对莉莉丝的收留。”

盖斯夫人扬起了下颌，态度冷淡：“我不需要您的感谢。”

贝寒淡淡一笑，不予计较。

莱恩却是哈哈干笑了两声，他从门口走上前来，很是熟稔地和盖斯夫人说道："夫人，可不可以请您发个善心，帮我找些东西来吃？我真是饿透了，从中午直到现在都没有吃过星点东西！"

这明摆着是想支开盖斯夫人，好给贝寒与莫莉创造独处的空当。盖斯夫人又怎么会看不穿莱恩这小小伎俩，她冷眼看了看贝寒与莫莉，这才向着莱恩说道："既然这样，你跟我到厨房去吧。"

"那真是太好了！"莱恩赞道。他跟着盖斯夫人往厨房走，路过贝寒他们身边时，故意停下来咧嘴笑了一笑，低声提醒道："抓紧时间，呃，不论要做什么事情，都尽量快些，现在不是逞英雄的时候。"

贝寒眼睛微眯，面色不善，对着莱恩轻声吐出一个字来："滚。"

莱恩嘿嘿一笑，应道："马上。"

莫莉顾不上理会他们两个的哑谜，只一迭声问贝寒道："他们这是把你放了，是吗？已经抓住东真纪了？她都承认了吗？"

"把你的问题都放一放，先听我说。"贝寒双手捧住莫莉的脸，低头与她额头相触，"我马上就要出征，带领战队前往战区执行'斩首'行动。你暂时留在波斐克，等我回来。"

"我要跟你一起去！"莫莉忙道。

贝寒拒绝："不行，那太危险。"

"可你说过，没有哪里比你的身边更安全！"莫莉不禁有些冲动，急切说道，"你忘记了？上一次你把我留在基地，可结果怎样？基地沦陷，我差点儿被雷奥一枪打死，还被掳往阿德旺斯，再也回不来！"

"这次和那次不同，这里是波斐克，不会轻易沦陷。而且，还有莱恩在这里，他可以保护你。"贝寒解释，停了一停，又凑近了莫莉耳旁，压低声音说道，"听着，莫莉，你要现在跟我走，就只能继续做莉莉丝，可我想要你逃脱这一身份。这是一次机会，莫莉，留下来，听从莱恩的安排。"

莫莉抬头，不解地看向贝寒。

贝寒抚摩她的发丝，轻声道："我已与莱恩商量好，他会趁着这段时间帮你新造一个身份，彻底脱离过去。你不再是莉莉丝，甚至不再是回归岛人莫莉，不用再担心会被送回研究所充当实验品。"

"瞒过所有人？"莫莉问道。

贝寒点头："是的，瞒过所有人。"

"那我怎么才能回到你的身边？"莫莉又问，"换了身份，我怎么再进入战队？"

贝寒不由得微笑，答道："你不用再进入战队，不用再回去我的身边。因为，我会回到你的身边，不再是贝寒将军，而只是你的情人。"

莫莉隐约猜到些什么，却又不敢相信，她抬头看着他，声音忍不住发颤："你是说……你要离开天狼战队？"

"是。"贝寒回答得极为干脆，几乎毫不迟疑，"我的身份已然泄露，继续留在军中只能成为司令官的软肋，这次行动过后，我会制造'阵亡'的假象，借机离开。所以，你不能跟我同去。你留在这里等我回来，到时我们两个一起离开。"

莫莉一时难以决断，咬唇不语，理智告诉她要听从贝寒的安排，不能成为他的拖累，可感情上却有些不受控制，想和他在一起，一时一刻也不要再分开。

"莫莉，不要这样。"贝寒低语，轻啄她的唇，"我会忍不住想要亲你。"

莫莉踮起脚尖迎上前去亲吻他，道："好，我等你。"

两人正缠绵不舍，莱恩和盖斯夫人已从餐厅回来，看到他二人仍亲在一起，莱恩忍不住哀号出声，惊叹道："天啊，你们嘴巴不痛吗？"

莫莉脸皮厚得出奇，根本不理会莱恩，甚至在贝寒直身离开后，仍追上去亲了一下，叮嘱道："要平安回来，答应我！"

莱恩走过来，轻拍贝寒的肩膀，提醒："快走吧，战队已整装待发，只等着他们的指挥官。这里你放心，我会照应着。"

"照顾好她。"贝寒叮嘱，又转头深深地看了莫莉一眼，沉声道，"等我回来。"

"好。"莫莉忍着泪重重点头。

贝寒笑笑，戴好头盔，毅然转身往外走去。人到门口时，盖斯夫人突然出声叫住了他："贝寒将军！"

他停步，回头看过去。

盖斯夫人就站在客厅与餐厅相接的地方，下颌微收，腰背挺直，沉声道："贝寒将军，希望你手握利刃，却能心怀仁慈。"

贝寒默然地看了看她，沉声应道："明白。"

说完，他转身离去，再未回头。

莫莉本能地想追过去，却被莱恩伸手拦下了，他低声道："不要叫他分心，莫莉，这次行动对他意义重大。"

莫莉不解地抬头："莱恩，这到底是怎么回事？"

莱恩回答："东真纪还未伏法，贝寒此刻的身份还是联盟要犯，他是暗中前往前线，带领天狼战队执行任务，总司令部坚持把他带回军事法庭受审就是为着此事，用旁人替换出他，以掩护'斩首'行动的实施。此事干系重大，牵扯到许多人的身家性命，容不得半点闪失。"

"贝寒是被替换出来的？"莫莉愕然，问道，"那他的罪名怎么洗清？即便行动取得胜利，这对他又有什么好处？"

"取得胜利就可以叫他再一次成为联盟英雄，受万人敬仰。还可以制造一个假象，那就是贝寒被捕只是军方故意放出的一个烟幕弹，用以迷惑改造人，这是民众可以接受的理由。"莱恩解释。

“可联盟安委会真的肯放过他吗？”莫莉又问。

“问号姑娘，你的问题真是太多了。”莱恩哭笑不得，他回头看一眼沉默不言的盖斯夫人，收起脸上的嬉笑，正经说道，“夫人，这一次真的非常感谢您的大义，天狼战队、联盟军总司令部包括整个军方，都会记住您的付出。”

盖斯夫人冷声说道：“我既不需要贝寒的感谢，同样，也不需要你们军方的感谢。我所做的一切，皆出自我的良心，出自对联盟的热爱。如果最后事实证明东真纪无辜，而贝寒将军真的是罪魁祸首，我会毫不犹豫地向安委会揭露你们，不仅包括贝寒将军，还有你和你的司令官，即便贝寒将军得胜归来，功勋卓越。”

莱恩狡猾地笑了笑，应道：“这是您的权利。”他看一眼莫莉，又道，“莉莉丝已经在您这里叨扰多日，今天就跟我回去吧。”

盖斯夫人没有立刻回答，反而是转头去看莫莉，询问道：“你要跟他走吗？”

经过这几日的相处，莫莉对盖斯夫人也有了一个了解，这是一个刻薄古板的老太太，却也是一个善良的急公好义之人，她对诸多事情都看不习惯，可同时也对所有的生命都抱有怜悯之心。

莫莉心中虽有不舍，却还是说道：“是的，夫人，我要和莱恩长官离开。”

“好吧，那你多保重。”盖斯夫人点了点头，转身往楼上走，又不忘提醒莫莉道，“哦，记得把披肩留下。”

莫莉愣了愣，有些尴尬地应道：“好。”

她先上楼换好了军装，这才下来跟着莱恩离开，街角停着一辆不起眼的电磁车，莱恩领她上去，将车内温度调高，这才笑道：“小老太太就是这么古怪，还小气得很，其实她很有钱，她丈夫生前可是联盟首富，产业遍及整个银河系。”

莫莉十分意外，想了一想，说道："盖斯夫人是一个好人。"

莱恩笑笑，没说什么。

莫莉又忍不住问道："您还没有回答我之前的问题，就算贝寒能得胜归来，联盟安委会就能放过他吗？"

第二十四章

利益交换

莱恩摇头："联盟安委会当然不肯轻易放过他，这就需要利益交换。我们还要抓住东真纪，拿东真纪来换贝寒的秘密。东隽野刚刚执政，绝不肯让女儿影响自己的声誉，所以，事情到最后的结果，就是双方各自退让一步，达成同一个说辞，那就是所有的一切都是谋划，只是为了取得'斩首'行动的胜利。贝寒将军和改造人、宴会袭击案、基地沦陷都毫无关系，他还是联盟之星、军中利剑。"

这是他与司令官唐纳德所能想到的，解决贝寒身份危机最好的办法。唐纳德在收到联盟安全委员会的基因鉴定结果之后，便意识到贝寒的秘密已无法遮掩，唯有另辟蹊径才能保住他。

"司令员并没有出卖贝寒，没有出卖我们。他在贝寒的逮捕令上签字，不过是为了暂时示弱惑敌。"莱恩说道。

莫莉心中稍定，很快却又有了新的疑问："对了，你们是怎么怀疑到东真纪身上的？"

莱恩闻言瞥了她一眼，似笑非笑地说道："莫莉小姐，您可以怀疑自己的智商，但是请不要怀疑我的智商，可以吗？你都能想到的事情，你来问我为什么会想到？说实话，回到总司令部之后，我就已经想到是东真纪坏事了。"

“所以你是有意叫我去盖斯夫人那里求助，是吗？”

“你说呢？”莱恩反问，“我们要学会利用一切可以利用的人和物。”

这已经等于是回答。

莫莉不理会莱恩的得意，只又问道：“那东真纪现在有动作了吗？我们真的可以找到证据吗？如果我们抓到了她，而联盟安委会不承认又怎么办？”

莱恩答道：“我们已经暗中联系了金女士，她会和我们一起进行抓捕行动。”

这可真是大大出乎莫莉的意料了，金女士联合东真纪抓住了贝寒的致命要害，将他逮捕，现在，她竟然又能转回身来和军方合作，去抓捕东真纪？

许是看出了莫莉的震惊，莱恩不由挑眉笑了一笑，道：“这很难理解吗？政客不都是这样吗？在联盟像金女士这样的政客有很多，他们的立场就是没有立场，他们只讲利弊，不论对错，所有的一切都是进阶的踏脚石。金女士这般，东隽野也如此。”

只讲利弊，不论对错……莫莉不由得沉默。

如果坏人得不到惩罚，那正义公道何在？且不说晚宴上死伤的人，就战队基地沦陷时牺牲的那些战友，他们又该如何告慰？可否定莱恩他们，她又想不到比这更好的解决办法。

莱恩误会了她的沉默：“在担心贝寒吗？”

莫莉摇头，忽地问道：“你要带我去哪里？总司令部吗？”

“不，不回总司令部。我答应贝寒要帮你再换一个身份，换一个和联盟舰队毫无关系的身份。”莱恩笑着看她一眼，又问，“需要做一些小手术，没关系吧？”

改变身份，最先要做的就是改变外貌形体，这样的手术莫莉并不陌生，她在阿德旺斯时就曾经做过一次，还是贝寒带她去的，把她从莫莉变成了“莉莉丝”。

“这一次又要变成谁？”莫莉问。

莱恩正要回答时，耳边的通讯器却突然亮了，他示意莫莉噤声，接通了通讯，听得两句后面色骤喜，急切道：“好，我马上过去。”

莱恩关闭通讯，转头看向莫莉，脸上喜色难抑：“东真纪被抓了！就在联盟执政府官邸弗瑞德姆宫，她从东隽野那里盗取了联盟顶级授权，易容进入通讯室，试图通过星际通讯网络向伊诺尔发送密报时被抓。”

莫莉闻言愣怔，半晌之后才缓缓吐出一口长气来，叹道：“太好了。”

莱恩也显得极为兴奋，说话都有些肆意起来，笑着问莫莉道：“刚才我们说到哪里了？哦，对了，说这一次你要变成谁。由着你选，发色、五官、身高甚至声音，这一次都可以任你自己选择。”

他不知想到了什么，忽地笑了一笑，不怀好意地调笑道：“不向我打听一下贝寒的喜好吗？我想你可以给他一个惊喜。”

莫莉微微皱眉，露出几分不悦，淡淡说道：“不用了，谢谢。”

“你还是太羞涩了，莫莉。”莱恩笑道。

悬浮车早已更改了行驶方向，随着地势的升高，莫莉认出那是通往弗瑞德姆宫的道路，提醒道：“你要带我一同过去吗？这样不大好吧，也许会有人发现我。”

“不会的，你待在车上别下去。”莱恩答道。

因为已快到黎明时分，弗瑞德姆宫又位于郊外，交通很是顺畅，车子沿着盘山道一路上行，路旁黑乎乎的树木在窗外一闪而过，像极了潜伏的怪兽。他们到达弗瑞德姆宫外时，军方和安委会的几辆车子就停在显眼处，几名高级军官站在车外，似是交谈着什么。

“车里待着。”莱恩嘱咐莫莉，自己独自下了车，径直往那边过去，沉声问，“现在什么情况？”

为首那名军官答道：“刚才不小心惊动了执政官，金女士去见执政官了，现在还没出来。”

联盟安全委员会隶属于联盟政府，是其一个分支机构，执政官有权叫金女士前去问话。莱恩点头，又问：“嫌犯呢？”

“也还在里面。”军官答道，他摘下了胸前的一枚金属纽扣交给莱恩，“这是刚才执法的视频。”

莱恩接过纽扣，正欲再问时，正好金女士从弗瑞德姆宫内出来，他转头看过去，唇角上挂了几分吊儿郎当的笑意，扬声问道：“怎么？金女士也要屈服于权势的重压之下了吗？”

金女士笑笑，不以为意：“莱恩长官得了便宜还要卖乖，真是太不厚道。我要是真的把东真纪小姐押出来，你们军方会要吗？”

“为什么不要？”莱恩反问，“不要忘了东真纪小姐可还是军籍，押到军事法庭接受审判合情合理。”

“然后呢？”金女士面露讥诮，瞥了一眼旁边垂手而立的军官，示意莱恩跟着自己到一边说话。她领着他走到最外边的一辆小型悬浮车旁，说道，“东真纪到军事法庭受审自然合情合理，可贝寒将军那里呢？你们军方是否能把他交还给安委会？”

莱恩斜她一眼，手上抛玩着那枚纽扣，似笑非笑地说道：“贝寒将军可没有出卖联盟，没有出卖天狼基地。”

“可他却隐瞒了身份，欺骗了所有人。”金女士勾了勾手指叫莱恩凑近些，把声音压得极低，“莱恩长官，戏演得差不多就够了，执政官已经答应配合你们军方，并下令将贝寒将军的个人资料设为联盟特级机密，期限为百年。这样还不够吗？”

莱恩唇角缓缓扬起，忍不住笑了：“够了。”

金女士轻声嗤笑，站直身体离开莱恩少许，向着他摊开手掌："既然这样，那就成交了。"

"好。"莱恩爽快点头，把纽扣放到另一只手上，伸过右手去与金女士握手。

金女士却避开了他的手掌，淡淡说道："我要执法视频。"

"这个？"莱恩故作惊讶，举高了那枚纽扣给她看，笑着摇了摇头，"怎么可能嘛，给了您我手里可就什么也没有了。"

"不是我要，是执政官。"金女士解释。

莱恩微眯了双眼，笑得如同狐狸一般，不紧不慢地说道："执政官要的是您手里的那一枚吧？"

金女士冷冷看他一眼，收回了手掌："那你就收好吧。"

莱恩笑笑，看了看金女士，又凑过去低声问道："女士，您跟着忙活了这么久，执政官总得对您有点表示吧？"

金女士淡淡说道："现任的联盟安委会主席马上就要到任了，执政官也认为联盟应该有一位女主席出现，以女性特有的韧性和敏感为民众进行更好的服务，更以彰显联盟男女平权工作的成就。"

莱恩扬了扬眉梢，笑道："那就先提前祝贺您了。"

金女士淡然道谢，转身又回了官邸。

莱恩站在原处默默看了一会儿，这才过去吩咐那些军官撤走，自己则又往之前和金女士谈话的车子走过来。莫莉还躲在车内，瞧他开门钻进来，忍不住问道："你们刚才在车外说什么？"

"你猜。"莱恩笑着说。

莫莉想了想，答道："需要背着人说的话，十有八九是上不了台面的交易，你们已经达成了共识，双方互不追究了，是吗？"

莱恩将车子设定好目的地，选择了自动驾驶模式，人放松地往椅背上仰倒过去，长长地吐出一口气来，叹道："还是司令官料得准确，不论是金女士的选择，还是东隽野的反应。这样好了，一场闹剧总算该结束了。”

莫莉干巴巴地扯了扯嘴角，并不见什么喜色。

莱恩转头看她，似是有些诧异：“不觉得高兴吗？”

“高兴。”莫莉回答得言不由衷，她怔怔地望向车外，半晌不见反应，过了一会儿，却忽地转过头来看向莱恩，问道，“就这样算了吗？”

“不然呢？”莱恩反问她。

他明白她的意思，理解她的不甘，可事情能到这一步，已是极为不易。

莫莉愤然道：“基地沦陷，遇难者三千五百八十一人，即便他们都是军人，也不该死于出卖和背叛。”

这是盖斯夫人所说过的话，那些人，那些战友和同伴，他们死于屠杀，死于自己人的出卖和背叛！而现在，罪魁祸首明明已经抓住了，却连点声响都没有就悄悄放掉了，就因为她是执政官的女儿。

“我曾深信，联盟对待她的每一位公民是公正公平的，在这里人人平等。可现在，我才知道，所有的一切不过是政客嘴中美丽的谎言，是用来哄弄欺骗民众的，其实这里既没有公平，也没有公正，就如这外面的夜色一样黑，透不出半点光来！”

莱恩早已收起了脸上的嬉笑，微微沉着脸，抿起了唇。

“莫莉。”他叫她的名字，口气平淡得近乎冷漠，“这个世界上本就没有绝对的公正和平等，不论是在联盟还是改造人的迪沃帝国，只要有人的地方就会产生阶级和特权，社会再怎样进步，也无法彻底消除人的私欲，这是写入人类基因的本能。”

车内一片静寂，良久之后，莫莉用手抹了抹潮湿的脸颊，轻声说道：“抱歉，是我刚才幼稚了。”

莱恩扯了扯嘴角，忽瞅着车外叫道：“看！天要亮了。”

不知什么时候起，东方突然有了光亮，浓黑的夜色被驱散，露出海岸线上连绵起伏的群山。波斐克寒冷的长夜终于结束，新的一天即将来临。莱恩望着车外，叹道：“你看，不论多么寒冷的夜晚，总会有过去的时候，再厚的黑幕，也总有一刻会被光明刺穿。”

莫莉沉默了片刻，轻声应道：“希望如此。”

医院是在一座小小的海岛上，北靠火山，面朝大海，风景多样迷人。风从海面上远道而来，带着湿润踏上细软的沙滩，又低头穿过层层密林，终于感到倦了，在窗外的林荫下缓缓地停住了脚步。

屋内，联盟著名的整形医生乔伊博士已经给莫莉做完了细致的检查，感叹道：“不得不说，上一位医生的技艺十分精湛，在这位女士身上几乎没有留下任何手术痕迹，尤其是面部神经与肌肉匹配得非常好，连她的一些细微表情都相当自然。”

莱恩双手插兜，懒洋洋地倚靠着桌沿，笑道：“怎么？你这是要承认自己不如阿德旺斯一个地下黑诊所里的医生吗？”

乔伊医生闻言微微皱眉：“莱恩，你不用激我，这和打仗不一样，不可以仅凭意气行事。整形这件事情本来就是越到后面越难做，她已经接受过一次手术，不论手术如何成功，都不能避免对肌体的伤害。我再来做第二遍，不仅要重新调整骨骼和肌肉，还要再造神经与肌肉的联系，这更困难。”

莱恩的神色终于渐渐凝重起来，回头看一眼莫莉，又去看乔伊医生：“手术无法做，是吗？”

“可以做，只是做不到全无破绽。”乔伊医生回答得极为坦率，又道，“人体之精密远超世人想象，即便现在技术已经进步，但每一次整形手术仍不可避免地伴随着部分功能的损失，一些细微的面部表情你可能再无法做出，或者做出了也不那么自然。你们若要坚持，我可以为这位女士做手术，但是，绝对达不到现在这样完美。”

“我不需要这样完美。”莫莉突然说道。

乔伊医生闻声看向她，微笑道：“女士，人类对于已拥有的东西往往不会珍惜，唯有在失去之后，才会意识到它的珍贵。”

莫莉反应平淡：“与自由相比，所有的一切都可以抛弃。”

乔伊医生有些意外，转头去看莱恩。

莱恩眉梢微挑，轻轻扯了下嘴角，应和道：“是的，没有什么能比自由更珍贵。”

乔伊医生耸了耸肩示意自己无话可说，沉默了一下，又说道：“我可以违反联盟法律来做这个手术，按照莱恩的要求不做病历，不录入任何系统备案，严守这个秘密。不过，我还是建议你们慎重考虑。或者……”

“或者什么？”莱恩追问。

乔伊医生答道：“或者去找上一次手术的实施者。克洛博士，对吧？阿德旺斯的克洛博士，整个银河系估计只有他能有这样的技术，而且，他更熟悉这位女士的情况。”

眼下联盟与改造人正在打仗，这个时候跑去改造人帝都阿德旺斯去找克洛博士，简直不现实。莫莉沉默了一下，正欲说话，莱恩却抢在她前面开了口，与乔伊医生说道：“好的，我们会慎重考虑您的建议，请让我们商量一下。”

乔伊医生笑了笑：“岛上风景不错，你们可以出去转一转。放心，应我所有客户的要求，任何地方都没有监控设备。”

莱恩点头，带了莫莉出门。

门外便是林荫小道，微风怡人，偶尔会有光线从头顶透过来，落在碎石铺就的路面上，晶莹剔透的石子折射出五彩的光芒。

“莫莉，我觉得乔伊医生的建议可以实现。”莱恩停下脚步，转过身看向莫莉，“你可以暂时人工易容，等贝寒回来之后，再一同前往阿德旺斯寻找克洛博士。”

莱恩所说的“人工易容”，虽比易容机做出来的效果精致许多，却也是无法长时间保持，尤其是面部一些关键特征点很难改变，比如瞳距、虹膜以及五官之间的结构关系，所以，根本无法通过仪器的检验。

莫莉直接拒绝了莱恩的建议：“这太危险。”

“相信我，如果贝寒在这里，他也会这样选择。从长远来看，只有这样做才是最好的选择，毕竟这张脸你以后要长期用下去，留下任何瑕疵都不好。眼下虽然双方正在开战，可越是这样，反而越没有人会去关注阿德旺斯的一名整形医生。再说，贝寒可以装扮成改造人，就像你们上次在阿德旺斯一样。”

“可是我不能。”莫莉说道。改造人大多感官灵敏，远胜联盟人，只通过她的气息，就可以轻易地辨别她的身份。

莱恩笑道：“阿德旺斯有很多来自联盟的奴隶，你的身份很好解释。”

莫莉抿唇，沉默不语。

莱恩看她两眼，又说道：“莫莉，去阿德旺斯还有一个好处，你有机会恢复原本的外貌，也就是重新成为你自己，而在波斐克，这是不可能实现的，这里人多眼杂，我们不能冒这个风险。”

正是这一点说服了莫莉，不管怎样，她心里总还是希望能恢复成原来的自己。“暂时易容，可以骗过联盟的人吗？”

莱恩不禁微笑：“短时间内不会有任何问题，我上次去阿德旺斯交换战俘，就是暂时易容，他们会用针剂彻底改变你的五官形状。”

莫莉又思量了一下，应道：“好吧，我们等贝寒回来，听一听他的意见。”

莱恩最后拍板：“那就先这样！我们先要乔伊医生给你做一个精

细点的易容，能维持到十天以上就够了。”他说着就要去找乔伊医生商议此事，又招呼莫莉道，“你也一起过来，选一个自己喜欢的模样。”

莫莉对相貌没有要求，经过数百年的基因选择，联盟人随便拿一张脸出来都是好看的，没什么好担心的：“你自己去吧，我想在岛上转一转。”

莱恩并未强求，只嘱咐莫莉不要往后山去，以免迷路，自己转而去找乔伊医生。莫莉独自沿着林荫道漫步，走着走着就到了海边。沙滩洁白细软，海水清澈见底，再往远处看，海底的珊瑚礁和各色游鱼甚至隐隐可见。

莫莉在椰树下找了块阴凉地坐了下来，静静地望着天际发呆。不出意外的话，贝寒现在已经回到天狼战队，他将带领战队毫无声息地进入战区，潜往帝国军前线指挥部身后施行“斩首”行动。作战计划她是一直跟进的，莫莉相信此战必胜，几日之后，贝寒将再一次成为联盟的英雄，受万众敬慕。

她无法想象，这样耀眼灼目的他如何面对日后隐姓埋名各处躲藏的生活。

第二十五章

神秘来客

远处码头却又有船只靠岸，是一艘很小的快艇，船头上站了个身材颀长的年轻男子，不等快艇停稳便纵身跳上了栈桥，四下里扫望了一眼，快步往岛上而去。莫莉没多留意，只略略扫了一眼便移开了视线，继续望着海面出神。

“莉莉丝！”莱恩突然从背后叫她，他踩着细沙走过来，随手丢了一瓶饮品给她，笑着问道，“想什么呢？这么认真，喊了你好几声都听不到。”

“看风景啊。”莫莉淡淡答道。

莱恩望了一眼空荡荡的海面，不由笑了笑，正欲说话时，却突然又停下了，只站在那里看着远处不语。莫莉心生疑惑，也跟着转头看过去，就见刚才那个才登岛的男子不知何时竟转了方向，径直往他们这边走了过来。

莱恩警觉地看着来人，不动声色地问道：“你有什么事吗？”

那男子停在了不远处，先看了莱恩一眼，又去看莫莉，微笑着问道：“请问你们是这个岛上的工作人员吗？”

“不是。”莱恩主动替莫莉回答。

“这样啊……”男子露出失望的神色，很快又追问道，“你们也是来找乔伊医生做手术的吗？你们两个是谁要做手术？”

这样追问就有些不礼貌了，莱恩不觉皱眉，面色不善地问道：“阁下是什么人？”

那男人对莱恩的不悦浑然不觉，答道：“哦，我也是来做手术的。我对自己的鼻子不大满意，你们看，就是这个角度，感觉还不够笔挺。”他侧了头，特意把自己的鼻梁亮给莱恩他们看，又道，“听说乔伊医生的技术最好，我专门过来找她，就是不知道她是真有本事，还是浪得虚名，我心里有点没底。我这鼻子已经动过好几次了，可是再经不起胡乱折腾了。”

这人不但没眼色，还有点自来熟。

莱恩有些无语，而莫莉却忍俊不禁，连忙低下了头掩饰自己。

男子还在喋喋不休，莱恩忍不住皱眉，出言打断他：“先生，我们还有些私事要谈，您如果对乔伊医生有疑问，请前去找她，或者去找诊所的工作人员。”

男子愣了一愣，讪讪道：“那好吧，你们聊。”

他一步三回头地离开，面露犹豫之色，终在最后一次回头时忍不住说道：“这位先生，你眉毛不够好。哦，不是说不好看，而是太灵活，真是太灵活了，就像是趴了两条虫子，没有一刻是安分守己的。你应该请乔伊医生给你做个小手术，阻断一些细小的神经，知道吗？一个男人稳重与否，和他的眉毛有很大关系！”

和贝寒的面瘫冰块脸不同，莱恩本就是一个五官精致、表情生动的人，尤其是那一双眉毛长得最好，漆黑修长，神采飞扬，从不想有一日会被人用“虫子”来形容。

莱恩黑了脸，眼看着就要发火。不想那男子非但不惧，反而转过身来，摆开了一副就等着莱恩反驳，然后好跟他辩论的架势。莱恩忍了又忍，这才没有扑过去打人，而只是冷冷说道：“谢谢阁下的建议，我会认真考虑。”

男子有些失望了，不大甘心地回道：“不客气。”

莫莉一直低头忍笑，待那男子走得不见了，这才抬起头来笑着看向莱恩，盯着他的脸庞看。莱恩刚想挑眉，忽却想起男子刚才的话来，忙就板了脸，没好气地问她：“看什么看？没听说过‘眉目灵动’这个词吗？”

莫莉失笑道：“岂止是听过，都亲眼见过呢。”

莱恩沉下脸来假装生气，可眨眼工夫自己却也忍不住笑了：“不知道哪里来的这样的活宝，长这么大竟然都没被人打死，也算是奇迹了。”

莫莉笑笑：“可能人并不坏吧。”

莱恩撇了撇嘴，不置可否。

莫莉问道：“你已经和乔伊医生都商量好了吗？临时易容需要多长时间？什么时候做？”

莱恩渐渐停了笑，似是组织了一下语言，这才说道：“刚才和乔伊医生讨论了一下你的情况，易容就是要遮盖你最为显著的特征，叫他人一眼辨别不出，从而减少被拉去做进一步身份验证的危险。”

“我最显著的特征是什么？”莫莉忍不住问道。

莱恩一时没有回答，只平静地看着她，眼中似有怜悯一闪而过。

莫莉先是疑惑，待反应过来，身体却是不由微微一僵，身高，她最显著的特征就是身高。没有进行过基因优化的她曾是天狼战队最娇小玲珑的那个人，不比修长健美的米亚，就是原本的莉莉丝，也比她要高了两厘米。

她垂下眼帘来，轻声问道：“要把小腿打折了重新拉长，是吗？”

“呃，从视觉上来讲，身高要相差……相差至少五厘米，才会给人以明显的区别。”莱恩尝试着解释，话语却不是那么流利，“加之女性多喜欢穿高跟鞋调节身高，所以身高浮动范围就会更大，而人的身材比例是一定的，小腿断骨再接的极限就是五厘米……”

“长官，”莫莉打断他，平静说道，“请您说简洁些。”

莱恩张了张口，欲言又止。

莫莉翘了翘唇角，露出一个分不清是讥讽还是自嘲的轻笑，又问道：“不只小腿要断骨拉长，大腿也要，是吗？”

“是的。”莱恩低声回答，又道，“同时还有臂展，臂展也要与身高相匹配，不会叫人瞧着怪异。这方面的调整乔伊医生可以保证做到不留痕迹。莫莉，就当一切为了贝寒。”

莫莉沉默半晌，最后也只应道：“好。”

莱恩隐隐松了口气，他伸手去拍莫莉的肩膀以示安慰：“放心，乔伊医生会把你的身材比例调到最好，虽然会吃些苦头，但是一想因此就可以具有超模的完美比例，也不是不可以接受，对不对？”

“当然可以接受。”莫莉自嘲地笑了笑，过了半晌，忽地问道，“你说之前的那个莫莉，她为什么要冒死参加黑洞实验，为什么非要进入天狼战队？”

这个问题莱恩也无法回答。

“我不知道。”他少有地诚实，犹豫了一下，又道，“天狼战队执行行动，前线一旦打起来，总司令部里会很忙乱，我不能离开太久，你就暂时留在这里等贝寒回来，到时他若要离开，也将会来这里做易容。”

莫莉再没有别的话，仍是应“好”。

莱恩忽觉得有点对不起她，或者说是自己辜负了贝寒的重托，可转念一想，这事并不怪他，莫莉的身形摆在这里，要想着以后少被人怀疑，就只能狠下心来承受一些痛苦。纵是贝寒在这里，也无法做出任何改变。

“那我先回去，你一会儿直接去找乔伊医生的助手，她会安排你的食宿。”莱恩又道。

他留了莫莉在海滩上，独自往码头上匆匆走去，身影很快就变成了烈日下的小小星点。

时值正午，海天一色，蓝得浑然一体，头顶偶尔有白云飘过，被风吹向远方。这是和波斐克同一个星球的海岛，闻名遐迩却又隐秘难寻，与波斐克相隔了差不多四分之一个星球，这里的烈日正是那边的夕阳。

莫莉又静静坐了一会儿，这才起身往回走，气温到了一天中最高的时候，肥厚的树冠已无法遮挡阳光的威力，连地面似乎都开始烫脚了。她从漫步到快走，最后是一路小跑着冲入诊所的前厅，清爽的冷气迎面而来，叫她不禁深吸了口气。

“天气真热！是吧？”

旁边有人和她搭话，莫莉转头看过去，一眼就看到了之前在海滩上见到的那个男人。他正坐在休息椅上，直直地看着她，抱怨道：“连地面都是烫的，叫人都忍不住怀疑这岛上的火山是不是要爆发了！”

莫莉尴尬而不失礼貌地向他笑笑，没有接他的话，只去找前台萌萌的智能机器人，问道：“请问乔伊医生的助手在吗？”

“阿曼达已经下班啦，这个时候找她出来，我们老板就要付她加班费啦！有事情您可以和我说，我很聪明的。”机器人模拟的是孩童的声音，故意放慢了语速，听起来软哒哒的，叫人不由自主地面露笑意。

莫莉想了一想，回答：“呃，请问餐厅在哪里？”

“这个我知道！”机器人立刻在显示屏幕上调出了地图来，特意把餐厅位置标了一个大大的红心，又欢快地说道，“从这里走过去只需要三分钟。我还知道今天餐厅的菜谱，建议你尝试一下西红柿炖牛腩，没什么比这个更美味了。哦，这是老板说的，我还没有尝过。”

莫莉听得笑了，点头应它：“好的，谢谢。”

她转身往外走，穿过三面玻璃的走廊，绕过一座竖着天使雕塑的小型喷水池，又经过了几道乱石堆就的拱门，终于找到了那间不大的餐厅。餐厅里人很少，竟只几个工作人员模样的人，聚在相邻的几张小桌上吃饭。

莫莉的闯入立刻吸引了众人的注意，其中一个五十岁左右的女士起身向她走过来，和蔼地问道："莉莉丝是吗？我是阿曼达。"

"是。"莫莉点头，又赶紧解释，"您先用餐，其他的事等您上班后再说。"

阿曼达微笑，道："我先安排您的住处吧，这样您以后可以直接在住所用餐，不需要再来这里。"

莫莉微愣，突然明白过来为什么自己一路行来只能看到工作人员的身影。这个诊所是整形诊所，以其隐蔽性和私密性而闻名，顾客既选择这里，就是想保护隐私，又怎会希望被别人看到自己的模样，不论是术前还是术后。

只除了刚才那个唠唠叨叨的男人。

阿曼达牺牲了午餐时间，亲自带莉莉丝去她的住所。那是悬在海边的一排木屋，每栋屋子都有独立的泳池，用白色的石质池壁与大海相隔，阔大的露台探出屋外，舒适的躺椅被罩在遮阳伞下，在烈日下透着难得的阴凉。

"不要小瞧这个泳池，只要一个开关摁下去，藏在泳池下的机关就可以启动，三十秒的时间，这里就可以变成一个起落场使用。"阿曼达介绍着，面上难掩骄傲之色，"其下配有最先进的星际飞船，采用最先进的能源技术，续航能力可达数千光年，顾客手术恢复之后，可自行离开，随便把飞船寄存在哪个星外基地都可以，我们会自动回收，绝不会叫顾客有任何后顾之忧。"

普通人上岛必须通过码头，那是为着安全起见，可等成为真正的客户，做完手术离开时，却换了另外一种更方便也更隐蔽的方式。如此一来，客户新换的面孔，除却少有的几个工作人员，其余人等一概不会知道。

难怪莱恩会带着她找到这里来。

莫莉在这房子里住下来，等待乔伊医生给她制订具体的手术计划。在这一点上，这里就不如阿德旺斯的克洛博士了，他说做手术立刻动刀，那叫一个干脆利落。又一次术前检查时，莫莉随口提了两句，乔伊医生闻言微微一笑，道："我们是合法的医疗机构，和克洛博士那里不能比的。"

言外之意，克洛博士那里可是非法的医疗机构。莫莉想了一想，觉得这话倒是也不算错，克洛博士那里分明就是一个地下黑诊所。

第三天上午，手术计划终于敲定，根据她的头身比，乔伊医生决定把她的双腿拉长六厘米，臂展也要稍稍增加，力求达到身形完美。

莫莉没什么意见，平静接受。

她这反应叫阿曼达十分不解，为她进行术前准备时还在问她："您自己都没有什么想法吗？不管是什么想法都可以提出来的，乔伊医生很尊重患者的意见。"

"我能有什么想法？"莫莉反问。

阿曼达被她问住了，最后只得笑笑，道："您和您的邻居可真是有天壤之别。卫先生只是修个鼻梁，却提出了一大堆的要求，甚至连检查日都要自己选，说什么要考虑潮汐力对他五官的影响。"

莫莉愣了一愣，这才反应过来阿曼达所说的应该是和她同一天上岛的男子，只是不想他竟然就住在她的隔壁。

"随便他吧，反正浪费的又不是我的钱，只要他付得起费用，他愿意一直在这岛上住下去都没关系。"阿曼达嘴上说个不停，手上也没闲着，很快就把莫莉的四肢都固定在了手术台上，手术部位都已经裸露出来。

莫莉望着头顶上的射灯，恍惚又回到了克洛博士的手术台上，只是这一次，她身边没有了贝寒的陪伴。

他在哪里？进攻开始了吗？

乔伊医生不知何时进了手术室，她看一眼仪器上的各个数据，淡淡说道：“莉莉丝，虽然你这个手术可以使用局部麻醉，但是我建议你进行全麻，这样，你可能会觉得手术时间过得快一些。”

莫莉想了一想，点头应道：“好啊。”

再醒来时天色已黑，莫莉四肢还没知觉，大脑却先行清醒过来。她睁开眼睛看了看，发现自己还在手术室内，乔伊医生已经离开，阿曼达守在一旁，见她醒来柔声安慰：“没事了，手术非常成功。”

“过去多久了？”莫莉问。

上一次在克洛博士那里，她昏迷了四十多个小时，而这一次，她感觉好像过了没有那么久。

果然就听见阿曼达说道：“已经快五个小时了。麻药很快就要失效，我先送你去病房，观察你的疼痛耐受度，如果可以，尽量减少止痛药的使用量，因为它们会妨碍骨头的增长。当然，一切都要以你的感受为准。”

她叫了护士进来，把莫莉往外推，刚出了无菌区，车子差点就撞到一个男人身上，阿曼达忍不住有些恼火，叫道：“卫先生，您到这里来做什么呢？”

“乔伊医生呢？我想找乔伊医生聊一聊我的手术计划。”男人回答。

这声音听起来有些耳熟，莫莉不由睁眼看去，见果然就是她的邻居，那位为着修鼻梁连潮汐力都要考虑进去的卫先生。也是凑巧，卫先生也正在看她，两人视线相触，他竟然还向她笑了一笑，很是热络地问道："感觉怎样？"

莫莉微怔了下，轻声答道："还行。"

阿曼达已然对这位卫先生十分不满："乔伊医生早已经做完手术离开了。卫先生，请您离开这里，您已经影响到了我们的工作。"

"呃，抱歉！"卫先生连忙闪身让开通道，又问阿曼达，"需要我帮忙吗？"

"不用，谢谢。"阿曼达回答，指挥护士推着莫莉往病房走。

病房里的环境要比手术室舒适很多，阿曼达细心交代莫莉："从现在起到未来七十二个小时，是骨细胞的快速生长期，同时，您的皮肤、肌肉和神经等都会被拉长，这将会给您带来痛感，希望您尽量忍耐，如果实在不行，我们再为您进行麻醉。不过，为了您自身着想，还是尽量减少麻醉药的用量比较好。"

莫莉点头，又问道："忍过七十二个小时就可以了，是吗？"

"七十二个小时只是肌体愈合时间，要到完全恢复，您还需要至少三到五天的康复训练。"阿曼达回答，停了一停，又补充道，"毕竟，您这次身高增加了六厘米，你的身体需要时间适应这个差距。"

"我感觉上一次手术没有这么复杂。"莫莉忍不住说道。

阿曼达淡淡一笑："因为您上一次只增高了两厘米，平底鞋和高跟鞋穿起来感觉自然是不一样的。"

这个比喻倒是贴切而巧妙，莫莉不禁笑了一笑。就说话的这会儿工夫，麻药开始失效，她已经能明显感觉到四肢断骨处的疼痛。这痛感从无到有，发展极为迅速，很快就叫莫莉有些受不住了。

病房内冷气明明开得很足，她还是疼出了一身的汗。

"会越来越痛，还是说痛到一定程度就会停止？"莫莉问阿曼达，每一个字都说得艰难无比。

"人对疼痛的忍耐度有一个阈值。"阿曼达回答，她用柔软的纱布轻轻地擦拭莫莉额头上的汗水，不紧不慢地解释，“当超过这个阈值，你就会……”

莫莉吸了口凉气，颤声问道：“会不再觉得痛了吗？”

“哦，不会了，因为你已经痛晕过去了。”阿曼达把冷笑话讲得一本正经，“不过你不可能一直晕下去，当你身体适应了这个疼痛等级，你就会醒来，这个时候，你的耐痛阈值就会提高了，你会保持清醒，直到疼痛再次达到你的阈值。当然，这种循环也不会是无止境的。”

莫莉想笑，可使劲扯了扯嘴角，也没能笑出来。痛感越来越强烈，她全部的精力都用来抵抗疼痛了，已经无暇说话。

“想一想开心的事情。”阿曼达好心提醒她。

开心的事？莫莉努力集中精神去回忆着。

第二十六章

惊天噩耗

之前的二十年是一片空白，她自醒来便在实验室中，每天面对的都是无休止的各种仪器和针剂，一管管的液体被推入她的体内，有时会痛，有时会痒，而更多时候是昏迷。后来，她终于逃离实验室，却进入了天狼战队基地。

新训营对于她来说，不过是另外一个人间地狱，大量的超负荷的训练，格斗场上绝望的厮杀，一次次地重伤倒地。再后来，基地沦陷，她被掳走，被贩卖到阿德旺斯为奴，被贝寒买回，带去克洛博士的地下室里去做手术，从头到脚换成莉莉丝的模样……

有过开心的事吗？当然是有过的，在基地，和米亚他们一起享用晚饭对她来说就是很开心的事情。在阿德旺斯，和希瑞尔相处的每一秒时光，现在回想起来都是快乐的。还有分别时，和贝寒的那个吻。

“莉莉丝？莉莉丝？”阿曼达的声音像是从很远很远的地方传来，“还可以忍受吗？如果实在忍不住了，我可以给你注射止痛药。”

可以忍受吗？

当然可以啊，这有什么不可以忍受的？她又不是第一次感受到这种断骨之痛。阿曼达其实说得并不太对，她并不清楚人晕过去也是会感到疼痛的，那是发自灵魂深处的，叫人无处可逃的痛楚。

莫莉时昏时醒，迷迷糊糊中，似是看到了贝寒的身影，他就站在床前，俯下身来轻抚她的发顶，温柔地叫她的名字："莫莉……"

她想自己一定是疼出幻觉来了，贝寒早已带队出征，此刻远在数千光年之外，怎么可能出现在这里呢？可即便心里是这样明白，莫莉还是忍不住弯唇微笑，轻轻地回应他："我很想你。"

贝寒笑了笑，站在那里静静地看着她。

不知道是有他在的缘故，还是随着时间的逝去，疼痛的程度本来就会越来越轻，慢慢地，莫莉觉得四肢的疼痛也不是那么不能忍受了，可脑子却越发昏沉起来，连睁眼都变得困难无比。

她眯着眼低喃："我好困啊。"

"那就睡一觉。"他温声回她。

她却忍不住笑起来："不能睡，睡着了就看不到你了。"

他又是一阵沉默，良久之后才轻声答她："睡吧，我在这里陪着你。"

"真的吗？"

"真的。"

"你保证。"

"我保证。"

莫莉终于能放下心来，缓缓地合上了眼，又提出最后一个要求："贝寒，你亲我一下，好不好？"

他久久没有回应，就在她快要睡过去的时候，才感到有温热的唇轻轻地落到她的额上。"莫莉，"贝寒的声音轻飘飘的，听起来都有些失真了，"为什么要这样顺从？为什么不学着反抗？"

为什么顺从？难道她可以不顺从吗？

为什么不学着反抗？她又要怎么反抗呢？

莫莉找不到答案。

睡梦中，她似是又回到了最初，从实验室中醒来，进入天狼战队，经历基地沦陷，在阿德旺斯历险……她眼看着那个黑发姑娘重复着自己曾经走过的每一步路，小心翼翼，跌跌撞撞，挣扎着一路向前。

梦中还有贝寒，他一身戎装来向她辞行，说："莫莉，再见！"

她还来不及说什么，他便已转身毫不留恋地离开，爆炸突然在他身后发生，天地都被撼动了，轰鸣声中，漫天的火光将他的身影一点点地吞噬……

"贝寒——"

莫莉大喊，人一下子被惊醒，猛地从床上坐起来。周围没有爆炸，也没有火光，所有的一切不过只是一场梦。也幸好只是一场梦！她这样安慰着自己，一时半刻却还是心悸，无法从刚才的惊慌中脱身，心跳快得都要失去了控制。

"不错，起码手臂恢复得很好。"乔伊医生的声音突然从不远处传来。

莫莉愕然抬头，见乔伊医生就斜靠在门口处，已不知在暗中观察了她多久。她掩饰地低头，避开乔伊医生的视线，待呼吸稍稍平息，这才又抬头看过去，问道："已经过了七十二个小时了，是吗？"

她四肢上用来固定的金属圈俱已除下，想来应该是已经度过了阿曼达所说的术后第一个阶段。

"是的。"乔伊医生点头，补充道，"准确地说，已经距离手术结束八十一个小时，你恢复得比我预想的要慢一些。来，下来走一走吧，你需要尽快适应你的身体，尤其是你的双腿，它需要承重。"

她摁下呼叫铃，叫了阿曼达进来扶莫莉下床走动，临走时，又交代道："你可以试着走回你的住所，虽然还是会痛，但是对你的恢复很有好处。"

莫莉借着阿曼达的帮助缓缓站起身来，先是感到了腿部钝钝的压痛，紧接着就是视角的变化。六厘米的高度差，虽然她也曾经穿过这个高度的高跟鞋，可等这个高度真实地增加到腿上，看到的世界好像都不一样了。

阿曼达扶着她从病房出去，路过大厅外时，忽听得里面传出一阵欢呼声。莫莉不由得停住脚步。见她如此，阿曼达主动出言解释："联盟舰队刚刚打了大胜仗。听说是天狼战队潜入战区偷袭了改造人的前线指挥部，改造人对战场失去控制，联盟舰队趁机反攻了。"

莫莉一怔，顿时大喜："真的？什么时候的事情？"

"就是昨天的事情。"阿曼达显然也很关注这场战争，再加上人又爱说，开了口就有些停不住，"天啊，真的是太意外了，谁能想到天狼战队会突然潜入敌军腹地呢！前一阵子联盟舰队才刚刚爆出丑闻，说贝寒将军竟然是潜伏在联盟的改造人，是他策划了晚宴袭击案，大家当时都是完全惊呆的。不想事情突然就又反转了！这样看来，之前的新闻就是一个巨大的烟幕弹嘛，故意蒙骗改造人的！"

这正是莱恩他们预想的方向！把之前所有发生在贝寒身上的事情，重新赋予它一个合理的解释。

莫莉忍不住微笑，弯起唇角应和阿曼达："还真是这样啊！原来一切都是为这一次偷袭做准备！"

也许是人逢喜事精神爽，她觉得腿上的钝痛也不是那么明显了，竟然自己一路走回到了住处去。这叫陪着她的阿曼达很是惊讶，赞道："太厉害了！照这个进度，也许用不了三天您就可以行动自如了。"

莫莉听了很是高兴，当天下午就跳进了游泳池进行康复锻炼。到第三天上午时，她已经自己走得很轻松，完全不需要再借助任何器械。乔伊医生每天傍晚都会来给她做一次体检，满意地点了点头，道："除却一些高强度的运动还暂时无法承受以外，简单的跑、跳、投掷等动作都没问题了。"

“那我是不是可以离开了？”莫莉忍不住问。

乔伊医生淡淡一笑，临走前说道：“我理解你的心情，不过，最好是等莱恩结完账之后，在这之前，你哪里也不能去。”

阿曼达故意落在后面，小声和莫莉说八卦：“您的邻居，就是那位来修鼻子的卫先生，他前几天突然跑掉了，招呼都没打一声，不但账没有结，连借用的飞船也失踪了，根本没有归还到任何一个星外基地。乔伊医生为此非常生气，已经报警。”

莫莉十分惊讶，那位卫先生虽然没什么眼色，可瞧起来并不像坏人，不想竟能做出这样的事来。“这是什么时候的事？”她忍不住问，“他的鼻梁修好了？”

“咳，连修都还没修呢，就前两天，联盟舰队反攻之前。”阿曼达撇了撇嘴，又道，“乔伊医生也是太大意了，只简单地和朋友通了个视频电话，连押金都没收，就叫他住进来了。谁知道那视频竟然是伪造的呢！这就是一伙骗子，专门为了偷我们的飞船来的！”

想来那飞船应该价值不菲，阿曼达对此事耿耿于怀，莫莉干巴巴地笑笑，一时不知该如何安慰她。

“莱恩先生什么时候来接你？”阿曼达突然问道。

这个问题莫莉还真没法回答，这已经是她来到海岛的第十天，而莱恩一直没有任何消息。她开始猜测他是因为工作繁忙顾不上她，又或是怕被人发现端倪而不敢轻易联系，到后来，她就猜着莱恩可能是在等贝寒战后归来。

阿曼达还在看着她，似是势必要等到她回答才肯罢休。

莫莉后知后觉，这才意识到刚才她跟自己讲那位逃账的卫先生是别有用意，不觉有些尴尬，讪讪道：“应该快了吧，他可能想不到我能恢复得这么快。”

说来也是凑巧，这话说完的第二天上午，莱恩竟然就真的来了。

莫莉正在泳池里，得到消息连衣服都顾不上换，披了条浴巾就往外去迎莱恩，人才登上露台，莱恩已是到了近前。他穿的竟是军装，而且还是作战服，肩头袖口都沾有硝烟的痕迹，看着不是很整洁。

莫莉十分意外，忍不住问道："你去战区了？"

"去了一趟。"莱恩抬手扯松了领口，倚着露台围栏往四下里张望，顾左右而言他，"这里住得还习惯吗？晚上海风会不会有些大？我就不喜欢住海边的房子，海风海浪吵得人难以入睡。"

"我还好吧。"莫莉有意转到他的面前去，追问道，"你去战区做什么？"

莱恩不自然地扯了扯唇角，垂下眼帘，默然不语。

莫莉心中隐生不安之感："莱恩？"

莱恩抬头看她，唇角上虽挂着惯常的笑容，可那双布满血丝的眼睛却出卖了他，疲倦与悲痛深藏在瞳仁之中，浓得化都化不开。"莫莉，我希望你可以保持冷静，先听我把事情说完。"

"是出什么事了吗？"莫莉问，她保持了镇定，可心里却莫名发慌，那日梦中的场景突然在她脑中闪过，阵阵轰鸣宛若响在耳边，"天狼战队的任务完成了吗？贝寒呢？他什么时候可以回来？"

莱恩沉默，过得好一会儿，才开口说道："贝寒出了些意外。"

"什么意外？"莫莉追问。

莱恩答道："'斩首'行动后，不及撤出战场的天狼战队遭到了敌人的疯狂反扑，为保护天狼战队，总司令部命令贝寒撤出主战场。不想返航时，天狼战队却与伊诺尔的近卫军相遇，双方发生激烈交火，战斗中，贝寒的指挥舰与天狼战队主力失散，遭到近卫军围攻，中弹陨落。"

莫莉凝神听着，慢慢从惊慌中镇定下来，她抬目，小心地去观察莱恩的神情，想发现什么可疑的地方。"阵亡"脱身，这是贝寒在临走时就定下的策略，莱恩是真的不知情，还是有意戏弄她？

她一时不敢确定，怕上了莱恩的当，又怕胡乱说话坏了贝寒的事。

瞧她这般，莱恩心中既觉苦涩又觉可笑，甚至冒出念头，就叫她误以为自己是在开玩笑也不错，起码可以不用去面对残酷的现实。可这毕竟不是一个玩笑，残酷的现实就摆在那里，又怎么可以视而不见？

他望着莫莉，慢慢说道："莫莉，我知道贝寒想要借机脱身，这事他从不曾瞒过我，甚至，连计划细节都曾和我商讨过。所以……"

莫莉的心再一次往下沉去，声音不自觉地发颤："所以什么？"

莱恩想给她一个鼓励的微笑，可唇角太沉，怎么努力也无法翘起。"贝寒是真的出事了。我深入战区就是为了参与搜救行动，在那里寻找了他三天，最后只找到了漂浮在太空中的一些战舰残骸。"

"不可能！没有人能够击沉贝寒的战舰。"莫莉想也不想地说道，像是说给莱恩，又像是说给自己，"这一定是他故意安排的，以他的能力，既然要制造'阵亡'的假象，就绝不会留下任何破绽。"

"是伏击。"莱恩解释，"伊诺尔的近卫军突然出现，将战队退路尽数截断，贝寒当即决定由他的指挥舰和警卫队吸引敌军火力，其余部众分头突围，米亚的战斗舰离开最晚，亲眼看到指挥舰中弹炸毁。"

"可她亲眼看到贝寒阵亡了吗？"莫莉不死心地追问。

莱恩抿唇，脸色是罕见的沉重。

莫莉又问："没有？是不是？既然没有亲眼看到，你又怎么能确定这不是贝寒使用的障眼法？"

莱恩默默看她，眼神悲伤，过得片刻，才轻声说道："莫莉，我们找到了尤利安的遗体，就在指挥舰的残骸里。"

莫莉的身体骤然一僵，像是没能听清莱恩的话语，只能问道："什么？莱恩，你说什么？"

莱恩深吸了口气，沉声说道："尤利安死了，贝寒的副官尤利安，他战死了。因为爆炸，他遗体受损严重，可经过基因检测，那就是尤利安。所以，这绝不是贝寒的安排，他不会拿部下的性命去制造什么假象，更不会牺牲尤利安！"

莫莉只觉得脑子一阵阵地发蒙，尤利安死了？那个有着娃娃脸的，笑容像阳光一样灿烂的大男孩竟然死了？这怎么可能呢？贝寒呢？难道他真的阵亡了吗？可他明明说过要她等他回来……

"为什么会这样？"她喃喃自语，呆呆地站了一会儿，忽地转身往屋内走，莱恩忙一把抓住她，问道："莫莉！你做什么？"

莫莉头也不回地答道："我要去找贝寒，一天找不到他，我就不信他真的死了！"

"你要去哪里找？"莱恩又问，难掩急躁，"现在战争还未结束，交战区到处都是危险，你怎么去？去了又有什么用？我在那里找了三天，附近几光年的区域都搜索了，除了残骸什么都没有。"

"没找到那就说明他还没死！"莫莉叫道。

"没找到的不只他一个！当时指挥舰内除了他和尤利安，还有四十名参战人员，我们最后只搜寻到十九个人，有二十一个都找不到了，难道这些人都没死吗？"莱恩情绪也近乎失控，可吼完立刻又觉后悔，他紧紧抓住莫莉不放，放缓了声音，劝道，"莫莉，贝寒若是活着，绝不愿看到你这个样子，请你冷静一下。"

莫莉站着站着，像是突然被抽走了全部的力气，慢慢地跪倒在地板上，她低垂着头，怔怔地看着地面，好半天才又问道："为什么会这样？"

撤退方案是贝寒早就精心设计好的，为此还叫林挚连出几稿计划，只为了更好地修正战队的撤退路线，做到万无一失。为什么还会落入改造人的伏击之中，与帝国军中战斗力最强的近卫军狭路相逢？

到底是哪里出了问题？莫莉想不通。

莱恩却是理解错了她的意思，只道："那里环境恶劣，经常会产生宇宙风暴，他们的遗体一旦被卷入，就如同沙沉大海，很难再留下痕迹，找不到也属正常。莫莉，自从人类步入太空以来，消失在太空中的人已不计其数。"

莫莉漠然不语，强烈炽热的阳光就落在她的身上，却照不进她的心底，冷意从身体的最深处泛起，一点点地蚕食她的身体，所到之处，血肉成冰。

第二十七章

孤注一掷

不知过了多久，莱恩又伸过手去拉莫莉："起来，悲伤不能解决任何问题，打起精神来，莫莉，我们还有很多事情要做。"

莫莉抬眼看他，目露迷茫。

莱恩揉了揉她的发顶，沉声道："贝寒生前最大的愿望就是能让你脱离枷锁，过自己想过的生活。即便是为了他，你也要坚强些，快起来，我们需要尽快离开这里。这里并不安全。"

莫莉反应仍还有些呆滞，似是无法理解他的话语："什么？"

莱恩只得又解释道："总司令部曾截获过一批发往战区的星际信号，经过定位，信号就是从这附近发出的。这说明两件事情，第一，岛上可能有人与改造人有勾结；第二，联盟安委会很快就会调查到这里。无论是哪一件，对你来说都极危险。"

"又要逃吗？"莫莉突然问道。

莱恩微微一怔，一时竟不知如何答复她。

莫莉又问："还能往哪里逃呢？"

贝寒已经死去，她自己又能逃去哪里？

莱恩站在那里居高临下地看她，看着看着，仿佛突然间就失去了全部耐性："莫莉，我告诉你，我理解不了你们所谓的爱情，更不懂贝寒为什么会看上你。我想若不是那该死的基因本能，就你这样的女人，他连看都不会多看你一眼！”

他抬手扒了扒头发，烦躁地来回走了两趟，重又站到莫莉面前，狠声说道：“什么狗屁爱情！如果说爱情就是生死相随，那不如就叫它见鬼去吧！你既不是为了贝寒而生，他也不是为了你而死，你们就是两个不相干的人，机缘巧合同行了一段路，现在遇到变故了，要分开了，就应该潇潇洒洒地放手！懂吗？放手！”

说到后面他已近乎嘶吼，而莫莉却仍只是漠然地看着他，无动于衷。

莱恩突然停下了，冷冷看了莫莉两眼：“莫莉，我对你已仁至义尽，你好自为之吧！”他说完，愤然转身离开，人到门口处却又顿了一顿，头也不回地说道，“不管怎样，都尽快离开这里。”

海边的房子视野都极为开阔，人站在露台上就可以看到远处的码头，过了没一会儿，莱恩的身影就出现在了码头上，沿着栈道走向海边的起落场，那里停靠着他来时驾驶的飞行器。他仿佛察觉到莫莉在看他，又停下身回头看了看，这才弯腰钻进了飞行器内。

那是一艘水陆空三用飞行器，在低空盘旋的姿态就像一只灵巧的海鸟，紧贴着海面滑行出很长一段距离之后，骤然加速往上，直冲云霄。就在它快要钻入云层时，时间似是突然停了一瞬，下一刻，但见光亮一闪，灼目的光芒猛地四射开来……

传到的先是影像，然后才是爆炸所产生的巨响，无数的碎片四射迸溅，在空中划出一道道绚烂的光亮，或消失在空中，或落入大海。

莫莉仍保持着呆坐的姿态，久久没有反应。她听到岛上响起了突兀的尖厉的警报，看到人群往码头聚集，看到救援船舰驶离码头。她觉得大脑里一片空白，而心头上却是从未有过的清明，救不回来了，什么也救不回来了。

贝寒牺牲了，尤利安阵亡了，连莱恩也死于飞船事故……现在，军中知道贝寒真实身份的人都死掉了，只除了她。而她也不过是漏网之鱼而已，原本，她应该是乘坐莱恩的飞行器一同离开，消失在爆炸之中的。

阿曼达不知什么时候跑了过来，惊呼着问她："哦，莉莉丝，那是莱恩的飞行器吗？天啊，怎么会发生这样的事？"

莫莉没有回答，她忽地站起身来往露台边缘疾走，毫不犹豫地摁下了围栏上的那颗红色按钮，轰鸣声中，池底从水中缓缓升起，几乎是一眨眼的工夫，便形成了一个小型的起落场，犹带着水珠的合金板从中间裂开，一艘飞船从中露出头来。

阿曼达果然没有夸张，只看样式，便知这飞船价值不菲。莫莉跑上前，拉开舱门径直钻了进去，不等阿曼达反应过来，便启动了飞船。飞船腾空而起，在低空略略停顿了一下，像是突然就找到了方向，径直冲入了云霄。

为什么要这样顺从？为什么不学着反抗？

她于昏睡中听到的那两句话不停地响在耳边，像尖针一样刺入她的大脑。为什么要逃？还要往哪里逃？既然无路可逃，那为什么不去面对？

她还怕什么？她还有什么好怕？怕死吗？

盖斯夫人再见到莫莉是在晚上，她从一个慈善晚宴上回来，开门的时候瞥到了躲在门边花树后的莫莉。她显然有些意外，习惯性地挑高了眉梢，默默打量了莫莉两眼，然后用肯定的语气说道："莉莉丝，你变高了。"

她没再多问什么，开了门领莫莉进去，仍是拿了一条厚披肩丢给她，解释："还是你上次用过的那条，不过我已经清洗过了。"

莫莉用披肩把自己缓缓裹紧，一时没有说话。

盖斯夫人笑笑，在另一侧的沙发椅中坐下来，与她闲聊起来："刚刚在晚宴上，你猜我看到谁了？联盟安全委员会的金文熙，没错，就是负责贝寒将军案子的那位金女士，她已经宣布竞选本届安委会主席，据说胜算很大。大家还说起贝寒将军来，贝寒将军此次再立功勋，怕是要作为唐纳德司令员的接班人来培养了……"

"贝寒已经阵亡了。"莫莉突然打断了盖斯夫人，冷声说道，"莱恩也死了，就在今天中午，死于飞船爆炸。"

盖斯夫人瞪大了眼睛，似是被惊住了。

莫莉抬眼看她，表情漠然无波："还有，您上次的猜测没错，我的确不是真正的莉莉丝·米尔。我是早已经'被死亡'的回归岛人莫莉，我不只是变高了，为了不让我落入改造人手中，他们还在阿德旺斯改变了我的模样和身份。"

盖斯夫人十分敏锐，盯着莫莉，问道："他们为什么要掩盖你的身份？因为你是回归岛人？"

"不，因为我是'黑洞'实验的唯一幸存者。"莫莉说道。

"黑洞实验？"盖斯夫人秀眉微皱，似有不解。

莫莉解释："军方进行的穿越时空与维度的实验，项目主持人就是曾经来过这里的雷奥上校。所有的人体实验者中，我是唯一一个可以恢复意识的人。这实验太过紧要，以至于军方宁肯消灭我，也不容忍我被改造人俘获，能叫我整容存活，已是贝寒力争的结果。"

盖斯夫人一时沉默，似是在辨别她的真假。

莫莉任由她打量着，问道："您要证据是吗？我的基因就是证据。据我所知，每一个回归岛人的基因都是要录入联盟基因库的，这是执政府和军方都无法抹去的证据。您可以拿我的基因去做比对。"

"不需要再去做基因对比，我相信你说的话。是的，你说的每一句话我都相信。”盖斯夫人突然淡淡一笑，又不紧不慢地问道，“然后呢？你这次来找我的目的是什么？我能帮你做些什么？帮助你逃离波斐克吗？你想要逃去哪里？”

莫莉神色平淡：“夫人，您不用再讽刺我，也不用使用激将法，我来找您是寻求帮助，而不是要逃，是想留下来面对这一切。”

盖斯夫人面上的讥讽慢慢散去，她看着莫莉，郑重问道：“你想做些什么？”

莫莉一字一句地答道：“我要站出来，指控联盟舰队，指控……联盟执政府。”

“指控谁？”盖斯夫人紧追不放。

“指控天狼战队军医东真纪、联盟政府首席执政官东隽野、联盟安全委员会特别调查组组长金文熙以及联盟舰队总司令员唐纳德。”莫莉沉声答道。

盖斯夫人的神色极为凝重：“莫莉，你考虑清楚了吗？你知道自己指控的都是些什么人吗？”

莫莉点头，她自然清楚，她很清楚。

东隽野是联盟议会刚刚选举出来的执政官，年富力强，城府深沉。唐纳德是执掌联盟舰队多年的总司令官，根深叶茂，老谋深算。而金女士不仅是特别调查组组长，还曾任联盟安全委员会高官，绵里藏针，滴水不漏。哪怕是最不起眼的军医东真纪，也是口碑上佳，履历清白。

联盟政权体系中四大巨头，议会、司法、执政府和军方，她同时要与两方势力为敌。

“以你一己之力同时指控执政官和舰队总司令员，即便你是回归岛人，也无异于拿鸡蛋与石头相碰。莫莉，你真的了解所要面临的一切吗？”

“我了解。”莫莉沉声答道。

“因为什么？与贝寒将军的爱情？”盖斯夫人又问道。

莫莉先是沉默，然后轻声答道：“因为不想再做一个胆小鬼，因为不想再做一个任由事情发展却无动于衷的懦夫，因为不想再怨天尤人，不想再畏首畏尾……原因有很多个，就如同我之前选择退缩的借口一样多。”

这是盖斯夫人曾经回答莫莉的话。

“因为我宁可站着去死，也不想再跪着求生。”莫莉从容地看向盖斯夫人，问道，“我不怕了，那么您呢？您怕了吗？”

盖斯夫人一时没有回答，过了好久，才深深地吸了口气，她挺直脊背，微抬下颌，以最高贵的姿态，回答莫莉道：“我先帮你联系好各家媒体，然后陪你前往联盟最高检察院对东隽野、唐纳德等人提起控诉。”

莫莉竭力保持着平静，唇却还是控制不住地颤抖：“谢谢您，盖斯夫人。”

联盟内有影响力的媒体不下数十家，若是再加上改造人帝国的，那就更多了，这其中就有盖斯夫人的产业，而且还不止一家。

首先是联盟每日新闻在早间播报中突然爆出了一条消息，经军方知情人爆料，率队成功执行“斩首”计划，一举击毁帝国军前线指挥部，从而为联盟舰队全线反攻奠定基础的天狼战队指挥官贝寒将军，已在后续战斗中阵亡，而联盟舰队总司令部却不知何故封锁了这个消息。

新闻一经播出，如水泼油锅，顿时激起了巨大的反响。

第二日，军方发言人于波斐克发表讲话，承认贝寒将军已经在战斗中阵亡，为避免军心动荡，总司令部这才暂时封锁了消息，并就此事向联盟全体民众道歉。

随后，联盟每日新闻又出爆炸性消息，称之前联盟安全委员会对贝寒将军的调查确有其事，并非像官方解释的那般只为迷惑改造人。同时，每日新闻又暗示贝寒的死亡绝不简单，极可能是军方为遮掩贝寒身份有意为之。

很快，就另有媒体发现了一个极为蹊跷的事实，与贝寒关系密切的人员竟然在短时间内全部死亡，除去随同他出战的副官尤利安等身边亲信，连与之交好的军情处处长莱恩都突然意外身亡。而且，莱恩的出事地点十分古怪，那里毗邻一个私人岛屿，据相关人士透露，岛屿的所有人是联盟最负盛名的整形医生乔伊博士。

顺着这条线索，很快就有人查出乔伊医生刚刚为一名叫作莉莉丝的女子做了断肢增高术，该女子就是莱恩送去岛上的，出事当天，莱恩也是专程去岛上接该女子离开。

事情发展到这一步，舆情已近沸腾，军方虽多次出面澄清谣言，却根本无济于事。

在民众的压力下，联盟最高检察院成立特别检察组，开始调查联盟舰队军情处长官莱恩意外身亡一事。军方以战中人员不便调动为由请求检方推迟调查，检方退让一步，通知军方先提供相关资料，待战事稍歇再接受进一步调查。

就在此时，已失踪多日的天狼战队指挥部行政秘书莉莉丝·米尔却突然出现在联盟最高检察院，声称自己乃是回归岛人莫莉，受军方胁迫整容变身为莉莉丝，实名指控联盟舰队总司令员唐纳德徇私舞弊，包庇真凶，杀人灭口。

为证实自己的身份，这位回归岛人还在最高检察院外现场采集了自己数份血液样本，分送给不同的权威基因鉴定机构并十几家媒体，并表示愿意接受任何机构的质疑和鉴定。

这事情一出来，几乎整个联盟都要炸锅了。

翌日，联盟舰队再一次召开了记者会，总司令员唐纳德亲自就天狼战队事件发表了讲话，称愿意接受特别检察组的调查。

唐纳德表示贝寒和莱恩的死亡给联盟舰队带来了不可估量的损失，身为他们曾经的教官，他自己也十分痛心。但是，这不该被别有用心的人利用，成为打击联盟舰队，进而打击整个联盟的手段，联盟与改造人的战争已进入紧要关头，联盟上下应团结一心，共同抗敌。

莫莉把唐纳德的讲话从头听到了尾，最后忍不住低声骂道："无耻至极。"

盖斯夫人毕竟年长，经历的事情比莫莉多了许多，闻言不由得笑了一笑："更无耻的恐怕还在后面。"

"是的。"盖斯夫人聘请的律师在旁点头附和，又道，"莫莉小姐只有自己作为人证，除此之外，没有其他强有力的证据。这种情况下，军方只要能证实莫莉小姐品行有失，那么她的证言可信度将大打折扣。"

他说着又去看莫莉，问道："请您再回忆一下在天狼战队时的所有经历，是否有能被军方抓住的破绽？如若有，还请您如实向我们陈述，以便提前制定应对策略。"

莫莉在天狼战队基地里满打满算待了不足三个月，每日里疲于应付训练，真顾不上再去扯其他闲事。她想了一想，摇头道："我没做过什么出格的事，除却受身体条件所限成绩不好之外，没受过别的处分。"

律师缓缓点头："这样就好。"

旁边的盖斯夫人却似突然想到了什么，问道："我记得你曾说过和伊诺尔关系密切？"

莫莉微怔，相对于其他新训人员来说，她与伊诺尔的确可以称得上关系密切了。可是，这也仅限于朋友关系。"伊诺尔曾经是我们的组长，由于我是回归岛人，他对我有些照顾，至于其他关系，我认为没有。”

盖斯夫人转头看向律师，询问道：“会不会有问题？”

那律师却是问莫莉：“在天狼战队时，除了和伊诺尔关系不错之外，您还有其他朋友吗？”

“有。当时同小组的人都处得不错，米亚、肖泽恩两个，还有……”莫莉说话微顿，稍显迟疑，“还有林挚，和他也算朋友。”

“林挚？前执政官的儿子吗？”律师追问。

莫莉点头：“是的。”

律师转头与盖斯夫人说道：“这个人对我们很有用。”

别说莫莉一时不解，就是盖斯夫人也目露疑惑，奇道：“为什么？”

律师微笑，解释道：“林执政官虽然已经退下来了，但是其根基尚存，这一方势力如果利用得当，至少可以成为牵制东隽野的力量，令其不敢擅动，如此一来，我们扳倒唐纳德也能稍轻松一些。”

这是律师团在一开始就制定好的策略。

即便盖斯夫人是联盟首富，握有强大的商业帝国，可只凭一己之力也无法同时对抗执政府与军方两大巨头，同时指控东隽野和唐纳德两人，除了能促使他们缔结联盟之外，别无好处。所以，律师团经过研究讨论，决定先向着破绽更多的唐纳德动手，搞掉了他，再图东隽野。

他们说服了莫莉，只先向联盟检察院指控唐纳德一人。

“可以联系上林挚吗？目前他在哪里？”律师又问莫莉，“能否说服他和我们合作？”

莫莉却是沉默，过了一会儿，才说道：“林挚一直留在天狼战队，我离开的时候，他已经调任指挥部作战室主任。按照之前林执政官部属与唐纳德的约定，他会在军中崛起，作为林执政官受伤隐退的弥补。”

这可实在不是一个好消息。

第二十八章

幕后真凶

贝寒眼下已经阵亡，身为作战室主任的林挚极可能已经实际掌控了天狼战队，再加之与唐纳德的约定，恐怕天狼战队的下一任指挥官就是他了。这个时候，按照正常思维，林挚都不会为了友情和正义站出来与唐纳德决裂。

“我们从长计议。”盖斯夫人安慰莫莉。

“有些可惜了。”律师语带惋惜，却也没有再继续纠缠这个问题，把关注点重新放回到伊诺尔身上，问莫莉道，“您确定和伊诺尔没有除却队友之外的关系，是吗？”

“没有。”莫莉回答。

“其他人也这样认为吗？”律师又问。

莫莉沉默了一下，摇头道：“我不知道。”

律师与盖斯夫人对视一眼，提醒道：“我想军方极可能会从伊诺尔这里入手，对莫莉小姐进行攻击。通过质疑受害者的品行，来达到转移焦点引导舆论的目的，此举虽然无耻，但是往往极为有效。”

“质疑受害者的品行？”莫莉不解。

“是的。”律师耐心解释，“舆论可以给予我们强有力的支持，同样，也能给我们以严重的伤害。你是控诉人，但是稍有不慎，就可能被推上舆论的被告席，在那里，你若不能证实自己完美无瑕，他们就会认为你没有权力追求公正。”

律师的担心果然没错，很快，联盟舰队打着配合特检组调查的旗号，公布了莫莉的详细履历。紧接着，她在天狼战队新训营的成绩以及人际关系网也被媒体爆了出来，除却那些惨不忍睹的课业成绩，最引人注目的就是“伊诺尔”这个名字。

众所周知，伊诺尔不仅仅是改造人帝国的第二皇子，还是帝国军的前线指挥官，此次天狼战队潜入战区执行“斩首”行动，伊诺尔生死不明，至今尚无下落。

又有小道消息称莫莉在新训营时与伊诺尔关系密切，已有多位知情人士透露说伊诺尔曾追求过莫莉。再联系两者的身份，回归岛人对改造人确实有着天然的吸引力，此爆料很快就得到了许多人的认可。

于是，就有人猜测莫莉突然挺身而出指控总司令员唐纳德，极可能不是为贝寒将军及莱恩处长打抱不平，而是别有用心。

舆论的焦点，很快就从军方转移到了莫莉自身上。

随后，联盟舰队主动把莫莉在新训营时的队友，现任天狼战队作战室主任林挚、作战室参谋肖泽恩、特别行动队队员米亚调回波斐克，协助特别检察组的调查。此消息一出，似乎更印证了之前的爆料，莫莉与伊诺尔的关系绝不简单。

所有的一切，几乎都在往律师预测的方向发展着。

“你暂时无须解释，也不能解释。”盖斯夫人分析道，她收起了平日里的刻薄，眼中蕴藏着智慧的光芒，“要知道解释越多，留给对手的破绽就会越多，他们希望你发声，盼着你不理智，从而寻找每一个可以打击你的机会。莫莉，你要坚强，尤其是精神上。”

贝寒的仇还没有报，凶手们还光鲜耀眼着，她怎么可以不坚强？怎么可以倒下去！莫莉淡淡微笑，道：“他们太低估我了，从不知道我到底能有多坚强。”

律师显然考虑得要更多：“因着利害关系，林挚虽不能为我们所用，但同样，他的证词对唐纳德的意义也不大，最关键的反而是肖泽恩和米亚两个小人物。莫莉小姐，您确定他们不会被军方收买吗？”

莫莉垂目不语，过得片刻，坚定说道：“我相信他们两个的人品。”

她和他们曾是生死相托的战友，她不信肖泽恩和米亚会为了利益背叛她，尤其是米亚，那样疾恶如仇的性格，如果知道贝寒死于无耻的出卖，她绝不会坐视不理。

正说着话，管家从外面进来禀报说有位姓林的军官前来拜访莫莉小姐。

“林？不会是林挚吧？”盖斯夫人奇道。

莫莉迅速地把自己认识的人过了一遍，确定自己除了林挚之外并不认识其他姓林的人。“应该是林挚。”她答道。

盖斯夫人不禁挑了挑眉梢，感叹道：“刚刚还说起他，他竟然就到了，还真是巧。这位林公子也算是个能人，竟然能够找到这里来。”

早在莫莉正式向检察院指控军方以前，盖斯夫人便带着她搬离了市区的公寓，换到了这个隐蔽而安全的庄园里，连无孔不入的媒体都还没能找到这里，不想林挚竟然就找来了。

律师建议道：“莫莉小姐，您最好能见林挚一面，看看他什么态度。”

其实纵使他不说，莫莉也是要见林挚的，林挚和莱恩不一样，他曾随队出征，贝寒到底是如何出事的，他应该更清楚些。

“我去见他。”她起身往外走。

“莫莉。”盖斯夫人突然叫住她，提醒道，“要小心，这家伙虽然有花花公子的名头，却不容小觑。早年间，我曾和他打过两次交道，其心思之缜密、城府之深沉，远超同龄人，绝非平庸之辈。”

莫莉点了点头，应道：“明白。”

她跟着仆人去会客室，走到门口时不由自主地停了一停，深深地吸了口气，这才走了进去，一眼就看到了站在落地窗前的挺拔男子。他穿一身黑色军装，头发剪得极短，一道突兀的伤疤从额头而起，斜斜掠过眉峰，直延伸进鬓角里，给英武的面庞平添了几分匪气。

正是多日不见的林挚。

他听到动静也正好转头看过来，目光落到莫莉身上，先是微微一怔，随后便翘起了唇角，吊儿郎当地笑起来。“嘿，好像突然长高了不少。”

莫莉没说话，只盯着他的额头看。

林挚下意识地抬手，摸了摸额头的伤疤，又笑了笑，问道：“怎么样？是不是很酷？我觉得挺添气势的，就没叫他们修复疤痕，特意又剪短了头发来配它。”

“怎么受的伤？”莫莉问他。

“这回执行完任务返程的时候，”林挚回过身来，浑不在意地解释道，“本来进行得挺顺利，谁知道返程的时候和伊诺尔手下的近卫军迎头撞上了，他们人多势众，又刚发了疯，死咬着指挥舰打，明摆着不惜任何代价也要把指挥舰留下。贝寒看透了他们的目的，下令战舰联队和特别行动队先行突围，指挥舰和警卫队则留下来吸引近卫军火力。”

他说的，和之前莱恩了解到的情况都一一对上了。

莫莉垂了眼帘，指尖有点不受控制地轻抖，不需任何描述，她就可以想象到当时战斗的惨烈。

林挚停了下来，看她两眼，默默走上前来，从衣兜里掏出手帕递了过去。

莫莉这才发觉自己竟不知何时已泪流满面。她接过手帕盖住眼睛，仰起头待了好一会儿，只待眼中的泪水都憋了回去，才哑声问道：“他有没有留下什么话？”

林挚诚实地摇了摇头：“不知道。我当时任第二指挥官，在另外一艘战舰上，负责带领战队主力突围。”

莫莉再无他话，她将手帕从眼前拿开，冷静问道：“你来找我有什么事？”

林挚垂目看她，道：“我想知道我所关心的事，宴会袭击案到底是谁策划的？到底是不是贝寒？”

莫莉一时没有回答，只嘲弄地笑了笑，反问他道：“我说的，你都相信吗？”

林挚绷紧了唇角，忽地抬手握住了莫莉双肩将她拉扯到近前，微微提拎着，冷声道：“看着我，莫莉。”

莫莉依言抬头，平静地看向他。

林挚盯着她的眼睛，一字一句地答道：“告诉我，宴会袭击案到底是谁策划的？”

“东真纪。”莫莉突然说道，她迎着林挚的目光，神色冷漠，“策划宴会袭击案的是东真纪，帮助伊诺尔潜入战队、导致基地沦陷的也是东真纪，贝寒只是牺牲品，东真纪陷害他、诬告他，唐纳德利用他、出卖他。当权者通过一场肮脏的交易，让犯罪者逍遥法外，无辜者命丧战场。”

林挚瞳仁紧缩，半晌没有反应。

莫莉微微冷笑：“这就是所有的真相。”

林挚缓缓松开了莫莉的肩膀，低着头往后退了两步，重新倚靠到玻璃窗前，沉默着，似是在消化这些消息。他与东真纪自幼相识，青梅竹马，长大后虽无男女之情，却也相交颇深，无论如何也不敢相信她竟能做出这样的事情来。

“她为什么要这样做？”林挚怔怔说道，似是在问莫莉，又像是在问自己。

莫莉想了一想，反问他道：“她曾经是盖斯夫人的学生，你知道吗？”

“她不只是盖斯夫人的学生，她读书的时候还曾经很同情改造人。”林挚扯了扯唇角，笑容苦涩，“可联盟像她这样的人很多，大多出身良好，生活优渥，最喜欢悲天悯人，贩卖爱心，可他们不过是为了显示自己的与众不同，谁也不会真的为了改造人出卖自己的同胞。”

他停了一会儿，突然又抬头看莫莉：“你并没有指控东真纪。”

“是的，没有。”莫莉坦然承认。

“为什么？”林挚又问。

因为同时指控唐纳德和东隽野胜算更小，因为唐纳德破绽更多，因为真正导致贝寒死亡的是唐纳德的背叛与出卖，因为她恨唐纳德更多一些。

“因为证据不足。”莫莉回答，她又问林挚，“怎样？我说的，你肯相信吗？”

这一次，林挚没有回答。

莫莉嘲弄地勾了勾唇角。

“莫莉，”林挚突然叫她，说道，“没有证据可以表明战队的失利是唐纳德的出卖。伊诺尔的前线指挥部被击毁之后，整个战区都陷入了混乱，帝国军各自为战，疯狂反扑，战情很复杂，我们与近卫军的相遇纯属意外。”

“只是看起来的意外。”莫莉冷冷说道，“而实际上，贝寒的阵亡、莱恩的事故，没有一个是意外的。”

“这一切都是你的猜测、你的臆断！如果贝寒真是被唐纳德出卖，身为军情处长的莱恩会毫无察觉，并被一场小小的‘事故’夺去生命？你可知道他是什么人？那样一个狡诈如狐的男人，又掌控军情处多年，就连唐纳德都要忌惮他三分，他会看不破唐纳德的阴谋吗？如果那个阴谋真的存在的话。”

“你想说明什么？”莫莉冷声问道。

林挚神色冷峻，语气凝重：“如果莱恩真的是死于意外，那么贝寒也就真的只是阵亡。而如果莱恩的死不是意外，或者说他可能压根儿就没死，那说明你将要面对的敌人无比强大，连莱恩都要以‘死’避之。你与之为敌，毫无胜算。明白吗？”

“我明白，所以呢？就要认输放弃吗？就要狼狈逃走苟且为生吗？”莫莉质问。

林挚答不上来。他静静地看着她，无法回答她的问题。良久之后，他才轻轻地叹了口气，露出一丝无奈的笑容，道：“莫莉，你是一名真正的勇者。”

莫莉僵硬地弯了弯唇角：“谢谢。”

林挚笑笑，忽然警惕地望了望门口，走到莫莉近前，有意压低了声音：“盖斯夫人是一位商人，商人的本质是追逐利益，她不会无缘无故地帮你。你知道她为什么要同情改造人？因为她每年有近半的利润都来自英仙座旋臂！”

这是莫莉所不知道的，她抬眼去看林挚，目露疑色。

林挚淡淡苦笑，又道：“别忘了，我的父亲曾是联盟执政官。莫莉，不要被人利用。”

“指控唐纳德是我自己的决定，和盖斯夫人没有任何关系。”莫莉默了一默，又道，“就算是她利用我也理所应当，毕竟她给了我帮助。”

林挚正要再说，房门被人从外推开，管家出现在门口，恭声说道：“莫莉小姐，夫人请您留下林挚先生一同吃午餐。”

林挚弯唇，抬手亲昵地替莫莉理了理鬓角的碎发，低声说道：“仔细想一想我说的话，也许你会改变主意。”

他说完，往后退了两步，这才抬头看向那管家，漫不经心地笑了一笑：“替我谢谢盖斯夫人，不过午餐就先免了，我刚刚回到波斐克，还有许多事情要去处理，待回头再专门来拜访盖斯夫人。”

“先告辞了。”他提步往外走，路过莫莉身边时脚步微停，忽地伸手将莫莉拽到身前，不顾她的惊愕，低头在她额头重重亲了一下，“多保重，我的姑娘！”

“林挚！”莫莉叫住他，迟疑了一下，还是说道，“你并不相信我。”

林挚挑眉，向她笑了一笑：“不，我相信你，相信你说的每一句话。不过，却无法相信你所信任的人。不论是从前，还是现在。”

这话挺绕嘴，可莫莉却听明白了。

盖斯夫人还在书房里等她，并未问她都和林挚谈了些什么内容，只是提醒道：“我们已与林挚阵营不同，他所追求的是找出导致他父亲重伤失智的真凶，而这个和唐纳德并无太大关系，相反，唐纳德现在还是林挚在军中攀升的强大助力。”

莫莉点头：“我知道。”

盖斯夫人再没多说什么。

翌日，联盟最高检察院又请莫莉过去配合调查，问题还是以前的那几个，不过又细致了许多，比如从研究中心换到天狼战队时是否受到了胁迫，在新训营是否遭到过欺凌，和队友的关系是否融洽，是否萌生过离开基地的想法等……

这些问题，莫莉认为没有必要撒谎，都如实进行了回答。

谈话结束时已近傍晚，她由律师和保镖簇拥着从检察院出来，正好在大厅内和米亚、肖泽恩两人碰到了。他们应该也都是刚刚被问询完毕，两人都是一身军装，英武挺拔，走在大厅里极为醒目。

米亚先看到了莫莉，面色骤变，高声喊了她一声，试图过来时却被身旁的肖泽恩拉住了。他面无表情地看了一眼莫莉，强行拉着米亚从另外一个出口匆匆往外走。莫莉愣了一愣，不顾身侧保镖的阻拦，快步追上前去，终于在门外台阶上赶上了他们。

“米亚！”她忙大叫，几步冲过去，挡在了他们身前。

谁知米亚看到她并未惊喜，眼中反而冒着怒火，问道：“莫莉，你怎么能做出这样的事？”

莫莉被她问得怔住：“米亚……”

“莫莉你真是太愚蠢了，你在被人利用，你知道吗？”米亚说话极为难听，指责她道，“盖斯夫人是什么人？她巴不得把联盟舰队搞臭，好给改造人创造机会，你怎么能跟她搞到一起去？她到底给了你什么好处？”

“米亚！”肖泽恩喝住了米亚。

莫莉双唇微微开合，却是一个字也说不出来。

原来不只林挚一个人怀疑盖斯夫人在利用她攻击联盟舰队，连米亚与肖泽恩也这样认为，甚至，整个天狼战队，甚至整个联盟舰队的人可能都会这样想。

米亚甩开了肖泽恩的手，往莫莉面前逼近一步，继续说道：“贝寒将军本来是一位英雄，是联盟最伟大的特战指挥官，他的功绩应该被刻入纪念碑，供世人敬仰！可你都做了些什么？你诬陷他是改造人，说他被人利用，说他的死亡是一场阴谋！你叫他身后再无荣光，只有无尽的诽谤与诋毁！莫莉，你算什么东西？你凭什么可以这样做！”

“闭嘴！米亚！”肖泽恩再次喝断米亚的话，强行把她拉到了身后。他抬眼看莫莉，犹豫了一下，还是解释道，“抱歉，米亚有些冲动。”

“我没冲动！”米亚怒道。

肖泽恩使劲挟制着米亚，不肯叫她从身后挣脱出来：“对不起，莫莉。”他再一次向莫莉道歉。

莫莉想微笑着说没关系，可那三个字太沉重，哽在喉咙间，怎么努力也无法说出口。她低头，好一会儿才能控制住自己的泪水，只哑声问道：“米亚，他们说你亲眼看到指挥舰中弹炸毁，是吗？”

米亚不肯答她，别着脸连看都不愿看她一眼。

律师已从后面赶过来，指挥着保镖上前保护莫莉，又小声提醒道：“莫莉小姐，我们该离开了。”

莫莉没有理会他，推开了挡在身前的保镖，上前又去问米亚：“告诉我，你是不是真的亲眼看到指挥舰被炸毁？”

肖泽恩轻轻地拉了拉米亚，示意她回答莫莉的问话。米亚这才冷眼看过来，答道：“是的，我亲眼看到的。当时战队主力已经突围，指挥舰带领警卫队一同往鹰状星云方向撤退，就在快要进入风暴边缘的时候，指挥舰被高能粒子炮击中。”

高能粒子，那个曾叫莉莉丝“灰飞烟灭”的东西……莫莉竭力保持着平静，可颤抖的声音却泄露了她的内心：“他真的死了，是吗？”

米亚皱了皱眉头：“指挥舰全体指战人员壮烈牺牲。”她停了一停，又朗声道，“莫莉，你不要以你的浅薄眼光来判断这一切，贝寒将军他们的牺牲虽然很可惜可叹，但是绝不可悲，对于军人来说，战死沙场是种荣誉！你懂不懂？”

第二十九章

众叛亲离

莫莉如同呆滞，默默站在那里，半晌没有反应。

“莫莉？”一直沉默的肖泽恩突然发声，目光中隐隐透出担心。

莫莉反应有些迟钝，迟了片刻才抬起头来看他，她咧开嘴角向他艰难地笑了笑，却是没再说什么，只转过身行尸走肉一般地离开。保镖们连忙追上去，簇拥住她，护送她走向盖斯夫人的悬浮车。

“蠢货！愚蠢至极！”米亚忍不住低声咒骂，低头间见肖泽恩的手还紧紧地攥着自己的手腕，立时又觉火大，用力甩开了他，恨恨道，“用不着拦我，放心吧，为了战队的声誉，无论我心里多么想去打死她，我也会控制住的。”

肖泽恩没有再去拉她，他将手插入裤袋，站在那里冷冷地看了她两眼，忽地扯起唇角讥诮地笑了一笑，一言不发地转身往台阶下走去。

米亚一时愣住，有些反应不过来，他虽然一向待人冷漠，寡言少语，可对她却还从来没有过这样的举动。待回过神来，米亚更觉恼怒，几步追了上去，怒问道：“肖泽恩！你这是什么意思？”

肖泽恩不理她，只是继续往前走。

米亚彻底怒了，压着火气一路跟着他到无人处，突然从后摁住肖泽恩的肩膀，手腕猛地发力，一翻一转间就把他的手臂反了过来：

“我叫你说话！”

肖泽恩并不挣扎，只是回头侧目，冷声问道：“说什么？你想要我说什么？”

米亚被他问得一噎，竟不知该如何回答，梗了梗脖子，强横说道：“你刚才那是什么眼神？你是不是也想挨揍了？你别以为我去了特别行动队就离你远了，收拾不了你。我告诉你肖泽恩，你最好别惹我。”

肖泽恩低低地嗤笑了一声，突然没头没脑地说道：“米亚，你才是真正的愚蠢。”

“什么？”米亚一愣，怀疑自己听错了话。

肖泽恩回头看她，目露不屑：“我说你才是真正的愚蠢，如果说莫莉只是笨的话，那你就是愚蠢，不但蠢，还自以为是！”

他从来没有对她说过这样的重话。

米亚先是愣怔，随即就愤怒地涨红了脸。“肖泽恩！”她从牙缝里挤出几个字来，“你是不是想找死？”

“你除了会使用武力，什么时候能用一用你的大脑？”肖泽恩冷笑着问。

米亚闻言气急，抬脚狠狠踹去，一下子把肖泽恩踹出去了足有七八米远，怒道：“要揍你，我还用不着大脑，不信你就试试！”

她本就力大，这一脚又踹得极重，肖泽恩嘴角边上立刻流出了血来。米亚见状，不免又有些心软，一时停下了手，只不屑道：“弱鸡！就凭你这点战斗力，还敢跟我较劲，纯属是自找罪受！”

肖泽恩抿着唇角，只是微微冷笑，他手捂着腹部，艰难地从地上爬起来，也不理会米亚，只转身继续往前走。

米亚又是生气又是着急，强忍着火气问他道：“你要去哪里？”

肖泽恩根本不理她，米亚咬了咬牙，在后面跟了过去，解释道：“我根本没有说莫莉的坏话，他们问我什么，我就回答什么，实话实说而已。当时组长，哦不，是伊诺尔，伊诺尔那浑蛋确实和莫莉走得很近，还曾经给她补课，不只是我，连莉莉丝都看出来了，所以她才会在那天晚上假扮成莫莉的模样，代替她死了！”

肖泽恩冷冷地斜了米亚一眼，依旧漠然不语。

米亚气道：“你又瞪我做什么？我哪里说错了？难道连实话实说也不行，非要撒谎替她隐瞒吗？”

肖泽恩终于停了下来，转过身冷漠地打量米亚，道：“同样的事实，经过不同的叙述，完全可以产生截然相反的结论，米亚，你没那么傻，你心里知道你是带着怎样的情绪去接受问询的。你已经在心里给莫莉定了罪，所说的一切都不过是用来支持你的结论而已！”

“你！”米亚被他呛住，恼羞至极，愤愤道，“肖泽恩，那你告诉我该怎么回答？怎么回答才算公正客观，不带个人偏好？”

“当时和伊诺尔走得近的不只莫莉一个，我们整个小组的人都觉得伊诺尔不错，你不是也一直把‘组长大人’挂在嘴边吗？伊诺尔善于维护人际关系，他和谁相处得都很好。而莫莉由于身份特殊，几乎所有的人都格外注意她，对她示好的也不只伊诺尔一个，包括林挚，包括……”

话未说完，却突然戛然而止，肖泽恩冷冷地看了米亚一眼，别过了头。

他一向沉默寡言，很少像今天这样一口气说这么多话。米亚看着他，竟觉得他有些陌生，觉得他不知什么时候起突然就变了，再不是那个默默跟在她身后，无论她说什么都面无表情地去做的肖泽恩。

“肖泽恩，你……”米亚瞪着他，心中像是突然坍塌了一角，空缺处竟隐隐生出不安来，“对她示好的还有你，是吗？你也喜欢莫莉，是不是？”

肖泽恩先是惊愕，随即怒而失笑，他看向米亚的眼神一点点地变冷，自嘲道："真正愚蠢的人，不是你，是我自己。"

他转身离开，头也不回地离开，再没看米亚一眼。

波斐克已经开始进入冬季，夜色降临得越发迅速，仿佛一眨眼的工夫，天色就黑透了。肖泽恩因和米亚闹气，没有乘坐军方提供的悬浮车，只闷着头往前走，待头脑冷静下来，才发觉自己竟不知何时远离了大道，走到了一条僻静的小路上。

前后都无行人，只后面街角处有辆暗色的悬浮车刚刚停下，里面的人却没有下来，不知在做些什么。

肖泽恩眉头微皱，低头略略思量了一下，忽然转身又往回走，与那辆悬浮车相错而过。约莫走了半个街区之后，他再次回头，就见那车果然从后面无声地跟了上来。肖泽恩微微冷笑，索性停下了脚步，站在那里等着那辆车。

车子悄无声息地贴上来，车门打开，从内冲出几个戴着面具的人来，将肖泽恩几条退路都封住了。

"上车来谈吧。"车里有人说道。

肖泽恩面无表情地瞥了瞥散在四周的面具人，没做任何犹豫，弯腰钻进了悬浮车内。车子不小，里面极宽阔，却是空无一人。

"请坐吧。"扬声器里又传来之前的那个声音。

肖泽恩依言在椅中坐下，对面这才显出一个虚拟的人像来，也如同外面的那些人一般戴着面具，不肯露出真容。"你是聪明人，我们就不要废话了，直接步入正题，好吧？"面具人说道。

肖泽恩冷冷地看着他，没有回应。

面具人只得自顾自地说下去："我本来想杀了你。"

"你不能杀我，再死人，就没法用'意外'解释了。"肖泽恩突然接道。

面具人稍显意外，问道："你知道我是谁？"

“难道我不该知道吗？”肖泽恩反问。

“以你的智商，应该能猜到。”面具人缓缓点头，又道，“你很聪明，也很有前途。”

“就照你刚刚说的，我们还是不要废话了。”肖泽恩淡淡说道。

面具人停了片刻，这才不紧不慢地说道：“上个月，金女士奉命带领特别调查组前往天狼战队休假地调查贝寒一案，就在结束调查的前一天晚上，调查组居住的招待所突发火灾，金女士等人死里逃生。事后经调查，结论却是供电线路老化引起的自燃。肖泽恩，你相信这个结论吗？”

肖泽恩面不改色，说道：“事件的调查人是天狼战队作战室主任，现在的战队代理指挥官林挚中校。”

“无论是谁，在指挥官贝寒的有意庇护下，也只能得出这个结论。”面具人观察了一下肖泽恩的反应，才又继续说下去，“其实作案者并不高明，真正聪明的是跟在作案者后面抹除证据的人，只可惜这个世界上根本就没有不为人知的秘密。有些痕迹，是无论如何也擦不干净的。”

“是吗？”肖泽恩不动声色地反问。

“是的，只要你有足够高的权限，所有的一切都会将有迹可循。你看，这就是科技进步带来的影响。”面具人笑了笑，又道，“按照联盟舰队法规，纵火犯会被开除军籍并处以十年以上监禁，情节恶劣或造成巨大影响的，可视情节加重惩罚。肖泽恩，你说米亚那样性格的姑娘，消除她的战斗力，可以在星外监狱坚持多久？一年，两年，还是五年？她能坚持到十年以上吗？”

肖泽恩端坐在那里，冷漠地看着面前的虚拟人像，沉默不语。

“据我所知，你之前的人生轨迹几乎是在追寻着那位姑娘的脚步，那么现在呢？你会选择挽救她、追随她，还是舍弃她？”面具人问。

“这个世界上根本就没有不为人知的秘密。”肖泽恩突然说道。

面具人一怔：“什么？”

“有些痕迹，是无论如何也擦不干净的。这是你刚才说过的话。”肖泽恩面无表情，冰冷的声音不见起伏，“早晚有一天，你的那些阴暗的、无法见光的东西会大白于天下。”

车内一片死寂，过了许久，面具人才突兀地笑了两声：“你简直叫我不知道该怎么把谈话继续下去。”

“不用再继续了，你的意思我已经明白。”肖泽恩冷声说道，他站起身来，居高临下地看着那虚拟的面具人，“我接受你的要挟，但是，这样的事情只有一次，同一个筹码，只能使用一会儿。”

许是没想到他会如此干脆利落，面具人都有些反应不过来，看他片刻，这才叹道：“肖泽恩，你思维之敏捷、决断之果敢都极为出色，这些都是成为一名指挥官不可或缺的品质。相信我，只要假以时日，你一定可以成为比贝寒还要优秀的指挥官。”

“谢谢。”肖泽恩讥诮地扯了扯唇角，又道，“我已经接受了要挟，拒绝再接受任何收买。”

他没等面具人的反应，直接起身离开了悬浮车。

车外寒风凛冽，仿佛一瞬间就能把人冻透，波斐克的夜晚愈加寒冷了。

即便是裹着毯子坐在壁炉前，莫莉仍感到了无处不在的森森寒意。手边的矮桌上摆着盖斯夫人送过来的晚餐，几乎还原封不动，原本热气腾腾的奶茶早已冷却下来，在表面上凝结出一层厚厚的油脂，腻得人心烦。

莫莉觉得脑子很乱，可有时又觉得是白茫茫一片空白，叫她什么也抓不住。

米亚的确暴跳如雷，却不是因为贝寒被出卖，而是认为她污化了贝塞的名声。贝塞原本可以作为一个英雄而死去，他制订了“斩首”计划，又完美地执行了计划，最后再为着战队主力突围牺牲了自我。

这样一个连死都死得最适合的联盟英雄，她却站出来说他真的是改造人，戳破了他一直隐藏着的身份，然后告诉大家说这位掌握着联盟最精锐的天狼战队，为联盟立下赫赫战功的将军并不是阵亡牺牲，而是被联盟舰队所抛弃和出卖。

即便最终她真的求得了公正，贝塞也将再不是人们心目中的那颗联盟之星了。

真的是她错了吗？

门外响起了轻缓的敲门声，久久没有得到回应之后，门外人似是终于耐不住性子，加大了力度，敲得门板“咚咚”作响。

莫莉从沉思中惊醒，这才意识到有人敲门，连忙应声道：“请进。”

推门进来的是盖斯夫人，她先扫了一眼桌上的晚餐，这才又去看莫莉，问道：“不合口味吗？”

莫莉忙摇头：“不是。”

“那就是没胃口了。”盖斯夫人笑了笑，又道，“今天在检察院外的事情我已经听律师说了，需要聊一聊吗？”

莫莉犹豫了一下，让着盖斯夫人在一旁坐下，她先给盖斯夫人倒了一杯茶，端过来后，这才迟疑着问道：“夫人，您有没有感到特别迷茫的时候？看不清未来，分不清对错，无论前进还是后退，都心生惶惶。”

“被所有的人质疑，同时也怀疑所有的人。没有什么人是可以叫你相信的，包括自己，是吗？”盖斯夫人微笑着问。

莫莉点了点头，诚实地答道：“是。”

“有啊，我当然有过这样的迷茫。”盖斯夫人扬眉，又问道，“那又怎样？就停在原地不动了吗？等着别人给你解答，等着有人来握住你的手，引领你走过迷茫吗？莫莉，没有人是天生的强者，同样，也没有人是天生的弱者。泥泞之中，你只要能蹚出一条路来，那你就是强者。”

“您为什么要帮我？”莫莉突然问道。

“帮你？”盖斯夫人笑着摇头，从容说道，“坦白说，我可不只是为了帮你，不过，我也并不像米亚说的是为了搞垮联盟舰队，甚至搞垮联盟。莫莉，我是一个商人，一个讨厌战争的商人，我希望联盟和改造人可以和平友好地共存，整个银河系的商贸活动可以畅通繁荣。因此，我也有自己的政治诉求，有支持的党派，更希望支持的党派可以主政执政府。”

“所以，我可以帮您打击异己，是吗？”莫莉又问。

盖斯夫人答道：“敌人的敌人就是朋友，我想你应该明白这个道理。”

“感谢您对我如此坦诚。”莫莉表现得很平静，仿佛早已经预料到了这一切。

“我希望我们可以坦诚相待，这是一切合作成功的基础。”盖斯夫人对莫莉的反应很满意，又道，“好了，如果你觉得自己现在不是那么迷茫了，那么我们可以往下聊一聊正事，从米亚和肖泽恩今天的反应来看，米亚的证词将会对你十分不利，肖泽恩好像还好一些，他好像知道些什么。”

肖泽恩当然知道些什么，贝寒化身希瑞尔去阿德旺斯救她时，就是肖泽恩假扮贝寒在指挥天狼战队，他甚至还指挥了战俘营救行动。以他的聪明，一定可以猜出贝寒当时离开的原因。

莫莉说道：“肖泽恩可能猜到了贝寒的真实身份，贝寒离开战队的那段时间，就是他在代替贝寒工作，当时对外声称他一直在接受单独审查，事情是莱恩安排的，不知道是否还能查到痕迹。”

盖斯夫人闻言大感兴趣："这很关键，这是证据链中至关重要的一环，它可以印证你的一些话，比如贝寒就是希瑞尔，他曾经潜入阿德旺斯营救你和雷奥。"

听到雷奥的名字，莫莉突然想起些事情来："雷奥也知道是贝寒救的他，能不能找他……"

"死心吧，雷奥不会做出有利于你的证词的。"盖斯夫人打断了莫莉，言语有些刻薄，"一个能毫不犹豫向你开枪的人，你还指望着他会帮你吗？我和你说，莫莉，我们老家有句谚语——帮你的一直会帮你，而害你的总会害你。"

莫莉无法辩驳，她永远也无法忘记基地沦陷时射向"莫莉"的那道粒子光束。她原本是早该死了的。也许，她如果在当时就那样死掉了，就不会有后面这许多的事情了。贝寒不会再冒险去救她，也不会因此泄露了身份，不会被出卖，不会战死……

盖斯夫人察觉到了莫莉情绪的变化，试探着唤道："莫莉？"

莫莉猛然回神，抱歉地笑了笑："您的谚语很精辟。"

第三十章

当面对质

“你累了。”盖斯夫人打算结束谈话，从沙发上站起身来，“早些休息吧，明天就要召开质证会，到时你可能要面临更多的困难和挑战，尤其是米亚，她曾经是你的挚友，现在却遭人蒙蔽，对你误会很深，希望你能有足够的心理准备，不论她说出什么样的话来都能保持冷静和理智。”

莫莉应道：“我明白。”

盖斯夫人又瞥了一眼矮桌上的餐盘，问道：“真的一点都吃不下吗？”

莫莉苦笑着摇了摇头：“不觉得饿。”

“既然不饿那就不要吃，这是身体的语言，它告诉你最好不要吃。”盖斯夫人径直上前将餐盘端了起来，“我把它拿出去，热一下明天早上再吃。人类所有的战争归根结底都是对资源的争夺，无论物质多么丰富，节俭都是人类的美德。哦，记得早点儿关灯，这有助于你尽快入眠。”

她说着，在莫莉的目瞪口呆中，将晚餐端了出去。

盖斯夫人是个言出必行的人，第二天早上，莫莉的早餐果然就是前一天的晚餐，只又加了一枚煎蛋。

“早上应该吃得丰盛一些。”盖斯夫人主动解释道。

莫莉干巴巴地扯了扯唇角，默默地将面前的食物吃了个干净。

律师一早就到了，正在客厅里等着，准备陪同莫莉一起前去联盟最高检察院参加质证会。他是一个风趣的人，见到莫莉后并未嘱咐什么注意事项，只趁着盖斯夫人不注意的时候，小声问道：“早餐吃饱了吗？”

莫莉被他问得一怔，不知他是何用意。

律师向她眨了眨眼睛，压低声音说道：“不知道你是什么情况，反正我在盖斯夫人这里就从来没有吃饱过，一次都没有！”

莫莉觉察到了他的好意，虽有些心不在焉，却仍向他笑了一笑，回应道：“今天的早餐有一枚煎蛋。”

“哦？煎蛋？”律师夸张地睁大了眼睛，感叹道，“那可真是太丰盛了。”

几人上了悬浮车往波斐克市区去，车子一进入检察院所在的街区，交通立显拥堵，不仅街面上的车辆满满当当，就连空中的几条公共交通路线都比往日繁华些。

“是各个媒体的记者们和前来旁听的联盟民众。”律师解释，停下来小心地瞥了一眼莫莉，又补充道，“还可能有一些隐藏的改造人，听说改造人也很关注此案，有消息称帝国的皇帝都曾问过近侍对此案的看法。”

这一次的质证会不同于以往的单独问询，凡是与此案相关的证人证物都会在这个质证会上出现，经由双方质辩，其真实性、合法性将会得到辨别和确认，一旦检察院认定指控人的证据足以支持他的指控，那么检方将会取代指控人的角色，向联盟法院提起检控。

如此一来，唐纳德首先就会被停职，以接受检方的调查。

可以说，今天的这场质证，是决定莫莉的指控是否成立，联盟舰队总司令员唐纳德是否会得到审判的至关重要的一步。

检察院外面早已被各色人等堵得水泄不通，若不是有众多警卫人员疏导，莫莉他们的车子都要开不进去。悬浮车刚一停下，就有无数的小报记者涌了上来，几乎把临时架起的防护栏冲倒了。

车子的隔音效果极好，把外界的一切纷杂都挡在了外面，透过深色的车窗，莫莉看到了一张张隐含着兴奋与猎奇的面孔，没有人在意真相，他们感兴趣的只是那些隐秘的、刺激的、曲折的故事。

“准备好了吗？”盖斯夫人突然问道。

莫莉点了点头，不由自主地握紧了拳头。

“不要听，不要看，不要回答任何问题！”盖斯夫人又道，说完，她毅然而然地摁下了车门打开按钮。自动车门无声地滑向两边，声浪如潮水般涌来，瞬间将人淹没。莫莉埋下头，咬牙走了出去。

“莫莉小姐，请问您是被军方强迫参与实验的吗？”

“莫莉小姐，请问您为什么要进入天狼战队？”

“……请问您为什么会在这个时候站出来指控联盟舰队？您是否有什么别的考量？”

“请问您和贝寒将军是否有过亲密接触？”

不同的问题从不同的人口中问出来，莫莉一概不予理会，只由保镖护卫着往检察院内快步走去。

检察院大门外有着重兵把守，再经过层层安检之后，混乱的人群终于被挡在了外面。质证会允许媒体采访，却要求媒体有相应的资质，如此一来，就把绝大部分的媒体挡在了外面，能进入质证大厅的记者，几乎个个都有来头。

盖斯夫人也是证人之一，需要去指定的场所等待，所以不能一直陪在莫莉身边。临分别前，她盯着莫莉的眼睛，再一次嘱咐道：“不管遇到什么情况，一定要冷静。记住，永远不要叫情绪控制你的大脑。”

莫莉用力地点了点头，由律师陪同着，径直进入了质证大厅。

那是一个与普通法庭布局类似的房间，却要大了许多，可以容纳数百人的旁听席上已是满满当当，座无虚席。再往前，获得直播权的数十家媒体已经架好了自己的数据采集探头，他们将对质证过程进行现场直播并配以场外点评，把信号实时传输到银河系内的每一个人类聚居地。

包括，改造人的帝都阿德旺斯。

皇帝陛下的办公室内，侍卫官将播放器的频道调好之后便恭敬地退了下去，只留皇帝与第二皇子两人在内。皇帝陛下淡淡地撩起眼皮扫了一眼虚拟屏，冷声问儿子道：“就是这个姑娘吗？”

伊诺尔垂手立在父亲的办公桌前，闻言不敢应声。

画面刚刚换到控诉人席上，媒体镜头掠过律师，直接给了莫莉一个大大的特写，高精度的全息影像真实无比，连脸颊上细微的绒毛都几乎清晰可见，仿佛她本人就坐在眼前一样。

皇帝陛下讥诮地扯了下唇角：“前线指挥部尽毁，数十万军队陷入混乱，损失惨重。在整个帝国都认为前线指挥官已经阵亡牺牲，要为他举行国葬的时候，他却又完好无损地跑回来了。原来身为前线指挥官的他竟然擅离职守，跑去敌人后方偷偷地瞧一个姑娘。”

伊诺尔满面羞愧，无言以对。

“伊诺尔，你太令我失望了。帝国数万将士牺牲生命才换来的战场优势，就这样被你葬送了。”

“父亲……”伊诺尔欲言又止，迟疑过后，还是决定为自己解释一下，“我去波斐克并非是为莫莉。”

皇帝陛下抬了抬眉毛，却没说什么。

伊诺尔非常熟悉父亲的习惯，很清楚这个小动作代表着不悦以及怀疑，可事到如今，再无别的更好的办法来挽回他的失误。“而是想亲自去确认一下贝寒一案到底是真是假，莫莉那里最好下手。”他试探着说道。

皇帝陛下的视线终于从桌案上抬起，落到了伊诺尔的脸上。

伊诺尔强迫自己平静与父亲对视，等了好久不见皇帝陛下发话，只得硬着头皮继续说下去：“我知道在我之前，您和母亲还曾生育过一个孩子……”

“那个孩子已经死掉了。”皇帝陛下突然打断他的话，声音波澜不惊，听不出什么喜怒来，“我不知道你从哪里听来的传言，又听说了些什么，可那个孩子，在你之前的那个孩子，他显露了某些基因，按照帝国的传统，他被放生了。”

帝国所谓的“放生”，其实就是抛弃。

改造人是经过改造的人类，是人类尝试用动物基因来推进人类进化的实验品，而事实证明这种强行进化是失败的，他们的基因传承极不稳定，有些人生出来会带有异能，而有一些，却被生成了怪物。怪物会遭抛弃，正常的婴儿才会被抚养长大，这是改造人的传统，就连帝国的皇帝陛下也不例外。

伊诺尔张了张嘴，试图再说些什么，可待看到皇帝陛下锐利的眼神，最终还是选择了放弃，只垂首承认错误：“是我鲁莽了。”

皇帝陛下的眼神略有缓和，又看了伊诺尔两眼，淡淡说道：“出去吧。”

伊诺尔小心地退了出去，出了门才不由暗暗松了口气，他转身往外走，没几步就迎面碰到了皇帝陛下的秘书长。此人是皇帝陛下极为信任的心腹，伊诺尔对其一向谦和，见状先停下了脚步，稍稍往旁侧让了一让。

秘书长步履匆匆，可见到伊诺尔这般，还是赶紧停了下来，微微欠身致意："伊诺尔殿下。"

伊诺尔浅浅微笑："您这是刚刚从战区回来？"

"是的。"秘书长态度恭敬。

"所有的搜救工作都已经结束了吗？"伊诺尔又随口问道。

秘书长似是迟疑了一下："应该已经结束了。"

伊诺尔敏锐地觉察到了他的异样，不过却没表示什么，只又客气笑道："一直想向您表达谢意，苦于寻不到机会。现在您回来了，那就好办多了。父亲正在里面，您先进去吧，待得了空闲，我再过去叨扰您。"

前线指挥部被天狼战队摧毁后，整个战区陷入混乱，秘书长受命带领精悍部队深入前线搜救帝国将领，彼时伊诺尔刚刚得到消息从波斐克赶回战区，若不是遇到了秘书长，虽然不至于殒命沙场，但回来得绝不会如此顺利。

秘书长有点受宠若惊，忙道："职责所在，不足挂齿，您太客气了。"

伊诺尔没再说什么，只笑了笑。

秘书长又向他欠了欠身，这才疾步往皇帝陛下办公室走去。

伊诺尔一时未动，若有所思地盯着秘书长的背影，直等到办公室的房门重又闭合，这才收回了视线，转身继续往外而来。他的侍卫官已在这次袭击中阵亡，大门口候着的是个新人，虽然年轻，却也精明强干，尤其擅长察言观色，瞧着伊诺尔神色似是在思考什么，并未立刻迎上来打招呼，只默默地跟在了后面。

伊诺尔走着走着突然就停住了，侧头问身后的侍卫官："最后一个被救回阿德旺斯的将军是谁？"

侍卫官略一思量，答道："沈和泽将军。"

此一役帝国损失惨重，无数将星陨落，重伤的更多，只送回阿德旺斯医治的就有十几个。这事不算秘密，每救回一位重伤将军，帝国报纸都会大肆报道一番。

“什么时候被送回来的？”伊诺尔又问。

“三天前。”侍卫官回答。

在最后一名将军得到救援之后，身为皇帝陛下最信任的军务处秘书长又亲自带队在危险混乱的战区搜救了整整三天……到底是什么人值得他这样付出？伊诺尔一时沉默下来，心中隐隐有个猜测在冒头。

侍卫官偷偷打量着伊诺尔，有些猜不透皇子殿下的心思，可他们就这样停在这里，已引起了旁边卫兵的注意。他犹豫了一下，小心地提醒伊诺尔：“殿下？”

伊诺尔猛然回神，下意识地扫了一眼不远处的卫兵，这才提步前行，径直往自己的私邸走，待他回到书房打开新闻频道，联盟的质证会已经进行过半，莫莉在天狼战队的队友米亚正在做证言陈诉。

“……我不清楚莫莉对许辰宇，哦，不，是对伊诺尔的态度，但是伊诺尔对莫莉感兴趣是队里都知道的事情。不过，”米亚转头往莫莉站的地方看了看，迟疑了一下，解释道，“因为莫莉的身份，队里很多人都对莫莉有好感，比如林挚，尼科，还有……肖泽恩。”

莫莉惊愕地睁大了眼，一时有些搞不懂米亚说这话是有心还是无心，这样的解释，看似在替她洗白与伊诺尔的关系，但同时，也会叫林挚和肖泽恩的证言受到影响，一旦他们两个做出偏向她的证言，对方完全就可以抓住这一点进行攻击。

在米亚后面出庭的是一名军医，曾在新训部医疗室工作。他的证词非常简单，只叙述了一件事情。

“在独立日假期的最后那个晚上，伊诺尔送莫莉到医疗室，当时莫莉已经陷入昏迷，身上只裹着浴袍，脖颈部有清晰的吻痕，诊断结果是过度疲劳引起的发烧昏迷，送进治疗舱两个小时后清醒，也是伊诺尔送她回了宿舍。”

随着这位军医的叙述，旁听席上已有人窃窃私语，落到莫莉身上的目光各异。

莫莉涨红了脸，想要出言反驳实际情况根本不是那么回事，却又意识到这样做毫无用处，军医的叙述没有任何破绽，无论她如何解释，都无法阻挡人们丰富的想象。哪怕她厚着脸皮说出实情，那吻痕是贝寒留给她的，人们也不会相信。

莫莉紧紧地抿起唇角，一言不发。

接下来出现的是肖泽恩，他冷静自若地回答了检察官的几个问题，可当检察官问到他是否有代替贝寒指挥了战俘营救行动时，他却沉默了下来。

“肖泽恩，请你如实回答，在天狼战队基地遇袭沦陷之后，你是否易容成贝寒将军，并代替他指挥了战俘营救行动？”检察官再一次问道。

这个问题十分关键。

莫莉曾指出是贝寒假扮希瑞尔潜入改造人帝都阿德旺斯营救她和雷奥，那贝寒不在天狼战队的这段时间，必然要有另外一个人来替代他执行军务。如果肖泽恩承认就是他在替代贝寒，那么反推回去就可以印证莫莉的话，贝寒假扮了改造人希瑞尔，贝寒身上具有改造人的基因。

再推导下去，联盟安全委员会对贝寒的调查并不是烟幕弹，同样，他的阵亡也极可能另有隐情。

全场一片静默，数百双眼睛都盯在了肖泽恩身上，等着他的回答。

肖泽恩垂下了眼帘，答道：“没有。”

场中先是寂静，随后就“哄”的一声嘈杂起来。

莫莉不敢置信地盯着肖泽恩，僵滞片刻后猛地站起身来，失控地向着证人席怒声喊道："肖泽恩，你撒谎！莱恩亲口和我说过，贝寒去阿德旺斯救我的那段时间，是你假扮他指挥着天狼战队！"

现场一片混乱，检察官不耐地敲了敲法槌，高声警告道："请肃静！指控人请保持冷静。"

律师连忙将莫莉拉回到座位上，死死地拽住她，低声提醒道："莫莉小姐，请你保持冷静！冷静！永远不要让情绪控制你的大脑！"

这是盖斯夫人在开庭前反复叮嘱过她的话！莫莉咬牙，停下了挣扎。

检察官把目光重新投向肖泽恩，又问道："那段时间你在哪里？在做什么？"

肖泽恩一直没有抬头，声音平淡，不见丝毫起伏："在被隔离，接受单独审查。基地沦陷后，我驾驶敌军的战斗舰出逃，并计算出了战队主力的航行路线，从而得救，莱恩长官当时对此表示了怀疑，延长了我的审查期。"

撒谎！他在撒谎！莫莉心底在狂喊。

检察官又看向莫莉这边，只问律师道："控方还有其他问题要问吗？"

事到如今，很显然肖泽恩已经被军方收买了，以他的智商，无论再问他什么对于莫莉都有害无益。律师站起身来，回答道："没……"

莫莉却突然抬手止住了律师的话，她冷声说道："我还有。"

律师微微弯下腰来，试图对她进行劝解："请您保持理智，他显然有备而来。"

莫莉没有理会他，只扶着桌子站起身来看向肖泽恩，竭力压制着声音里的颤抖，说道："泽恩，贝寒死了，尤利安死了，莱恩也死了，他们都死了。我不知道接下来死掉的会是谁，可能是我，也可能是你，毕竟真正涉及这个秘密的人只还有你和我活着。我没有怕过死，从来没有怕过。我只怕自己死了也不能为他们求来一个公道！那么你呢？泽恩，你告诉我，你为的是什么？怕的又是什么？”

对面被控席上，代替联盟舰队总司令员唐纳德出席质证会的军方代表突然站起身来，高声叫道：“我反对这样的提问，反对指控人询问证人与本案无关的问题。”

肖泽恩低垂着眼帘，一直没有回应，直到被卫士带出质证大厅。

莫莉缓缓地坐倒在椅子上，仿佛耗尽了所有的力气。哪怕林挚作为证人出场，她都无动于衷，肖泽恩都已如此，比他更圆滑、与唐纳德利害关系更密切的林挚，又能做出什么样的证词？莫莉低垂着头，唇角上漾起丝丝冷笑，心中一片哀凉。

第三十一章

宁折不弯

“莫莉不喜欢伊诺尔。”

林挚的话像是一枚鱼雷击入深海，片刻过后，才在人群中引发出反响。他前面的话都中规中矩，冷静客观地叙述着莫莉在新训部的表现，不想在被问到莫莉与伊诺尔的关系时，他突然做出了上述的回答。

这已不是叙述，而是清晰的判断。

而林挚似乎觉得这个回答还不够刺激，又不慌不忙地说道：“她喜欢的是贝寒将军。”

这一下，人群里才是真正地炸开了。

“你有什么证据可以这样说？”军方代表提问道。

林挚笑了笑：“一个女人心里到底喜欢谁，是件很容易看出来的事情，尤其当你还对她感兴趣的时候。基地里当时定期举行假面舞会，我曾经多次邀请过莫莉少尉，她都拒绝了我，却接受了贝寒将军的邀请。”

就在战队休假地，贝寒破天荒地出现在假面舞会上，并与莫莉一舞，这是整个战队都知晓的事情。在接连抛出两颗炸弹之后，林挚似乎还觉得不过瘾，又接着说道：“而且，贝寒将军也对莫莉感兴趣。”

“哄”的一声，旁听席里又是一片混乱。

“请不要侮辱贝寒将军！”军方代表再一次起立表示反对。

“这算什么侮辱，一个男人对一个女人感兴趣，就是对他的侮辱吗？喜欢一个回归岛人很正常啊。”林挚却是不怎么在意，甚至还咧嘴笑了一笑，“你还要证据是吗？我也有证据啊，贝寒将军在假面舞会上邀请莫莉跳舞，而在这之前，他从未参加过舞会，也从来没有邀请过人跳舞。”

莫莉愣愣地抬起头来，看向林挚，他剪短了头发，额角上留下了伤疤，早已不复往日浪荡公子的模样，可是，他的笑容却似从来没有变过，从她第一次见他，到现在站在证人席上。林挚，永远都是那个林挚。

莫莉看着看着，不禁红了眼圈。

可林挚知晓的实情并不多，而且哪怕他有心帮助莫莉，他也无法做出虚假的证词。很快，他便被带出了质证大厅。

接下来的质证乏善可陈，虽然盖斯夫人、乔伊医生和助手阿曼达都出来做了证词陈述，而且对方也没有寻到什么破绽，可这些都不足以支持莫莉的指控。质证过程已经进行了两个小时，检察官宣布进入暂时休息阶段。

律师陪同莫莉前去休息室休息，盖斯夫人已经等在那里。

“情况很不好，尤其是肖泽恩的证词，这对我们非常不利。与他人的证词还不同，他的话等于直指莫莉小姐在撒谎。而在这个时候，最怕的就是检察官对莫莉小姐的品格产生质疑。”律师分析着，神色颇为凝重。

莫莉闻言涩然一笑，道：“是我的错，我太信任肖泽恩了，我以为他起码不会撒谎。”

盖斯夫人见她这般自责，出言安慰道：“这不是你的错，这是肖泽恩的耻辱。”

律师有意减轻莫莉的心理负担，故作轻松地说道：“也是有好的方面的，比如林挚，他就比我们预想的要好很多。”

林挚在帮助莫莉，明眼人都能看得出来。军方代表一直在试图引导人们相信莫莉与伊诺尔有私情，而林挚的证词却破坏掉了军方的打算。

律师盯着莫莉，若有所指地说道：“林挚是个非常聪明的人，他的证词，不仅仅是破坏掉了军方的险恶用心，他还给我们指出了一条路，一条纵使无法指控唐纳德，但至少可以自保的退路。”

别说莫莉不解，便是盖斯夫人一时也未反应过来：“什么退路？”

明知道这里并无监控，可律师还是先抬眼谨慎地看了看四周，这才又回过头来，低声说道：“一旦指控不成立，军方绝对不会善罢甘休。想一想之前他们的暗示，再看看今天军方代表试图带的节奏，他们分明在暗指莫莉指控唐纳德是伊诺尔授意，目的是扰乱军方的作战。”

这不是猜测，而是几乎可以确定的预见。

“退路在哪里？”盖斯夫人追问。

律师先看了莫莉一眼，这才回答盖斯夫人道：“莫莉小姐的控诉不是别有用心、受人利用，而是源自对贝寒将军的爱情以及对将军阵亡的悲痛。她无法接受将军的阵亡，所以才会产生这样偏激的猜测，误以为是唐纳德司令员害死了贝寒将军。”

莫莉低着头，突然轻声问道：“是要认输了吗？”

律师与盖斯夫人对视一眼，解释道：“这只是一种选择，暂时的退让，以避免不必要的伤害。”

莫莉嘴唇微颤，几次努力才弯起一丝微笑：“我不退，也不畏惧任何伤害。我对唐纳德的指控，不是误会，而是事实。”

律师再无他话，沉默了一下，应道：“好吧。”

半个小时后，质证会继续进行，控诉案涉及的军政双方人员纷纷出席做证，金女士等人的证词都在莫莉他们的预料之中，唯独雷奥的表现令人十分意外。

“……是的，莫莉少尉曾是我在研究中心时的实验对象，按照实验前签订的协议，莫莉少尉被送往天狼战队。

“基地沦陷时，我受命人道消灭莫莉少尉，开枪射杀了她。”

旁听席上响起了阵阵的惊呼声。

“……我不知道到底是谁把我从阿德旺斯救出来的，他没有告知我任何信息，不过他的战舰驾驶技术极为出色，带我穿越死亡区域回到联盟的NGC11星外基地，又从那里转到波斐克。当时是莱恩处长出面接应我的。

“贝寒将军被联盟安全委员会逮捕之后，莱恩处长在司令部遭到扣押，我受他所托前往一所安全屋营救莫莉少尉，送其去盖斯夫人的住处。后面也是我替莱恩传话给莫莉，告诉她莱恩会救出贝寒。”

他所说的与莫莉之前的叙述毫无差别，就连律师也不由得暗暗激动，低声与莫莉说道：“太难得了，这对我们将极为有利！”

律师站起身来，询问雷奥道：“请问您为何会帮莱恩处长做这样的事情？在当时的情况下，这些可都是属于很危险的事情。您和莱恩处长关系很好吗？”

雷奥面色镇定，从容答道：“算不上好坏。我会去做那些事情，是因为莱恩告诉我是贝寒将军前去阿德旺斯救的我。对于贝寒将军，我心生感激，而对于莫莉少尉，”他停了一停，转头瞥了莫莉一眼，才又说下去，“我心怀愧疚。”

律师对于这个回答十分满意，心满意足地坐了回去。

而军方代表却有别的疑问：“雷奥上校，‘贝寒将军就是前往救援你的那个人’这件事情您除了从莱恩处长那里听说过之外，还从其他途径听说过吗？”

雷恩摇了摇头："没有。"

"也就是您仅仅是听莱恩处长说过而已，再无别的证据，是吗？"

"是的。"雷奥回答。

军方代表又问："如果不是得知贝寒将军就是救您的人，怀着报恩之心，您还会接受莱恩的委托，去做后面这两件事情吗？"

雷恩沉默下来，似是在认真思考这个问题，最后回答道："不会的，我只是一名科研工作者。"

军方代表笑了笑，忽然就换了话题，问道："您在军中也很多年了，是否听说过莱恩长官的外号？"

"狐狸？"雷恩问。

"不错，就是狐狸。"军方代表笑着点头，又问，"那您可知道他为什么会有这样的外号？"

在座的没有傻瓜，任谁听到这里也已经猜到了军方代表的目的，莱恩作为军情处长官简直声名远扬，是司令部出了名的狡猾，人称"笑面狐狸"，坑蒙拐骗简直无所不能。

雷奥没有回答军方代表的问题，而军方代表也没再追问什么，只又笑了笑，便向检察官示意自己没有其他问题了。

质证会进行到此，该出席的证人基本都已现身，综合下来，还是军方赢面更大一些。这是没有办法的事情，毕竟很多证人都无法出庭，比如莫莉在阿德旺斯时接触到的那些人，还有已经死去无法开口的莱恩。

"这已是不错的成绩，"律师低声安慰莫莉，"我们还是有机会的，毕竟这不是法庭，而只是检察院的质证会，只要检察官对你有一半的信任，就会接受你的指控，对唐纳德进行停职调查。而一旦他停职，什么可能都会发生。"

正说着，对面的军方代表却突然又站起身来，向检察官说道："检察官阁下，我刚刚收到消息，有一位女士刚刚从星外基地赶回，请求出席做证。”

此话一出，众人都很惊讶，律师忙侧头问莫莉道：“还有和您密切接触过的人吗？”

莫莉脸上也是一片迷茫与疑惑，轻轻摇头：“我不知道。”

检察官通过了军方代表的请求，质证厅大门打开，一位身穿军装的女士从外昂首走入，三十多岁的年纪，中校军衔，身姿挺拔，气质干练。

“翠西中校……”莫莉轻声说道。

律师有些奇怪，小声问：“什么人？”

莫莉抿了抿唇角，心中隐约升起不祥的感觉：“原天狼战队法纪处主任，翠西中校。”

另一边，翠西中校已做完自我介绍，开始回答军方代表的问题。

“是的，我和莫莉少尉有过接触，在莫莉少尉进入基地新训部不久后，她通过基地智能系统向基地提起控告，是我负责处理此事。”

“控告什么？”军方代表简直是问出了所有旁听者的心声。

翠西中校瞥了一眼莫莉，淡淡答道：“控告她在基地图书馆遭到了暴力性侵害。”

又一颗“炸弹”在旁听席里爆炸了，再次激起了一片喧嚣。

军方代表直等到这阵喧嚣过去，才又继续问道：“结果呢？找到罪犯了吗？”

“没有。”翠西摇头。

“是没有找到，还是没有罪犯？”

翠西答道：“没有罪犯。经过基地工作人员的查证，裁定莫莉少尉的控告无效，又因为她没有确定的控告对象，情节从轻，所以没有受到其他的惩罚，只在个人信息上留下了不良记录。”

在联盟，一个人若是带有不良记录，几乎等同于带着永远无法洗去的污点。不说旁听席里早已经沸腾，就连检察官都微不可见地皱了皱眉头。

“可莫莉的个人信息上并没有留下不良记录，为什么？”军方代表又问。

翠西犹豫了一下，答道：“是贝寒将军考虑到莫莉少尉是回归岛人，下令删除了记录。”

莫莉身旁的律师转头看她，面色凝重：“您不该把这事瞒住。”

莫莉从未想过这件事竟然也会被翻出来，暴露在世人面前，成为她的污点。她大脑里几乎一片空白，竟不知该如何回应。

当时翠西中校的确是这样告知她的，可她并不肯服从这个判定，并决定向联盟舰队提起申诉，不想她却在格斗场上认出了贝寒，发现他就是图书馆里的那个人，而贝寒也坦然承认，并逼迫她不得不撤销了那个申诉……

她现在该怎么办？站起来向所有人说贝寒曾经犯过错误，差点儿在图书馆内侵犯过她吗？说她当时是被贝寒胁迫才撤销了申诉吗？即便她不顾及贝寒身后的名声，把实情都说出来，谁又会相信她呢？

莫莉脸上的血色一点点失去，变得几乎像纸一样苍白。

“请您告诉我实情，不然我没法应对。”律师压低的声音里透着难掩的焦急，“莫莉小姐，您要知道，一旦这份证词得到检察官的确认，您将失去所有的优势。”

莫莉嘴唇隐隐颤抖着，几次张合之后，又紧紧闭上了。她抿紧了嘴唇，不肯说出一个字来。

见她如此，律师低低地叹了口气，颓然坐倒在了座椅里。

翠西中校过后，双方再无其他证人出现，检察官再一次敲响了法槌，宣布质证会暂时休庭，等待最后的评定。

“要做一名勇者，就必须有勇气面对任何结果，无论这个结果是好是坏。”

休息室中，律师也在努力调整着自己的情绪，把对莫莉的不满尽数压下去：“指控结果已可预见，我们现在要做的是怎么接受这个现实，并采取相应措施把伤害减到最低。您还有一次最后陈述的机会。莫莉小姐，我建议改变我们的策略，您必须要学会退让。”

莫莉一直低垂着头，没有反应。

律师无奈，只得又去看盖斯夫人，向她摊了摊双手示意自己技穷。

“莫莉？”盖斯夫人轻声叫莫莉的名字，试探着问道，“你有什么打算？真的要坚持不退吗？虽然不论你做出什么决定我都会坚定地支持你，不过，有的时候，退让更能体现勇气和智慧。”

“夫人，”莫莉突然打断了盖斯夫人的话，沉默了一下，才又轻声说道，“我想出去透透气。”

她站起身来往外走，律师面色不悦，正要阻拦，却被盖斯夫人拦下了。

“就叫她出去转一下吧。”她看一眼莫莉单薄的背影，不由得叹了口气，又道，“她坚持到现在，已是很不容易了。”

检察院大楼后有片露天的中央花园，属于内部工作人员的放松之所，位置隐蔽，外人极少进入。莫莉低着头漫无目的地乱走，不知怎的就走了进去，她初时并未觉察，直到眼前豁然开朗，周遭冷漠无情的黑白色调被生机盎然的绿色植被所代替，这才意识到自己已经置身于花园之中。

时值正午，秋日特有的艳阳高悬在头顶之上，毫不吝啬地洒落下宝贵的阳光，可即便是这样强烈的光芒，依旧无法驱散波斐克此刻的黑暗。

莫莉从未奢望可以夺取胜利，却不知会输得如此彻底，接下来要怎么办？真的要如盖斯夫人他们所劝，勇敢地去面对和接受失败吗？不，她不愿意，并非畏惧失败，而是不想就这样屈服，一如肖泽恩的背叛。

宁可站着去死，也不想再跪着求生。这是她当初和盖斯夫人说过的话。

莫莉兀自失神，忽听得有杂乱的脚步声从周遭响起，她怔怔抬头看去，才发现一群记者竟然不知为何能躲过警卫的阻拦，闯进了花园，从几条小径往她这里围堵了过来，仿佛只一瞬间，就将她困在了中心。

各式各样的问题如浪头一般向她打来：

“莫莉小姐，请您回答一下，您觉得这次控诉还有可能成功吗？”

“少尉，您当初在战队基地真的遭受到性侵犯了吗？当时是什么情况？基地是否有向您施压？”

“……您是否反思过自己？屡次提出这样不能成立的控诉，是否源自您在联盟始终没有安全感？”

“您是否患有被害妄想症？”

“少尉，您真的喜欢贝寒将军吗？是回归岛人所追求的爱情，还是说只是源于两性的吸引？”

莫莉低着头，试图往外突围，可人群围得太紧太密，像一团怎样都甩不掉的强韧的黏胶，竟叫她找不到一条可以逃脱的路。四面都是杵到她面前的收音器，一个比一个尖锐的问题，慌乱之中，她抬眼茫然四顾，越过一张张难掩兴奋的脸，突然看到了人群外那个美丽而精致的女子。

那是本不该出现在这里的东真纪，她没有穿军装，只是普通人的打扮，身材高挑秀丽，难遮绝世风华。

莫莉遵循了盖斯夫人的建议，并未对东真纪提起控诉，甚至都没有将她列入证人表，不想东真纪却还是来了，以旁观者的身份超然事外，冷漠地欣赏着她的窘迫和狼狈，甚至还轻轻地勾了勾唇角，露出一抹讥笑与不屑。

“莫莉！”有人低喝，从后用力握住了她的手臂。莫莉愣愣回头，见林挚不知何时挤到了她的身后，他把她扯到身前用手臂护住，另一只手去拨人群，口中恶狠狠地叫道，“让开！否则我就不客气了！”

林挚的力气极大，单手硬生生在人群中劈开了一条路，他护着她艰难地往外走，在及时赶到的保镖们的帮助下，终于逃脱了记者们的追堵，躲进休息室区。隔离门在他们身后闭合，将一切喧嚣都挡在外面，连林挚都不由松了口气，笑道：“嘿！真应该把这群人都放进特战队里去，做记者太委屈他们了！”

莫莉勉力笑了一笑，应和道：“是啊。”

“笑不出来就不要勉强。”林挚低头看她，忽然发出一声低低的叹息，又低声问道，“在图书馆里，你遇到的是贝寒，是吗？”

莫莉垂下了眼眸，过了片刻，忽然问道：“我是不是特别傻？”

“为什么会问这么愚蠢的问题？”林挚夸张地瞪大了眼睛，惊讶地反问她，“难道你才发现吗？我觉得你在看到智商测试结果的时候，就早该有这个认知了！”

莫莉忍不住笑了，她抬头看他，郑重说道：“谢谢你，林挚。我为以前对你存有的偏见向你道歉。”

“我接受你的道歉。”林挚爽快地回应，“不过，你最好还是用行动表示一下诚意，比如请我吃饭。”

莫莉笑笑，不置可否。

提示铃响起，质证会最后的评定时刻已经到来，莫莉愣了一下，转头去看不远处的专属通道，从那里她将再一次走上执政大厅的控诉台，听候检察官最后的判定，控诉成功或者控诉失败。

“莫莉，”林挚唤回了她，向她笑了笑，道，“择日不如撞日，一会儿结束之后，就请我吃饭吧。”

她懂得了林挚的好意，向他展颜一笑，却没有回答他一个“好”字，只转身毅然往执政大厅内走去。

第三十二章

无怨无悔

法槌击落，世人的目光又一次聚集到此。

在遥远的阿德旺斯，星际信号经过漫长的传导，不可避免地产生了短暂的延迟，当莫莉走上控诉台，昂然地、笔直地站定时，伊诺尔身旁的侍卫官都控制不住好奇，忍不住问出了心中的疑问：“她会接受检察官的判定吗？”

伊诺尔一时未答，静静地看着屏幕里的莫莉，半晌之后轻声答道：“不会。”

果然，下一刻，莫莉清晰而坚定的声音便传了过来：“我拒绝接受您的判定。”

莫莉超乎寻常地镇定，面容平静得近乎漠然：“检察官阁下，开庭之初，您曾问我是否能保证自己每句话的真实，是的，我能保证，不过，我却有意隐瞒了一些事情，因为我的律师建议我量力而行。”

听到此处，律师与盖斯夫人都明晓了莫莉的打算，惊愕之余，忙去阻拦莫莉：“莫莉！你要冷静！”

“你隐瞒了什么事情？”检察官询问。

“进入天狼战队之初，我确实因遭受暴力侵害向基地提起过控诉，因为翠西中校找不到嫌犯，所以判定我控诉无效，当时，我不肯接受这个结果，曾试图向联盟舰队提起申诉，可贝寒将军拒绝在我的申诉书上签字。因为，”莫莉用力抿了下唇，才又继续说下去，“因为图书馆里的那个人就是贝寒将军。”

话音落定，质证大厅内一片哗然。

“那是在奇袭华伦特之后的第一个假期，出于对杀戮的厌恶，他喝了很多酒，改造人的基因占据了主导，冲动之下冒犯了我。他向我道歉，并告诉我为避免我所参与的黑洞实验泄密，为保障我的安全，我必须停止申诉。”

对面的军方代表猛地站起身来，厉声道：“请控诉人停止对贝寒将军的诬蔑！”

莫莉笑了笑，没有理会他，只径直说下去：“再后来，联盟独立日，我受邀随贝寒将军前来波斐克参加庆祝活动，弗瑞德姆宫的晚宴上，也是因为贝寒喝了酒，所以袭击案发生之后，他才会带着我跳崖出逃，只是为了避免基因检查……

“……林挚说我喜欢贝寒，不，他说得不对，一开始，我并不喜欢贝寒，甚至还厌恶他，直到后来基地沦陷，我被掳去阿德旺斯，他装扮成特工希瑞尔前去救我，我这才开始喜欢上他。我爱他。”

不知是否受到了触动，检察官良久沉默，然后持着善意引导她道：“因为爱他，所以才无法接受他的死亡，提起对军方的控诉吗？”

“不，不仅仅是因为爱他，而是想为所有冤死的人求一个公道，贝寒、莱恩、尤利安以及所有死在指挥舰上的队友、基地沦陷时丧生的战友，那些被出卖的、被抛弃的、被利益牺牲掉的人。哪怕为他们求不到公道，也至少要所有的真相和丑陋暴露在阳光之下。”

检察官皱眉：“所以你还是要坚持你的指控，是吗？”

“不，我要修正我的指控。”莫莉沉声说道。

她回头，目光缓缓扫过旁听席上的所有人，包括角落里的东真纪、金女士等人，然后回过身来，扬起下颌，一字一句地说道：“我指控天狼战队军医东真纪暗通改造人，掩护伊诺尔进入天狼战队，策划宴会袭击案，出卖天狼战队基地。我指控联盟政府首席执政官东隽野为包庇女儿，以联盟安全委员会主席之位收买特别调查组组长金文熙女士，并与联盟舰队总司令员唐纳德达成暗中交易，相互包庇。我指控唐纳德为遮掩贝寒的身份秘密，故意将天狼战队返程路线泄露给改造人，导致贝寒阵亡，并暗杀军情处长官莱恩……”

她疯了……这应该是所有人此刻的心声。

“她疯了吗？”侍卫官不由得喃喃自语。

伊诺尔依旧是静默，片刻之后却是突然起身，冷声吩咐侍卫官道：“去格森爵士家里。”

格森爵士的府邸离着皇宫不远，就隔着一个街区，乘车过去用不了十分钟。格森爵士正在家中，对于伊诺尔皇子的深夜造访十分意外，待得知他的来意，更是愕然：“殿下，您要我去营救回归岛人莫莉？”

“是。”伊诺尔回答。

两人有着师生名分，加之格森爵士掌管帝国科学院深得皇帝信任，格森爵士对伊诺尔说话也算随意：“在这个节骨眼上，你总要给我一个充足的理由，我才好往波斐克派人。”

伊诺尔沉声答道：“她是回归岛人，黑洞实验的唯一幸存者。”

“她只是特例，没有研究意义。”格森爵士根本不为所动，“而且我并不认同联盟的研究方向，我曾经和雷奥对黑洞实验进行过交流，觉得他们的研究已经走进了死胡同，这么多次实验只有莫莉一个活体便是证据。”

伊诺尔无意和格森爵士进行科学辩论，他只想说服格森爵士派人救出莫莉，可现如今看来，此举有些困难。

“您观看联盟的质证会了吗？”伊诺尔突然问。

格森爵士答道：“哦，伊莲娜看的时候我跟着扫了两眼，那个姑娘虽然一身孤勇，但实在太冲动了，检察官本来已经给她搭台阶下，可她却选择了破釜沉舟。以一己之力对抗联盟军政两方，她会死得很难看。”

伊诺尔眸光微暗，轻声说道：“可我不想看她死。”

格森爵士不禁皱起了眉头：“你喜欢她？”

伊诺尔愣了一愣，却是笑了：“我也不知道，应该是有点喜欢的吧。”

“可她并不喜欢你。”格森爵士毫不留情地说道。

“是的，她并不喜欢我。”伊诺尔点头，神色平淡，“她喜欢的是贝寒。”

格森爵士面露不悦，瞪了伊诺尔一眼，又问道：“那你还想救她？”

伊诺尔只浅浅一笑，没有回答。

格森爵士冷哼了一声：“如果我不肯派人去救，你会怎么办？你要亲自过去救吗？”

“父皇对我下了禁令，不允许我再离开阿德旺斯。”伊诺尔答道。格森爵士刚要松一口气，就听得自己的学生继续说道，“所以我只能偷偷跑出去了，还请老师帮个忙，这几天如果父亲问起我来，就说我一直在您这里读书。”

格森爵士愣了片刻，气得差点儿仰倒：“伊诺尔，你这是在威胁我吗？”

伊诺尔却无辜地眨了眨眼睛：“老师，我是在拜托您。”

格森爵士僵了一僵，忍不住挥手赶人，怒道：“走走走，要读书回你自己那里读！”

说着，竟真的将伊诺尔皇子从书房里赶了出去。格森夫人听到动静赶过来，吓得都呆了，一迭声地替丈夫道歉。皇子殿下神色倒是平淡，丝毫不见愠怒之色，倒是反过来向格森夫人表示了歉意，这才带着侍卫官告辞离开。

侍卫官不知道书房内进行了怎样的谈话，但是看格森爵士的反应，应该是没有答应伊诺尔皇子前去救人，如此看来，那位莫莉姑娘怕是要死定了。

不只他，几乎整个联盟的人都这样想。

质证会结束之后，莫莉甚至都没能离开检察院，检察官以保护为由，直接将她扣留在了检察院内，甚至不允许任何人探视，包括试图对莫莉进行援助的回归岛人组织。

此案发展到今天，已经屡次突破了民众的预料，媒体各式评论铺天盖地，几乎什么观点什么论调都有，只一点大家的认知都很相近，那就是回归岛人莫莉已近疯狂，因为但凡头脑清醒的人，都不会在几乎没有任何实证的情况下，对军政双方要员都提出如此严重的指控。

倒是有一家媒体的观点十分奇特，他们没有去论证莫莉的指控到底是真是假，而是做了一个大胆的假设，假设莫莉的指控都是属实的，那么联盟会做何抉择？会冒着军政动荡的危险罢黜东隽野和唐纳德吗？笔者最后未做回复，只三个加黑的问号异常醒目，似是在拷问着所有人。

每一个理智的读者都在心中给出了答案：不会的，联盟与改造人的战争正如火如荼，为了一个将军，哪怕他是星辰勋章的获得者，哪怕他并不是改造人，联盟也不会在此刻对自己的军政系统大动干戈。

政治没有对错，只讲利弊。

还有一家媒体对莫莉的行为做出了别出心裁的分析，他们认为莫莉并没有疯狂，如果说她最初在指控舰队司令唐纳德时还心存希望，那在质证会上检察官宣布她的指控不能成立时，她便已是心如死灰了。她后面的指控并不是为了求得什么结果，而只是拼死一击。

媒体用了“殉情”这个古老而神秘的词汇，解释说这是在爱情尚存的时代，彼此深爱的男女在不能同生时往往会做出的悲怆选择。这一观点引发了民众对回归岛人以及改造人的爱情观的大讨论，最终得出爱情的消亡是人类进化的一大表现。

很快，民众的注意力便被吸引到两性关系上去了，甚至还有性少数者联合会出面抗议，指责媒体有意歧视性少数者，把“爱情”关系仅限定于男女之间。

在一片纷纷扰扰间，联盟舰队又主动向改造人帝国发起了一波浩大的攻势，取得了十分不错的战绩。如此一来，等到联盟法院以战前叛逃、泄露军方机密和破坏联盟安全的罪名判处莫莉二十年星外监禁时，已激不起民众太大的反应。

不管曾经多么引人注目，这件事的热度终于过去了。

莫莉所要服刑的监狱位于猎户座旋臂尖端的一个小行星，环境极为恶劣，惯常用来关押重刑犯。临行前，官方开放了自扣押以来的第一次探视，申请探视的人并不多，名单上除了盖斯夫人、林挚、雷奥之外，还有另外一个眼生的名字——苏来，据说他是联盟回归岛人联合会的工作者。

莫莉拒绝了所有人的探视。

几日后，她从容地登上了联盟押送罪犯的船舰，前往星外监狱服刑。为显示一视同仁，联盟并未单独押送莫莉，船舰上除了她之外，还有一批同往星外基地服刑的重犯，都是些面目可憎的凶恶之徒，佩戴着沉重的手铐脚镣，个个实行单独关押。

莫莉的监舱位于最深处，极为僻静，纵使是警卫巡逻都只走到她前面的那个监舱外便转过了身。监舱里有呼叫铃，如有什么事情可以呼叫警卫，莫莉只使用过一次，她向警卫讨要纸笔，但是被拒绝了。

航程预定有七天，除却路途遥远、航线环境恶劣等因素之外，押送舰还要辗转去几个人类聚集地，接上当地需要服刑的重犯，一同前往星外监狱。在最后一次接收犯人之后，船舰开始了它最后一段航行，穿越布达亚拉风暴区，从而到达星外监狱。

这是最危险的一段路途，航行初始，船舰驾驶员就做出了警示，船舱的智能系统开始再一次播放船舰事故逃生指南。长时间的封闭监舱生活，令那些本就性格暴躁的重犯几乎都濒临崩溃，广播刚一开始，莫莉就听到隔壁的邻居又开始疯狂地锤击舱板，大吼着："来啊，撞上去啊，给老子一个痛快！"

莫莉一直表现得很平静，在听到广播后遵照指示提前穿好隔离服，做好了防护准备。很快，船舰就颠簸了起来。幸好在天狼战队新训营时，她曾接受过专业的抗眩晕训练，与迅捷灵敏的战斗舰相比，这种中型的运输舰可算得上平稳又舒适，纵有颠簸对她也没有造成太大影响。她甚至还可以根据船舰颠簸的频率和幅度，在心中暗暗计算着小行星群的密度。

算着算着，莫莉就发现了异常，小行星群似乎是越来越稠密了，船舰摆动的幅度虽然在减小，可频率却在快速增加，根据在天狼战队学到的知识，她知道这绝不是一个好现象，这意味着小行星群的密度在提高，船舰发生撞击的概率也在增大。

果然，几乎就是下一刻，船舰猛然一抖，瞬间往旁侧倾倒过去，若不是安全带的保护，莫莉简直就要从座椅上飞了出去。刺耳的警报声瞬时响起，外面一片混乱。

片刻后，莫莉的监房舱门突然被打开，一名女飞行员扶着门口，急声问她道："莫莉少尉，您是否可以驾驶战舰穿越小行星群？天狼战队应该有过这方面的训练吧？"

天狼战队设有专门飞行器驾驶及太空作战课，莫莉他们那一期，正好还是贝寒亲自授课。甚至，就在上次两人前往波斐克，他还叫她独自驾驶战舰穿越了一个小行星群来作为结业考试。

“您能吗？”来人焦急的声音把莫莉从回忆中唤回。

莫莉多日不曾讲过话，嗓音已有些嘶哑，她张了张口，差点儿有些无法发声：“怎么了？”

来人连忙答道：“主驾驶员突发疾病昏迷，替代他的副驾经验不够导致船舰偏离航线，进入了行星密集区域，刚才已被擦到了右舷，情况十分危险。舰长请我过来找您，问您是否可以帮忙驾驶船舰。”

莫莉闻言犹豫了一下，低头解开了座椅的安全装置，起身跟着那名飞行人员前往驾驶舱。那里已是一片忙乱景象，坐在主驾驶位上的男子年纪不大，双手紧握操作杆，正紧张地盯着面前的驾驶屏，口中不停地发号施令，把整个驾驶舱的工作人员都指使得团团转。

莫莉扫了一眼，自动地坐到了旁边空出来的副驾驶席上，将驾驶头盔戴好，沉声道：“把闪避权限交给我，你来调整航行方向，尽快回到预定航线。”

不想主驾驶座上的男子却是置若罔闻，连理都未理莫莉。

“元义，快把闪避权限交给莫莉小姐吧，她曾经是天狼战队的人，有过战斗舰的驾驶经验。”叫莫莉前来的那个姑娘劝说主驾驶座上的男子。

名叫元义的副驾却是冷哼了一声，反问道：“把驾驶权限分给一名罪犯吗？”

那个姑娘噎了一噎，正欲再劝，元义却已是十分不耐，高声叫道：“舰长！我现在是主驾驶员，驾驶舱应由我来负责，请您立刻叫这名罪犯离开这里，否则出了什么事故，算谁的责任？”

那姑娘有些无奈，转头去看后面的舰长。

舰长分明也极其为难，犹豫了一下，命令道："听元义的吧。"

莫莉闻言，淡淡地扯了下嘴角，便从副驾驶位上站了起来，克服着舰身的摇晃，往后舱走去。谁知她刚刚走到舱门处，船舰再一次发生了猛烈的撞击，舰身瞬间发生大角度翻转，完全失去了平衡。

莫莉无所依托，立时被甩脱出去，身体重重地砸在了舱壁上，剧烈的疼痛袭来，差点儿令她昏厥过去。

警报声更加急促，已是开始催促人员弃舰逃离。飞行人员和负责押送犯人的警卫纷纷松开座椅上的安全装置奔向最近的逃离舱，根本没人理会因疼痛倒在地上的莫莉，唯有刚才把莫莉喊来前舱的姑娘注意到了她，试图冲过来扶她，不料却被身旁的伙伴一把拉住了："还不快走！船舱马上就要断裂了！"

说着，用力把那姑娘往逃生通道拉去。

"快回监舱去！"那姑娘回头向着莫莉急声大喊，又提醒她道，"那里可以封闭为逃生舱使用！"

莫莉咬牙，奋力爬起，踉跄着往后舱跑，可她的监舱位于后舱最深处，她才刚刚跑至半途，就听得身后传来金属断裂声，下一秒，巨大的吸力从外而来，像一只无形的手，一把将她抛向了太空。

紧随而来的，便是刺骨的寒冷与窒息，仿佛落入了无底的深渊，永远都无法到头……在失去意识的前一刻，莫莉突然轻轻笑了起来，也许，只要这样一直落下去，在未知的地方，有贝寒在等着她。

死亡于她，从不可怕。

尾声

“人醒了没有？”

“没呢，我瞧着有点够呛，在外面飘的时间实在太长了，这还幸好是穿了隔离服，不然等不到咱们捞到她，人就完蛋了。嘿，不是我说你，乔治亚，这个活你干得真不算漂亮，直接在这里动手太冒险了。”

“计划绝对没问题，不在这里动手，难道还要去劫监狱吗？谁能想到这女人没在监舱里啊，这能怨我吗？”

“不管怎么说，要是最后交个死人到买家手里，我们的牌子就要砸啦！”

“不能叫她死，就是死，也不能死在咱们手里。赶紧去叫比斯特加快航行，趁着人还有气，赶紧去交货。”

“好。不过话说回来，乔治亚，我们也许不用太紧张。这女人没准也死不了，你就看看比斯特，这小子被卷入宇宙风暴都还能活下来，只不过人撞傻了，可见什么奇迹都有可能发生。”

“哦，不要跟我提比斯特，他简直就是一个疯子！妈的，刚才有几次我都以为自己要把命交待在这里了。这家伙绝对是个疯子！”

“你说他到底是什么人？我觉得他可能是帝国军人，你知道前阵子帝国和联盟打得很热闹，那股子风暴就是从战区那边刮过来的……”

“谁知道呢！妈的，你当初要不是把他身上所有的衣服都扒下来丢掉了，也许我们就可以偷偷打听一下他到底是什么人了。”

“哦，乔治亚，这可不能怪我，你是没见到当时的情景，简直血肉模糊、惨不忍睹啊，别说衣服，就连他身上都沾满了各种宇宙尘埃，谁知道会不会有什么病毒寄生兽，我没有把这个人丢掉就算是不错啦！”

“幸亏你没有把人丢掉，谢天谢地！不然我们哪能白得这么好的一个驾驶员！他简直就是一个飞行驾驶天才！”

“绝对是天才！哦，对了，乔治亚，之前捞上来的那些人渣怎么处理？”

“约翰，你记着，无论什么时候，我们都是有素质的宇宙走私者，绝对不能往宇宙里胡乱丢垃圾。”

“所以……”

“所以就顺道把那些垃圾都卖到阿德旺斯为奴吧！”